KB253460

송진용 新무협 판타지 소설

패왕투

패왕루 2

송진용 新무협 판타지 소설

초판 1쇄 찍은 날 § 2007년 1월 5일
초판 1쇄 펴낸 날 § 2007년 1월 15일

지은이 § 송진용
펴낸이 § 서경석

편집장 § 문혜영
편집 § 서지현 · 심재영

펴낸곳 § 도서출판 청어람
등록번호 § 제1081-1-89호
등록일자 § 1999. 5. 31
어람번호 § 제2-1097호

주소 § 경기도 부천시 원미구 심곡1동 350-1 남성B/D 3F (우) 420-011
전화 § 032-656-4452 팩스 § 032-656-4453
http://www.chungeoram.com
E-mail § eoram99@chollian.net

ⓒ 송진용, 2007

ISBN 978-89-251-0488-1 04810
ISBN 978-89-251-0486-7 (세트)

| 투귀(鬪鬼) 류(流) |

霸王鬪 ②

가장 지독한 원한, 그리고 가장 지독한 사랑, 그건 서로 같은 거야. 나를 미치게 하거든.
강렬한 주인공이 있고, 막강한 원수가 존재하며, 그들 사이에도 몇 명의 여인이 있다. 현실에서는 불가능한
통쾌한 활극과 모험이 펼쳐진다!

패왕투

송진용 新무협 판타지 소설
Fantastic Oriental Heroes

도서출판 청어람

목차

第一章

신(神), 그리고 야수(野獸)

第一章

"십삼 년이 지났습니다. 그동안 종으로는 요동에서 서장까지, 횡으로는 북해에서 남해도까지, 사막과 눈 덮인 산과 골짜기를 가리지 않고 샅샅이 뒤졌습니다."

"그래서?"

"어디에서도 그놈의 흔적조차 찾을 수 없었습니다. 그놈은 완벽하게 사라졌거나, 아니면 벌써 죽어 형체마저 남지 않은 게 틀림없습니다."

"구양진결은?"

"없습니다."

호랑이의 두상을 닮은 사내의 이마에 주름살이 잡혔다.

부릅뜬 두 눈에서 형형한 안광이 쏟아진다.

이 시대 최고의 거인(巨人) 조작량.

무극검제라고 불리는 현 무림의 절대무존(絶對武尊)이자 강호 제일의 세력으로 꼽히는 지존보의 보주(堡主).

풍운의 강호를 뚜벅뚜벅 걸어와 절대자의 자리에 올라선 사람인 그가 어금니를 꾹, 물었다.

내년이면 오십칠 세가 된다.

지난 십 몇 년 동안 그의 얼굴에도 주름살이 많이 늘었다. 하지만 위엄은 더욱 커졌고, 기세가 그때와는 비교할 수 없이 장중하게 변해 있기도 했다. 그래서 그 앞에 앉아 있는 노인이 더욱 왜소해 보였다.

더 이상 오를 데가 없는 절대자의 자리에 올랐지만 조작량은 여전히 구양진결에 대한 집착을 버리지 못하고 있었다.

세상 모든 일을 제 손바닥처럼 들여다보고 있는 천리취향 서문표로서도 그런 맹주의 속만은 알 수 없었다.

시키니까 하지만, 일단 하면 끝장을 보고 만다.

그렇지 못하면 서문표 자신이 화가 나서 견디지 못한다.

그런데 그는 지난 십삼 년 동안 아무 성과도 얻지 못했다.

그렇다면 결론은 하나뿐이다.

그놈은 죽었다. 죽어서 살과 뼈마저 삭아 흙으로 돌아가 버렸다.

그런데 하늘처럼 떠받들고 있는 주인은 그렇지 않다고 말하고 있다.

'그놈은 아직 살아 있다.'

그래서 서문표는 제 생각을 버리고 그렇게 믿기로 했다. 하지만 여전히 막막하다.

그가 가지고 있는 거라고는 십삼 년 전의 기억뿐이었다. 당시 그놈은 어린 꼬마였다. 살아 있다면 지금이야 늠름한 청년이 되어 있겠지만 알 수 있는 게 전혀 없다.

이름이 무엇이고 출신이 어디인지, 신체에 어떤 특징이 있고 어떻게 생겼는지…….

십삼 년 전이나 지금이나 그놈에 대한 건 쥐꼬리만큼도 알려져 있지 않다는 게 문제였다.

강호에서 조그만 이름이라도 얻은 자라면 어떻게 하든 한 조각의 단서를 찾아낼 수 있다. 그러나 이름조차 알려지지 않은 놈, 강호에서의 활동도 전혀 없던 놈 아닌가.

살아 있다면 복수를 하기 위한 꿈틀거림이 감지되어야 옳은 일이련만, 십삼 년이 지나도록 그놈의 움직임은 없었다. 그러므로 단서를 찾을 수가 없다. 그게 그때나 지금이나 서문표를 좌절하게 하는 일이었다.

그러나 주인이 명령했다. 다시 한 번 강호를 이 잡듯 뒤져야 한다.

진저리가 쳐지는 끔찍함과 지겨움이 있을 뿐, 불가능한 일이다.

하지만 서문표는 제 속을 말할 수 없었다.

그는 벌써 육십을 넘긴 나이였다. 젊었던 시절의 팔팔함은 찾아볼 수 없으나 더욱 노회해진 경륜이 있었다. 그리고 이제는 조작량의 그림자만 보아도 그의 생각을 읽을 수 있게 되었다. 평생을 수족처럼 붙어 있었던 종인 것이다.

그 종에게 하나뿐인 주인이 명령했다.

"가라, 가서 찾아라."

"존명!"

서문표가 어두운 얼굴로 물러갔다.

넓은 대전이 텅 비었다.

밀려드는 적막과 공허함.

'나는 무엇을 위해 여기까지 쉬지 않고 달려왔는가?'

그런 의문이 불쑥 들어서 조작량은 이마에 깊은 주름을 만들었다.

강호는 평화로웠다. 사마의 준동이 씻은 듯 사라진 때문이다.

이 평화를 만들어내고 지키기 위해서 피를 흘린 지 어느덧 반세기가 지났다. 두 차례의 정사대전을 치르고 난 지금은 그 어느 때보다 안정된 시기였다. 그게 이십 년째 계속되고 있다.

각처의 효웅들 간에 제 지방에서 패자가 되기 위한 암투와 경쟁이 있을 뿐, 정사대전 같은 무림 전체의 위기는 사라진 것이다.

조작량은 그건 곧 모두를 무기력하고 나태하게 만드는 늪 같은 것이라고 생각했다.

'이제는 변화가 필요한 때가 되었다. 위기야말로 강호에 활력을 불어넣어 주는 보약이 아니던가.'

그런 조작량의 생각은 뒤늦은 후회이기도 했다. 그리고 옳은 생각이기도 하다.

위기 속에는 죽음과 피의 두려움이 항상 있지만, 누구에게나 열려 있는 기회도 있다. 누구나 영웅이 될 수 있고, 그런 희망을 품을 수 있는 것이다. 그래서 위기가 기회를 만들어주고, 영웅은 난세에 태어난다고 하는 것 아니겠는가. 하지만 지금과 같은 고요함 속에는 그런 것이 없다.

조작량은 이것이 무덤 속의 평화와 무엇이 다른가? 하고 스스로에게 물었다. 가슴이 답답해진다.

뛰쳐나가고 싶었다.

뭇 고수를 휘몰아 질풍처럼 강호를 휩쓸고, 피의 강을 건너고 주검의 산을 넘어 영웅의 기상을 만천하에 드높이고 싶었다.

그런데 누구와? 어떻게?

싸울 상대가 없으니 내 힘은 쓸모없는 장식에 지나지 않다.

'마교를 뿌리째 토벌해 버리는 게 아니었어.'

그런 후회가 들었다.

그는 약관의 청년일 때 이차 정사대전에 참가했었다. 무웅보(武雄堡)를 이끌고 백도연합체에 가담해서 마교를 중심으로 뭉친 사마외도와 맞서 삼 년에 걸친 피비린내나는 전쟁을 한 것이다.

수많은 협객 호한들이 덧없이 죽었고, 수많은 마두 효웅들이 칼날의 이슬이 되어 사라져 갔다. 그리고 불세출의 영웅도 탄생했다.

조작량.

그는 무웅보가 키워낸 절세의 고수이면서 피의 참혹한 전장(戰場)이 꽃피워 낸 영웅이었다.

마도 괴멸의 선봉에 서서 불멸의 전공을 세운 대영웅이자 강호 제일의 고수.

그 엄청난 일을 그는 서른 살 초입에서 거뜬히 해냈던 것이다.

그리고 불과 삼십대 중반에 강호의 일선에서 물러나 은거했을 때 사람들은 그를 무극검제라고 부르며 칭송했다.

그의 장원은 거대한 성으로 바뀌었고, 강호인들은 그 성에 기꺼이 지존보라는 이름을 증정했다.

조작량이 무웅보의 현판을 떼고 새로운 현판을 걸던 날, 구대문파는 물론 강호의 모든 방회와 장원, 보에서 달려온 축하 사절들로 산과 들이 뒤덮였을 정도였다.

그 후 그는 지금 이처럼 세상의 잡다한 일에서 떠나 자신의 성안에 웅크리고 있으면서도 강호라는 변덕스러운 세계에 당당하게 군림하고 있었다. 천하무림을 오시하고 백문백파(百門百派)를 호령하는 절대자가 되어 있는 것이다.

소림과 무당, 아미와 화산, 종남은 물론, 북으로는 곤륜에서 서로는 천산, 남으로는 점창파까지도 그의 눈치를 보는 시대를 만들었다.

그래서 그는 '무신(武神)'으로 불렸다. 강호에 살아 있는 신으로 존재하는 유일한 인물이 된 것이다.

무림의 신. 그 절대자가 잔뜩 이마를 찌푸린 채 괴로워하고 있었다.

벌써 날이 어두워졌지만 그는 대전에 불을 밝히지 않았다. 그리고 강호의 중심에 신전(神殿)처럼 우뚝 서 있는 천무전(天武殿)에서 끝없이 깊어지는 침묵을 지키고 있었다.

이렇게 무덤 속 같은 고요에 둘러싸여 있는 시간이면 그는 죄의식에 시달렸다.

자신이 걸어온 혈로(血路)에 대한 것이 아니다.

그건 신이 되기 위해 필요한 피의 제물일 뿐이라고 치부할 수 있었다.

하지만 십삼 년 전, 절강성 천목산 영선봉(榮仙峰) 아래에 있던 오운장의 혈겁에 대해서만은 죄의식을 지울 수 없었다.

잊을 수 없는 한 사람, 탈혼비검 기철목 때문이다.

그는 그날의 혈겁이 있은 후 오늘까지 조작량에게 하루도 편한 잠을 허락하지 않은 사람이었다.

무신이 된 절대자 조작량은 지금도 가끔씩 그가 피를 뚝뚝 흘리며 악귀 같은 얼굴을 하고 다가오는 꿈 때문에 놀라서 깨어나곤 한다.

'그를 살려두는 게 나았다.'

그렇게 깨어난 아침이면 늘 그런 후회가 들었다.

'미안하다.'

그럴 때마다 마음속으로 그렇게 말해보지만 가슴 깊이 가라앉은 무거운 돌덩이는 없어지지 않았다.

잊을 수 없는 사람. 오랜 친구이자 마음의 스승이나 다름없었던 한 사람에 대한 죄책감으로 괴로워질 때마다 그는 자신을 꾸짖고, 이미 죽어 형체조차 사라진 기철목을 꾸짖었다. 그러면 두 개의 마음이 가슴속에서 조금의 양보도 없이 싸워댄다.

홀로 천무전의 어둠 속에 앉아 있는 지금도 그랬다.

'기철목! 당신은 나를 속였어! 마교의 뿌리는 절대로 용서받을 수 없다!'

'하지만 네 행위는 비열하고 잔인했다. 그게 과연 영웅이 할 짓이었더냐?'

'나는 언제나 결과를 중요시한다! 나는 마지막 마교의 뿌리를 제거했을 뿐이야!'

'그래서? 너는 지금 그 일을 후회하고 있지 않느냐? 이 나른함이 싫어서 말이다. 마교의 뿌리를 남겨두었어야 한다고 조금 전에 네 스스로 말하지 않았어?

"시끄럽다!"

조작량이 자기 안의 상념과 갈등을 향해 버럭 소리쳤다. 대전에 그의 외침이 커다란 메아리가 되어 웅웅 울렸다.

"나는 조작량이다! 내가 하는 일은 모두 정의고 법이다! 나는 무림의 신이야!"

움켜쥔 그의 손 안에서 현철(玄鐵)만큼 단단하다는 금오석(金烏石) 의자의 팔걸이가 가루가 되어 부스스 떨어졌다.

*　　　*　　　*

난향원(蘭香園).

저 멀리 천축은 물론 비단길을 통해 들여온 이국의 기화이초들과 중원 각지에서 모아들인 가장 아름다운 꽃과 나무들로 가득 차 있는 화원이다.

하남성 북쪽, 산동과의 경계 아래에 있는 복양현 성 밖 이십 리에 거대한 성채가 우뚝 서 있었다.

하남성은 전체가 광활한 평야 지대라고 해도 무방할 만큼 산이 적고 넓은 들이 가득한 땅이다.

복양현도 군데군데 구릉 같은 산들이 있을 뿐 끝없는 평야 지대에 자리하고 있는데, 서쪽에 와호산이라고 하는 산이 우

뚝 솟아 그 평원들을 굽어보고 있었다. 그래서 와호산 위에
서 있는 성채는 안개 낀 날 멀리서 보면 뿔 달린 거대한 짐승
이 몸을 일으키고 있는 것처럼 위압적으로 보였다.

그곳이 바로 천하무림을 제 앞의 저 넓은 평원처럼 굽어보
는 지존보다.

그곳에서 가장 아름다운 곳을 꼽으라면 누구나 난향원을
가리킨다.

난향원에 들어와 본 사람은 우선 그 규모에 놀라고, 화려함
에 놀라며, 온갖 기화이초들의 아름다움에 놀랐다.

절로 마음이 가벼워져서 선계를 노니는 신선이 된 듯한 기
분을 맛볼 수 있는 곳. 세파에 시달려 피곤해진 몸과 마음의
찌꺼기가 싹 씻겨 버리는 곳.

하지만 누구나 마음대로 출입할 수 있는 곳은 절대 아니었
다.

초대받지 못한 자는 죽을 때까지 난향원 근처에도 가지 못
한다. 그곳은 조작량과 오직 한 여인을 위해서 만든 곳이기
때문이다.

그 난향원에서 조작량은 가득 피어 있는 붉고 흰 꽃들 사이
를 서성이며 바로 그녀를 생각하고 있었다.

벌써 며칠째 이곳에서 꽃과 나무를 돌보고, 땅을 일구며 물
을 주고 있어야 할 그녀가 보이지 않았다. 그래서 조작량에게
는 더 이상 난향원이 아름답지 않았다.

공허한 마음, 그리고 드러낼 수 없는 고통.

육십을 바라보는 나이에 그런 감상과 괴로움에 빠질 수 있다는 게 자신에게도 믿어지지 않았다. 하지만 조작량은 지금 괴로워하고 있었다.

"얼마나 되었지?"

그가 문득 허공을 향해 물었다. 그리고 텅 빈 그 허공에서 대답하는 소리가 들려왔다.

"내일이면 열흘이 됩니다."

"그래?"

조작량은 그녀가 평소보다 오래 지체한다고 생각했다.

천천히 화원을 거닐던 그가 커다란 바위 위에 걸터앉았다. 군데군데 걸려 있는 유등만으로는 넓은 난향원의 어둠을 다 몰아낼 수가 없다.

불빛의 그늘에 가려져 있는 컴컴한 어둠이 이곳과는 어울리지 않게 을씨년스러워 보였다. 그리고 섬뜩하게 전해져 오는 어떤 느낌.

조작량은 그 어둠을 마주 보고 있었다. 자신의 지나온 날들이 주마등처럼 떠올랐다.

영웅심에 사로잡혀 있던 날들이라고 생각했다.

오직 앞만 보고 정신없이 달려온 숨 가쁜 날들이기도 했다.

싸우고 또 싸워서 뼛속에까지 피 냄새가 배었던 그런 날들이기도 하다.

후회는 없었다.

다만 한 가지.

'사랑이라는 것……'

조작량의 입가에 쓴웃음이 물결쳐 흘러갔다.

하찮은 것으로 여겼다.

사내대장부로 태어나 위대한 업적을 향해 매진하는 길에 사랑이란 사치스럽고 유치한 감정일 뿐이라고 치부했다.

그래서 그의 청춘에 여자란 없었다. 오직 호쾌한 영웅들과 치열한 날들이 있었을 뿐이다.

사내로서 한 점의 부끄러움도 없는 날들이었다. 물론 천목산 오운장의 일은 빼야 한다. 그건 예외적인 일이니까.

그런 날을 뚜벅뚜벅 걸어와 지금은 장년과 노년의 사이에 있는 몸이 되었다. 어느덧 오십 하고도 칠 세가 된 것이다.

흰 머리카락이 반을 넘었고, 수염도 반흑 반백의 빛깔이 되었다. 손등의 잔주름이 갈수록 많아진다.

인생의 연륜이라는 것이 드러나 보이기 시작한 지긋한 나이 오십칠 세.

그 나이에 비로소 그동안 잊고 살아온, 아니, 처음부터 없다고 여기고 살아온 사랑이라는 것이 불쑥 찾아와 자신의 지난 모든 날들을 허망하게 만들어 버리고 있었다. 어찌 이런 날이 있으리라고 꿈엔들 생각했으랴.

부끄러웠다.

그래서 그는 자신의 그런 감정이 겉으로 드러날까 봐 전전
긍긍했다. 만에 하나 다른 사람이 그것을 안다면 얼마나 비웃
을 것인가.

천하의 조작량도 신은 아니었다고 떠들어댈 것이다.

남들 같으면 손자를 어르고 있어야 할 나이에 첫사랑에 빠
져 있는 주책없는 놈이라고 손가락질할 것이다.

딸과 같은 여자를 짝사랑하는 염치없는 놈이 되고 만다.

그건 용납할 수 없는 일이었다.

이날까지 오직 지금의 이 자리를 위해 온 힘을 다해서 달려
온 자신의 모든 노력과 시간들을 한순간에 유치한 것으로 돌
려 버리는 저주 같은 것이다.

조작량은 결코 그렇게 되는 걸 바라지 않았다.

하지만 이 감정만은 통제할 수가 없었다.

사랑이라는 것. 그 묘한 감정이라는 것.

그놈에게는 나이가 상관없고, 때와 장소가 필요없으며, 명
예와 권력이 소용없는 건지도 모른다. 그렇다면 세상에 존재
하거나 존재하지 않는 모든 것들 중 사랑이라는 감정만큼 뻔
뻔하고 지독한 것도 없으리라.

조작량은 자기가 바로 그 뻔뻔하고 지독한 것에게 단단히
사로잡혔다는 걸 알았다.

그건 무신으로 불리는 그로서도 불가항력적인 일이었다.
오직 감추고 또 감추어서 드러나지 않게 할 뿐이다.

그런데도 문제는 있었다.

질투.

이제 사랑은 질투라는 놈을 종으로 부렸다. 그것들은 언제나 붙어 있었다. 결코 떨어지지 않는다.

그래서 조작량은 사랑만을 품고 있었을 때보다 두 배로 고통스럽고, 두 배로 가슴 아팠으며, 두 배로 힘들었다.

"으으음—"

배앓이를 하는 아이가 잠결에 끙끙대는 것처럼 절로 깊은 탄식이 흘러나왔다.

조작량이 손을 뻗어 검은 바위 곁에 탐스럽게 자라 있는 무화과나무 줄기를 쓰다듬었다. 거칠거칠한 그것의 표면이 손바닥 가득 느껴진다.

그것은 살아 있는 것의 정겨움이 아니라 싸늘한 증오였다.

조작량은 어느덧 난향원에서 아름다움이 아닌 분노와 증오를 느끼고 있었던 것이다. 그러므로 그는 이 선계의 화원과 같은 곳에서 신선이 되지 못했다.

눈길을 돌려 천천히 무화과나무의 줄기를 따라 내려갔다. 검은 땅속에 깊이 뻗어 들어간 뿌리를 본다.

'괘씸한 놈, 감히 내 꽃에 욕심을 내?

마음속의 분노가 끓어올랐다.

형산파의 젊은 청년이었다.

형산일수(衡山一秀)라고 불릴 만큼 빼어난 자이고 귀골이었다. 하지만 그는 쥐도 새도 모르게 죽어 지금 이 무화과나무 뿌리 아래에서 썩어가고 있었다.

그의 실종을 아는 자가 세상에는 없다. 형산일수 곽부성을 이곳에 파묻은 그자는 실체가 없는 유령 같은 자이니 예외로 쳐야 한다.

아니, 딱 한 사람이 있기는 하다. 바로 그녀였다. 하지만 그녀도 짐작만 할 뿐 곽부성이 파묻히는 걸 목격하지는 못했다. 그러니 더 답답하고 무서웠을 것이다. 그래서 난향원을 뛰쳐나갔고, 지금 조작량을 이처럼 초조하게 만들고 있는 것이다.

조작량의 멍한 눈길이 허공을 스쳐 갔다. 그곳에 그가 있다는 걸 조작량은 잘 알고 있었다.

자신을 위해 더럽고 비열한 짓을 마다하지 않고 처리하는 자. 그자가 허공에서 명령을 기다리고 있는 것이다.

조작량이 혼잣말처럼 불쑥 중얼거렸다. 그리고 허공이 대답했다.

"황룡문이겠지?"

"그렇습니다."

"그나마 다행스런 일이야."

"……."

"그에게 이번에도 신세를 진 셈이다."

황룡문주인 운중룡 당고한.

조작량이 진심으로 신뢰하는 사람 중 한 명이었다. 그는 둘

도 없는 친구이자 동지인 것이다. 형제처럼 가깝게 지내왔고,
삶과 죽음을 언제나 함께 나누었다.

"귀령."

"하명하소서."

"언제쯤 그녀가 돌아올 것 같으냐?"

"……."

"이러는 내가 어린애 같아 보이겠지?"

"주군은 강호제일보(江湖第一堡)인 지존보의 보주이시고
무림의 신이십니다. 천비(賤婢)가 어찌 감히……."

귀령(鬼靈). 그가 모처럼 길게 말했다. 그만큼 당황했다는
것이리라.

조작량의 입가에 쓴웃음이 매달렸다.

세상에서 그의 존재를 아는 사람은 조작량 본인과 의형제
두 명, 그리고 그녀뿐이었다. 아니, 그녀도 귀령의 실체를 본
적은 없다. 그저 존재를 알고 있을 뿐이니 반은 모른다고 해
야 옳다.

조작량의 가장 가까운 심복인 천리취향 서문표조차도 귀
령의 존재에 대해서는 알지 못했다.

그는 언제나 조작량의 눈과 귀가 되었고, 조작량의 손과 발
이 되어서 그가 원하는 일들을 감쪽같이 해치웠다. 그는 암흑
속의 절대자였다.

그런 그가 지금은 늙어서 첫사랑에 빠진 한 주책없는 사내

의 뒤처리를 해주는 신세로 전락해 버렸다.

하지만 귀령은 조금도 불만스러워하지 않았다, 조작량이 그에 대해서 조금도 미안해하지 않는 것처럼.

"다른 소식은?"

"곁에 위사 한 명을 새로 두었답니다."

"위사? 백천수호대의 검기령이 호위하고 있을 텐데?"

"황룡문의 말단 위사를 지목해서 부린다고 합니다."

"……?"

이런 일은 없었다. 그래서 조작량은 곤혹스러웠다.

'그저 노리개 삼아 꼬집고 걸어차면서 울분을 풀려는 건가?'

그렇다면 열 명의 위사를 더 두어도 상관없는 일이다.

"황룡문의 위사란 말이지……."

중얼거리는 동안 가슴이 묘하게 흥분되었다. 다가오는 적을 바라보고 있을 때처럼 두근거린다.

황룡문의 위사라면 신분이 확실하다. 운중룡 당고한은 치밀하고 철저한 사람 아닌가. 그가 아무나 위사로 받아들였을 리 없으니 안심은 된다.

하지만 이 야릇한 느낌은 뭐란 말인가.

그의 침묵이 길어지자 불안했던지 허공에 작은 파문이 일었다.

"명령하시면 그놈의 뒤를 캐보겠습니다."

“그만둬.”

“……?”

“당고한이 부리는 위사라면 이미 신원 확인은 끝났다고 봐도 좋다.”

하지만 ‘어째서 하찮은 위사였을까?’ 하는 의문은 남았다.

당고한에게는 여섯 명의 준수한 제자가 있다. 그녀는 그들 중 아무나 한 명을 지목할 수 있었다. 당고한은 절대로 거절하지 못할 것이다. 그리고 그녀에게 지목당한 자는 무상의 영광으로 여기고 허겁지겁 달려가 그녀의 발아래 엎드릴 것이다.

그런데 하찮은 위사 한 놈이라니…….

그게 마음에 걸리기는 했지만 이내 잊어버렸다. 그녀의 속내가 무엇인지 모르나 무신으로 불리는 자신이 황룡문의 위사 한 놈을 염두에 두고 있어야 한다는 게 우스웠기 때문이다.

“기다린다.”

“존명.”

그가 난향원을 떠났다. 그리고 조작량도 천천히 깊은 화원을 등졌다.

‘그녀는 돌아올 것이다. 그래야만 한다는 걸 그녀 스스로가 너무 잘 알고 있다.’

벌써 다섯 번째 말없이 보를 뛰쳐나갔지만 그녀가 매번 황룡문으로 간 것은 바로 자기를 의식해서라는 걸 조작량은 알고 있었다.

다른 곳으로 가 숨는다면 곧 지존보의 사천(四天) 중 하나인 흑천유밀대(黑天幽密隊)가 추격해 갈 것이다. 그들을 견딜 수 있는 사람은 아무도 없다는 걸 그녀는 누구보다 잘 알고 있었다.

하지만 황룡문이라면 안전하다. 조작량의 신임을 받고 있는 당고한의 문파이기 때문이다. 그래서 그녀는 조작량이라는 절대자에게 반항하는 유일한 방법으로 기껏 보를 떠나 황룡문으로 달려가곤 했다. 거기서 며칠 푹 쉬고 아무 일도 없었다는 듯 천연덕스럽게 다시 돌아왔던 것이다.

＊　　　＊　　　＊

"당신은 내가 왜 벼락처럼 느닷없이 황룡문으로 뛰어들었는지 궁금하지 않나요?"

급히 털어 넣은 화주 한 잔에 잔뜩 눈살을 찌푸리고 있던 그녀가 겨우 얼굴을 펴고 그렇게 물었다.

제 잔을 천천히 비운 류의 무심한 눈길이 그녀의 얼굴에서 멎었다.

그렇게 다짐했건만 다시 정신이 아뜩해진다.

그녀의 얼굴은, 반짝이는 두 눈은 류에게 남자를 두렵게 하

는 것이 칼끝만은 아니라는 걸 깨닫게 해주었다. 여자의 눈길
이 때로는 그것보다 더 두려운 것일 수 있었다.

류가 슬며시 그녀의 눈길을 피해 술을 따르며 중얼거렸다.

"관심없어."

자연스런 반말.

이곳에 지존보의 누군가가 있어서 그 말을 들었다면 당장
류의 목을 치려 들었을 것이다.

만약 지존보에 속해 있는 자가 그렇게 말했다면 그녀가 용
서하기 전에 조작량의 노여움이 불처럼 떨어졌을 것이다.

지존보 안에서도 그녀에게 하대를 할 수 있는 사람은 오직
조작량 한 명뿐이었기 때문이다.

하지만 이 낡고 허름한 주가(酒家)에는 조작량이 없고 지존
보의 무사가 없다. 그리고 그녀는 개의치 않는다.

그녀가 방긋, 소리없는 미소를 지었다. 그러자 음침하던 주
가 안이 황홀하게 밝아졌다.

저쪽에 앉아 있던 네 명의 허름한 사내는 그녀가 주가에 들
어오고, 류와 마주 앉아 죽립을 벗었을 때부터 넋이 나가 있
었다.

언제 그녀가 다른 사람들 앞에서 이처럼 제 얼굴을 고스란
히 드러낸 적이 있었던가. 지존보 안에서도 그녀의 얼굴을 볼
수 있는 사람은 극히 적었다.

그런데 퀴퀴한 냄새가 배어 있는 이 음침한 주가 안에서,

낯선 외인들 앞에서 그녀가 제 얼굴을 드러냈다.

조작량이 알게 된다면 대체 어떻게 받아들일지 그걸 시험해 보려는 것인지도 모른다.

어쨌든 그래서 주가 안의 숨 쉬는 것들은 벌레 한 마리까지도 넋이 빠져 얼어붙어 버렸다.

칠십은 되어 보이는 주인영감도 예외는 아니어서 술병을 들고 주방 앞에 엉거주춤 선 채 넋을 빼앗겨 버렸다. 쪼글쪼글해진 입가로 침이 주르르 흘러내려 수염을 적시고 있지만 알지 못한다.

그리고 그녀가 미소 지은 순간 술병을 놓치고 말았다.

쨍그랑!

요란한 그 소리가 정지되어 있던 모든 사물을 화들짝 놀라 깨어나게 했다.

"당신은 어째서 관심없다는 말을 그처럼 쉽게 할 수 있지요?"

"관심이 없으니까."

"나에게 말인가요, 아니면 자기 자신에게인가요?"

"둘 다."

류가 천천히 독한 화주를 입 안에 흘려 넣으며 웅얼거렸다.

"아무것에도, 누구에게도 관심이 없어."

"당신은 강한 척하지만 누구보다 나약한 사람이군요."

"흡!"

류가 머금고 있던 술을 뿜어냈다. 부릅뜬 눈으로 그녀를 노려보았다. 더 이상 흔들리고 있지 않다.

그녀, 염가연이 다시 배시시 미소 지었다. 그리고 손수 술병을 들어 류의 잔에 술을 따라준다.

조작량이 아닌 다른 사람에게 그녀가 술을 따라주는 건 처음이었다.

하지만 이곳에는 그 사실을 아는 자가 아무도 없고, 류에게는 관심이 없다.

쪼르르르―

술 따르는 청아한 소리가 유난히 크게 들렸다.

옥을 깎아놓은 것 같은 투명한 손가락. 그것을 물끄러미 바라보던 류가 조금씩 눈살을 찌푸렸다.

'빌어먹을. 이거야말로 지독한 덫에 걸렸군.'

뿌리칠 수 없으리라는 직감이 들었다.

불쑥 개미귀신이 떠올랐다. 황량한 황토 벌판에 쪼그리고 앉아 배고픔을 참고 있던 어린 시절, 개미지옥을 보았다.

함정을 파놓고 숨어서 개미가 빠져들기만 기다리고 있던 음흉한 놈.

한 번 빠져든 개미는 결코 그 개미지옥을 벗어나지 못한다. 버둥거리다 지쳐 맥이 풀어진 그놈에게 득달같이 달려들어 물어 뜯던 개미귀신.

그 치열한 생존의 현장에서 삶과 죽음이 언제나 함께 붙어 있다는 걸 깨닫고 절망하지 않았던가.

류는 자기도 모르는 사이에 어쩌면 자신이 바로 그 개미 신세가 되어버린 건지도 모른다고 생각했다.

등줄기에 섬뜩한 전율이 달려갔다.

와락, 그녀의 섬섬옥수를 움켜잡았다. 손등에 불끈 힘줄이 일어선다.

"대체 이유가 뭐야? 나를 희롱하는 이유가 뭐냔 말이다. 인생이 따분해서인가? 그래서 새로운 노리개가 필요해진 건가?"

"당신은 스스로 그렇게 자학할 필요 없어요."

그녀가 조용히 말하며 손을 뺐다.

"호기심에 모두 이유가 필요하다면, 그래서 누구나 그것을 밝혀야만 한다면 이 세상은 시끄러워서 살 수가 없을 거예요."

"명심해. 나는 가지고 놀기에 제법 위험한 노리개가 될 거다."

"노리개는 이미 충분해요. 지긋지긋할 만큼 넘쳐 난답니다."

그녀의 얼굴에 문득 우수가 드리웠다. 흘러내린 머리카락을 쓸어 넘기는 손목이 더욱 파리하다.

"……."

"새장 속의 새를 생각해 보라고 말하면 진부할까요?"

“무슨 소리야?”

“그 새가 날아가기를 원할까요? 아니면 머물러 있기를 원할까요?”

“…….”

“처음 갇혔을 때는 파닥거리며 철창에 몸을 부딪쳐 피를 흘리기도 하겠지만 시간이 지날수록 좁은 그 안의 세상에 점차 익숙해질 거예요.”

천천히 제 잔에 술을 따르는 손길이 가늘게 떨린다.

“그러다가 그곳에서 편함과 안락함을 느끼기 시작하겠지요. 피곤하도록 날아다니지 않아도 먹이가 넘쳐 나니까요. 매를 두려워할 필요도 없겠고.”

“…….”

“새는 점점 자신이 새가 아닌 다른 무엇이 되어갈 거예요. 그리고 그것조차 모르게 되겠지요.”

술이 넘쳐흐른다. 그녀는 그것마저 모르고 있다.

“그러다가 언제부터인가는 새장이 없어도 더 이상 날지 못하게 되지요. 나는 법을 잊어버린 새가 새일까요?”

류를 바라보는 눈에 물기가 어렸다. 류가 그녀의 손을 잡았다. 술병을 빼앗더니 제 입에 처박고 콸콸 부어댔다.

그리고 낮게 으르렁거린다.

“상관없어, 나는 새 따위에게 관심이 없으니까.”

“그럴까요?”

"이야기할 상대가 필요해서 나를 택한 거라면 당신은 아주 훌륭한 선택을 한 거야. 나무토막을 마주하고 말하는 것보다야 나을 테니까."

"당신에 대한 내 관심이 다른 데 있다면?"

"어쨌든 상관없어."

"그렇다면 당신의 관심은 대체 어디에 있는 거지요?"

류가 그녀를 똑바로 바라보았다.

"지금 당장의 관심이 궁금한 건가? 아니면 내가 가지고 있는 본질적인 관심?"

"당신의 말을 쉽게 들으려면 지금 당장의 관심에 대해서 물어야겠지요?"

"간단해."

"……?"

"이 지겹고 따분한 대화를 어떻게 하면 그만둘 수 있을까 하는 거야."

염가연의 눈길이 싸늘해졌다. 입술을 잘근 깨문다. 그리고 낮고 차갑게 물었다.

"그 다음에는?"

"말했을 텐데?"

"……?"

"취운각에서 분명히 말했어."

"내가 당신 앞에서 옷을 모두 벗는 걸 지켜보겠다는 거?"

“어떻게 하면 될 수 있을까? 그게 내 관심이야.”

“까르르르르―”

갑작스럽게 터져 나온 그녀의 자지러지는 웃음이 세상을 온통 흔들어댔다.

第二章
폭발하는 힘

第二章

날이 저물었다.

주루의 등잔불이 꺼질 듯 가물거리는데, 두 사람은 목석이 된 것처럼 마주 앉아서 움직일 줄 몰랐다.

퀴퀴한 냄새가 배어 있는 산골의 주청 안에는 류와 염가연 두 사람만 밤을 지키는 파수꾼인 것처럼 앉아 있었다.

그녀에게 넋을 빼앗겼던 주객들도 탄식하며 돌아갔고, 주인영감도 내실로 들어갔다.

칠십의 나이에는 역시 여자의 아름다움보다 하루의 피곤함을 풀어줄 잠의 유혹이 더 크리라.

다들 돌아갔는데 그녀는 밤이 깊어도 돌아갈 생각을 하지 않았다.

류는 재촉하지 않았다. 그녀가 앉아 있으니 그도 앉아 있을 뿐이라는 듯 무감정했다. 하긴, 그게 그가 해야 할 일이기도 하다.

가까이서 밤 부엉이 우는 소리가 들려왔다. 어둠 속에 귀기를 띠고 서 있는 시커먼 나무들이 불어온 바람에 몸을 비비며 우우— 하고 운다.

창백한 얼굴이 불빛에 그늘져 있으니 더욱 창백해 보였다. 그 위에 불 그늘보다 더 짙은 슬픔으로 일렁이는 무엇.

그녀의 시린 뺨 위로 물결쳐 가는 그것이 무엇인지 알 수 없다.

류는 조는 것처럼 반쯤 눈을 감은 채 약간 고개를 숙이고 있었다. 완고하게 팔짱을 끼고 있는 팔을 풀 생각이 없는 듯하다.

반은 잠이 들고 반은 깨어 있는 상태. 그런 상태가 류에게는 가장 익숙하고 편안했다. 고산도에서의 십 년 세월 동안 늘 그렇게 휴식을 취했기 때문이다.

반개한 눈으로 코끝을 보고, 코로는 제 가슴을 들여다본다. 몸과 마음을 느슨하게 이완시키고 조용히 숨을 쉬면 저절로 구양진결의 유화비결이 운기되었다.

나를 이 광활한 우주 속에 풀어버리고 대신 우주의 막막한 기운을 조금씩 빨아들이는 것이다.

내 형체가 의식 속에서 사라져 갈수록 무의식 속에 채워드는 우주의 기운은 무성해져만 갔다.

그리고 그 기운이 지금 류에게 묘한 흥분을 가져다주었다.

보지 않아도, 느끼려고 애쓰지 않아도 저절로 와 닿는 이질적인 감각. 류는 그것을 무엇이라고 불러야 할지 알지 못했다.

기감(氣感)이라는 말로는 설명하기에 부족한 무엇이다. 그렇다고 본능과 직관이라고 해버리기에는 너무 막연한 그런 느낌.

류가 가슴 앞에 단단히 끼고 있던 팔짱을 풀었다.

휘류류류—

밤새의 날개 치는 소리 같기도 하고, 나뭇가지를 흔드는 바람 소리 같기도 한 낮은 소음이 흘러갔다.

그리고 어설피 닫혀 있던 낡은 문짝이 비틀리는 소리를 내며 열린다.

쏴아아아—

갑자기 밀려들어 오는 선뜻한 바람의 덩어리.

벽에 걸려 있던 등잔불이 꺼질 듯 크게 일렁였다. 괴물처럼 커진 불 그림자가 사방에 너울거리고, 적막이 비명을 지르며 달아난다.

"우흐흐흐—"

불쑥 그 자리에 찾아든 검은 유령들 하나, 둘, 셋.

그것들이 문 앞에 우뚝 서서 섬뜩한 음소를 흘렸다.

류가 완전히 눈을 떴다. 염가연을 한 번 바라보고 천천히 몸을 일으킨다.

뚜두둑!

어둠 속에서 목을 흔들고 팔을 움직일 때마다 관절 부딪치는 소리가 더욱 크게 울렸다.

"꼬마."

그런 류를 물끄러미 바라보던 유령 하나가 그를 불렀다. 땅속으로 꺼질 듯한 음성이다.

두 번째 유령이 말을 받았다.

"재롱떨지 말고 비켜서라."

"손발이 피곤해지는 밤은 싫어."

세 번째 유령이다.

정면과 좌우. 세 방향을 가로막고 서 있는 검은 그림자들. 하나같이 키가 크고 몸집이 호리호리했다.

검은 옷자락이 바람에 펄럭일 때마다 음산한 기운이 밀려온다.

류가 게으른 소처럼 느릿느릿 몸을 돌려 그들을 마주하고 섰다. 어둠 속에서 으스스하게 빛나는 여섯 개의 눈빛.

첫 번째 유령이 말했다.

"나는 이런 밤이 좋아."

"적막하고 쓸쓸한 밤이다. 저승으로 가는 길이 이렇다지?"

“꼬마야, 옆으로 다섯 걸음 물러서라. 그러면 너에게는 아무 일도 없을 거야.”

두 번째와 세 번째 유령이 말을 이었다. 한 사람이 말한 것처럼 끊어짐없이 자연스럽게 이어진다.

가만히 그들을 노려보던 류가 비로소 입을 떼었다.

“원하는 게 바로 이 여자인가?”

“이 여자?”

첫 번째 유령이 머리를 갸웃했다. 두 번째 유령이 받는다.

“호위라는 놈의 말버릇이 아름답지 못한걸?”

“흐흐흐, 원래 버릇없는 놈인지도 모르지.”

그들은 무슨 말을 하든지 세 명이서 한 구절씩 나누어 하는 게 틀림없었다. 세 사람이 한 사람이 되어 살고 있다는 것이리라.

류가 피식 웃었다.

“우리는 저 여자애를 원해.”

“그것도 살아 있는 걸 원하지.”

“그렇다고 우리가 저것의 몸뚱이를 탐내는 거라는 오해는 마라.”

“그럼?”

“그냥 저 여자애를 원할 뿐이야.”

이번에는 첫 번째 유령이 혼자서 말했다. 류가 머리를 갸웃거렸다.

"겁탈할 것도 아니라면서 왜?"

역시 첫 번째 유령이 말한다.

"써먹을 데가 있단 말이다, 아주 요긴하게."

"그러니 우리에게 넘겨준다면 오늘 밤 네놈은 스스로 명이 길다는 걸 느끼게 될 거다."

"그렇다고 고마워할 것까지는 없어. 흐흐흐―"

류는 이놈들이 겉으로 보기에만 으스스했지 웃기는 작자들이라고 생각했다.

"그런데 너희는 뭐라는 귀신들이냐?"

"흐흐, 이놈이 아직 어려서 우리를 모르는구나."

"하룻강아지 범 무서운 줄 모른다는 격이지."

"무혼삼귀(無魂三鬼)라는 이름을 들어봤느냐? 흐흐, 그게 바로 우리들 세 어르신이니라."

그러는 동안 흔들리던 불빛이 다시 안정되었고, 류는 그들의 얼굴을 똑똑히 볼 수 있었다.

오십 줄에 든 자들이었는데, 하나같이 매부리코에 음침하고 쭉 째진 눈, 뾰족한 턱을 가지고 있었다. 성긴 수염이 한 뼘쯤 늘어져 있다.

류는 강호에서 이자들의 이름이 제법 높은 모양이라고 생각했다.

가슴에 다가오는 느낌이 오랜만에 짜릿했던 것이다.

문득 맥량산의 굴 앞에서 싸웠던 개대가리, 삼패왕 장견두가 생각났다. 곰처럼 위압적으로 생긴 그자에게서 받았던 느낌도 지금과 같았다.

'어디서 뭘 하고 있는지 몰라?'

적의를 드러낸 세 명의 고수를 앞에 두고 류는 엉뚱한 생각을 했다.

개대가리, 장건두는 미련하고 거칠며 마음이 단순한 자였다. 천성이 순박한 자인 것 같지만, 그만큼 죄의식도 별로 느끼지 않고 나쁜 짓을 할 수 있는 자라는 것이기도 하다.

힐끔 염가연을 돌아보았다. 그녀는 아예 탁자에 팔을 괴고 엎드려 눈을 꼭 감고 있었다. 술에 취해 잠이 든 것 같다.

'잘도 꾸며대고 있군.'

절로 고소가 피어오른다. 그녀가 저렇게 시치미를 떼고 있다는 건 자신을 시험해 보려는 것이라고 짐작했다.

'원한다면 보여주지. 내가 어떤 사람인지 말이야.'

류의 마음에 불끈 그런 오기가 솟구쳤다.

애써 외면하고 무시하려 노력했지만 그녀를 깊이 의식하고 있었던 것이다.

사내는 미인 앞에서 대체로 세 가지 반응을 보인다.

자신의 초라함을 느끼고 쩔쩔매거나, 맹목적으로 추종하게 되거나, 한껏 자기를 과장해 보이려고 하는 것이다.

첫 번째는 비굴해지게 마련이고, 두 번째는 헌신적이 되게 마련이며, 세 번째는……

무모한 용기가 앞서서 어리석은 짓을 서슴지 않기도 한다. 그것이 자기 자신을 망치는 원인이 되기도 하지만, 당시에는 알지 못하고 느끼지 못하는 것이다.

지름 류가 그랬다. 그는 자신을 보여주고 싶었다. 내가 얼마나 용맹한지, 내 힘이 얼마나 격렬하고, 그래서 내가 얼마나 사내다운지 그녀 앞에서 증명해 보이고 싶었다.

그러면 그녀가 자신을 존경하고, 믿고 의지할 것이라는 생각에 사로잡혔다.

자기도 의식하지 못하게 그런 영웅심에 우쭐해져 버린 것이다. 그게 바로 그녀가 원하는 일이라는 걸 까맣게 잊었다.

"꺼져라."

무심한 말.

"응? 너, 꼬마 놈이 지금 뭐라고 했느냐?"

"꺼져라. 그렇게 말했지?"

"이런, 젖비린내도 안 가신 애송이가 뒈지고 싶어서 환장을 했구나!"

류의 말 한마디에 무혼삼귀가 일제히 발작을 했다.

"우흐흐흐, 우리 앞에서 재롱을 떠는 아이들은 많이 봤어도 너처럼 싸가지없게 말하는 놈은 보지 못했다."

"수레바퀴 아래 스스로 대가리를 들이미는 짓이지."

"그냥 개운하게 때려죽이고 말자."

'온다!'

극도로 발달된 류의 감각이 그런 느낌을 벼락처럼 전해주
었다. 한 번도 빗나간 적이 없는 직관이다.

팟!

류가 몸을 비틀며 앞으로 튕겨지듯 달려나간 것과 거의 동
시에 세 번째 유령의 발이 스쳐 지나갔다.

간발의 차이다.

꽝!

뿌드드드—

요란한 소리와 함께 박살 난 기둥이 넘어갔다. 지붕 한쪽이
곧 무너질 듯 기울며 자욱하게 먼지를 쏟아낸다.

류는 그가 언제 몸을 던져 허공을 날며 비각(飛脚)의 수법
으로 걸어차 온 건지 알아보지 못했다.

한순간의 이동, 그리고 타격이었던 것이다.

이놈들이 정말 유령이 아닌가? 하는 의문이 절로 들었다.
그렇지 않고서야 사람이 어찌 이처럼 가볍고, 이처럼 빠르게
움직일 수 있을 것인가.

슈우우—

그자는 마치 류의 그림자가 된 것 같았다.

미처 방향을 틀기 전에 벌써 살기 띤 손과 발이 그물처럼
내리덮인다.

'빠르다!'

류는 처음으로 이처럼 빠른 자를 만나보는 터였다. 경각심

이 번쩍 들었지만 피하기에는 이미 늦었다.

"우욱!"

류가 온몸에 한껏 힘을 주고 웅크리며 두 손을 엇갈려 얼굴과 가슴을 가렸다.

콰콰쾅! 하는 요란한 격타음과 함께 다섯 번의 주먹질과 세 번의 발길질이 그의 온몸에 작렬했다. 한순간에 소나기 퍼붓듯 쏟아지는 연타다.

류의 몸이 바람 맞은 갈대처럼 흔들리고 출렁거렸다.

빗나간 발길질에 주청의 기둥이 박살 나던 위력 아닌가. 그것이 고스란히 몸에 꽂혔으니 사람의 몸뚱이라면 견뎌낼 수가 없어야 정상이다.

처음으로 온몸 구석구석, 뼛속까지 스며드는 고통이 류의 의식을 잠깐 가물거리게 했다.

"크으으—"

류가 낮은 신음을 흘리며 비틀거렸다.

"제법 버틴다만 소용없어."

유령의 낮은 속삭임이 귓가에 닿는다.

'내 느낌이 틀렸나?'

엉뚱하게도 류는 불쑥 그런 생각을 했다.

쉬잇—

귓전에 스치는 짧은 바람 소리, 그리고 터져 나오는 묵직한 격타음.

퍼억!

그리고……

"헉!"

헛바람 새는 기묘한 소리가 동시에 쏟아졌다.

유령의 날카로운 수도(手刀)가 류의 어깨 위에 걸쳐졌고, 류의 무릎이 그것의 배에 깊이 박혀 있었다.

잠시 깊고 두터운 고요가 주청 안에 뒤덮였다.

"끄으으—"

유령의 몸뚱이에서 우두둑, 하는 끔찍한 기음이 낮게 새 나오더니 서서히 무너졌다.

류가 기울였던 몸을 바로 세우며 유령의 배에 박아 넣었던 무릎을 천천히 빼냈다.

"억!"

"저게 뭐야?"

첫 번째 유령과 두 번째 유령이 비로소 저희들의 눈에 보인 광경을 인식했다. 내가 헛것을 본 게 아니라는 확신이 경악의 비명이 되어 터져 나온다.

두 사람의 움직임이 너무 빨랐으므로 육안으로는 미처 알아볼 수 없을 정도였다.

세 번째 유령이 칼처럼 편 손을 휘둘러 류의 목을 노리고 회심의 일격을 날려온 순간, 류가 그것의 가슴으로 와락 달라붙으며 왼쪽으로 몸을 기울인 것과 동시에 오른손을 뻗어 뒷덜미를 낚아챈 것이다.

그리고 번쩍, 든 무릎으로 빠르고 강한 호선을 그리며 그것의 복부를 찍었다.

유령이 달려온 힘과 마주 달려든 류의 힘이 그 무릎치기 일격에 모두 집중되었으니 파괴력이 몇 배로 커졌다.

그 일격에 유령은 갈비뼈가 박살 나고 내장이 짓눌려 터졌다.

입을 열 수도 없는 고통이 유령의 온몸으로 퍼져 나갔다. 그래서 그것은 눈을 까뒤집은 채 고통스런 숨을 탁탁 끊어냈다. 무릎을 꿇고 앉아 반으로 접듯이 몸을 웅크린다.

점점 더 커지는 지나친 고통이 그를 꼼짝하지 못하게 했고, 기어이 바닥에 쓰러뜨렸다.

우두둑―

류가 몸을 폈다. 그러자 그의 온몸 뼈마디들이 잠에서 깨어나듯 기지개를 켰다.

첫 번째 유령과 두 번째 유령은 아직도 말을 되찾지 못했다. 입을 딱 벌린 채 눈을 부릅뜨고 바닥에 쓰러져 고통스럽게 헐떡이고 있는 셋째와 그 곁에 우뚝 서서 노려보고 있는 류를 번갈아 바라볼 뿐이다.

"너, 너…… 어린놈아, 정말 네가 한 거냐?"

첫 번째 유령이 손가락으로 셋째 유령을 가리키며 어눌하게 말했다.

셋째는 몸에 잔경련을 일으키고 있는 중이었다. 근육이 경
직되어 가고 있는 게 눈에 보인다. 그는 곧 숨이 멎을 것이다.

"이, 이, 이…… 죽일…… 놈!"

두 번째 유령이 눈에서 불길을 토해내며 이를 갈고 나섰다.

류가 숨을 쉬지 않는 셋째의 구겨진 몸뚱이를 성큼 넘어서
다가온다.

"무혼삼귀라고 했지?"

"……!"

"평소 혼이 없는 귀신이 되는 게 소원이었던 모양이군. 그
렇다면 이제 그 소원을 풀 날이 된 거야."

"저런 죽일 놈!"

"뭐라고 지껄이는 거냐, 애송이!"

첫째와 둘째 유령이 발작하려 할 때 류가 버럭 소리쳤다.

"기뻐하란 말이닷!"

외침과 동시에 그의 형체가 꺼져 버렸다.

팍! 하고 그가 있던 허공이 격한 폭발을 일으킨 것 같다.

류는 허깨비가 된 것처럼 가볍게 두 번째 유령의 코앞에 닥
쳐들고 있었다.

그는 셋째 유령의 빠른 움직임에 잠시 당황했던 분풀이를
그대로 둘째 유령에게 돌려주려고 작정한 것 같았다.

"엇?"

둘째가 놀란 숨을 들이켰다. 씩, 웃는 류의 하얀 이빨이 커

다랗게 보인다.

슈우우―

기묘한 소음이 들렸다. 눈 깜짝할 시간을 열로 쪼갠 찰나의 순간이다.

빠악!

당황한 눈을 부릅뜬 둘째의 턱이 덜컥, 하늘로 들려지고 목이 꺾이듯 뒤로 넘어갔다. 턱과 복부의 한복판, 위장이 시작되는 중완(中脘)에 상상도 하지 못했던 극렬한 충격을 동시에 느낀다.

단 한 번의 움직임.

그것은 천하에서 제가 가장 빠를 거라고 늘 우쭐댔던 셋째의 그것보다 배는 더 빠르고 맹렬한 것 같았다.

'이놈은?'

불쑥 스쳐 가는 의문.

둘째는 미처 류의 움직임을 파악하지 못했다. 보았다고 하더라도 막거나 피할 엄두를 내지 못할 만큼 빨랐던 것이다.

극쾌(極快).

그 말의 의미가 무엇인지 류는 그 한 번의 움직임으로 보여 주는 것 같았다.

둘째는 류의 팔꿈치와 주먹이 자신의 턱과 중완혈을 동시에 파괴하는 순간을 느끼지도 못했다.

고통의 감각을 찾았을 때 그는 이미 항거불능의 상태로 떨어지고 만 것이다.

쿵!

둘째가 눈을 부릅뜬 채 뻣뻣이 뒤로 넘어져 통나무처럼 나가떨어졌다.

"너, 너! 대체 그게 뭐라는 거냐?"

눈 깜짝할 사이에 혼자 남게 된 첫째 유령이 덜덜 떨리는 턱을 겨우 진정시키고 소리쳐 물었다.

"이름 같은 건 없어. 그냥 귀신을 때려잡는 주먹질이라고 알아둬."

"……!"

머뭇거리는 듯하던 첫째가 품에 손을 넣더니 하얗게 반짝이는 무엇을 꺼내 들었다.

왼손 옷소매로 가리듯 감싸고 급히 달려들면서 와락 뿌린다.

삐이이이—

허공에 날카로운 울음소리가 가득 퍼졌다.

안개 자욱한 밤에 강가에서 산발한 귀신이 뾰족하게 웃어대는 것 같은 소성(騷聲)이다. 머리카락이 곤두설 지경이었다.

"헉!"

류가 당황하여 비틀거렸다.

비수처럼 찔러오는 날카로운 소리가 처음에는 귀를 따갑

게 하더니 점점 강렬한 파괴력을 가지고 머릿속을 온통 흔들어댔던 것이다.

정신을 차릴 수 없다.

삐이이이—

사방이 온통 귀신의 호곡성으로 가득 찼고, 쇠와 쇠를 긁어대는 끔찍한 소리가 사이사이 섞였다. 그게 더 지독하다.

이런 일은 처음 당하는지라 류는 크게 당황해서 어쩔 줄 몰랐다.

머릿속에 참을 수 없는 고통이 가득하니 싸우려는 의지마저 사라져 버린다. 두 손으로 귀를 틀어막은 채 술 취한 사람처럼 비틀거릴 뿐이었다.

"으흐흐흐, 이놈. 천 조각 만 조각으로 찢어버리고 말 테다."

홀로 남게 된 첫째 유령이 살기 가득한 음소를 흘리며 더욱 가깝게 다가섰다.

그가 휘두르고 있는 건 은빛 찬란한 통소였다.

손바닥의 압력으로 풍압을 조절하며 휘두르니, 높고 날카로운 소리가 자유롭게 뽑아져 나왔다.

그것에 자신의 내력마저 섞어 흘려보내므로 듣는 자의 고통은 말할 수 없이 증폭된다.

다른 사람 같으면 벌써 소리만으로도 뇌의 조직이 파괴되어 칠공에서 피를 쏟으며 쓰러졌어야 정상인데, 류는 아직 버티고 있었다.

'이 어린놈의 내력이 이렇게 심후하단 말인가?'

첫째가 그런 의문을 느끼고 자신의 모든 힘을 퉁소에 쏟아부어 휘둘러댔다.

날카로운 소음이 배는 더 사나워졌다. 머릿속을 온통 긁어대는 것 같은 고통.

류가 이를 악물었다.

불끈, 아랫배에 힘을 주고 핏발 선 눈을 부릅떴다.

빠드득, 하고 이를 가는 건 고통을 참으려는 극한의 의지를 보여주는 것이다.

콰앙!

소음이 절정에 이른 순간 퉁소가 폭발음을 터뜨렸다.

극대해진 음파의 진동이 해일처럼 사방으로 쏟아져 나갔다.

낡은 주청 전체가 음압을 견디지 못하고 곧 무너질 듯 흔들린다. 삐걱거리는 소리가 허공에 가득해지고, 먼지와 나뭇조각들이 우수수 떨어져 내렸다.

"죽엇!"

첫째의 날카로운 외침이 그 혼란을 갈랐다.

슈우우우―

하얀 퉁소가 어둠을 찢는 뇌전이 되어 어지럽게 내리꽂혔다.

류의 눈이 더 크게 부풀었다. 집중되는 퉁소의 음압 앞에서 금방이라도 터져 버릴 것 같다.

류가 온몸의 털을 곤두세운 채 더욱 끔찍하게 이를 갈았다. 그리고 움직였다.

본능적으로 몸을 틀고 기울이기를 거듭하며 이리저리 물러섰는데, 비틀거리는 걸음이 위태로워 보이지만 절묘하게 반 치의 차이로 퉁소를 피해내고 있었다.

그러면서 그는 쉬지 않고 이빨을 부딪쳤다. 딱딱딱, 하는 소리가 박자를 맞추는 것처럼 흘러나온다.

류의 머릿속에 서서히 구양진결의 한 구결이 자리 잡기 시작한 것이다.

진결 속에서 이른바, ‘이를 마주쳐 머리를 깨우고, 정신을 맑게 하니 잡념이 사라진다’ 고 한 앙치집신(叩齒集神)의 구결이었다.

혼미하던 머릿속의 고통이 빠르게 사라져 갔다.

류가 어깨를 때려오는 퉁소를 아슬아슬하게 피하며 ‘허!’ 하고 소리쳤다.

소성과 풍압에 눌려 막혔던 탁한 숨이 일시에 터지면서 가슴이 후련해진다.

구양진결의 활인심인(活人心引) 중 허토결(噓吐訣)이었다.

탁한 기운을 뱉어내고 심장을 자극해 자연의 기운을 불어 넣어 주는 가심기세(呵心氣勢)라는 것이다.

왈칵, 뜨거운 피가 강하게 그의 온몸으로 뻗어나갔다.

꺼져 가는 모닥불에 기름을 부은 듯 생기가 화르르, 타오르고 가라앉았던 기운이 백회혈로 치솟는다.

옆구리를 때려오는 퉁소를 훌쩍 뛰어 물러서는 것으로 피한 그가 이번에는 '히!' 하고 소리쳤다.

저수지의 둑을 무너뜨리듯, 몸 안에 가득 가두어둔 탁한 숨을 토해내고 급히 기운을 빨아들여 삼초(三焦)에 채우는 토납의 비법이다.

역시 활인심인의 비결로써, 희삼초(餼三焦)의 충세(充歲)라고 한다.

가심기세에 이어 희삼초의 충세를 펼치자 사지에 불끈 힘이 들어갔다.

늘어졌던 근육들이 부르르 떨릴 만큼 팽팽한 긴장을 되찾고, 고통으로 수축되었던 피부도 한껏 기를 빨아들이며 부드럽고 질기게 부푼다.

추릿—!

퉁소 끝이 그것을 긁듯이 스쳐 지나갔다. 날카롭고 섬뜩한 기운이 살갗에 느껴졌다. 하지만 그것뿐, 퉁소는 류의 되살아난 살갗에 흠집 하나 남기지 못했다.

"흐읍!"

류가 격하게 숨을 빨아들여 한껏 가슴을 부풀리며 구양진결 속의 활인심인의 비법을 멈추었다.

그리고 한 발을 크고 힘차게 내딛는다.

쿵!

웅장한 소리가 땅을 타고 지진파처럼 퍼져 나갔다. 주청의 기둥과 벽이 그 진동에 다시 한 번 무너질 듯 요란하게 삐걱거렸다.

압축한 힘을 열 배로 증폭시켜 터뜨리는 진각의 수법인 것도 같지만 그와는 다른 것이었다. 순수한 몸 안의 기운을 발을 굴러 흘려보냈을 뿐이다.

첫째 유령이 잠깐 중심을 잃고 휘청, 했다. 지진을 만난 듯 주청 전체가 흔들렸기 때문이다.

"차핫!"

류가 그 순간을 놓치지 않고 벼락처럼 달려들며 맹렬하게 걸어찼다.

눈부시게 빠르던 셋째 유령을 빠름으로 마주쳐 부수어 버렸던 극쾌함이다.

쾅!

다섯 번의 연환각(連環脚)이 비각의 수법인 것처럼 연이어 뻗어나가며 첫째의 온몸을 난타했는데, 타격음이 한 번만 들려왔을 만큼 빨랐다.

왼발로 계단을 밟듯 첫째의 무릎을 찍고 옆구리를 번갈아 차며 뛰어오른 류가 가슴을 동시에 무릎으로 찍은 것이다.

그렇게 다섯 번의 벼락같은 연환각이 끝났을 때 그의 몸은 첫째의 머리 위에 있었다. 무등을 탄 것과 같은 형상이다.

그리고 체중을 실은 팔꿈치가 그자의 정수리 위에 떨어졌다.

쾅!

단단한 돌이 깨지는 소리가 났다.

류가 훌쩍, 뛰어 물러섰을 때 머리통이 형체없이 박살 나 흩어진 첫째 유령이 흙덩이처럼 무너지고 있었다.

악귀들로 가득 찬 지옥처럼 들끓던 주청 안에 갑자기 무거운 침묵이 밀려들었다.

류는 제 손에 의해 부서져 버린 세 명의 주검을 바라보았다.

무표정하던 얼굴에 비로소 긴장과 함께 당황한 기색이 떠오른다.

'설마 내가 정말 이 정도란 말인가?'

그런 의문이 들어 자기 자신도 조금 전의 일을 믿을 수 없게 되고 말았다.

이처럼 마음껏, 자신을 숨기지 않고 싸워본 것은 이번이 처음이었다. 개대가리 장견두는 무엇을 느꼈던지 싸움다운 싸움을 해보려는 순간 꼬리를 내려 버리지 않았던가.

류는 자신의 파괴적인 힘을 느끼고 스스로가 두려워졌다.

짝짝짝짝—

불쑥 들려오는 박수 소리.

류가 돌아본 곳에 소수옥녀 염가연이 의미심장한 미소를
띠고 일어나 있었다.

"대단해요, 과연 당신은 보통 사람이 아니로군요."

그녀의 얼굴에 떠올라 있는 놀람은 거짓이나 과장이 아니
었다.

류가 아직 흥분이 가시지 않은 눈으로 그녀를 노려보았다.
그녀가 류의 눈길을 피하지 않고 다시 말했다.

"당신이 강호의 골칫덩이인 무혼삼귀를 그렇게 간단히 제
거해 버릴 줄은 몰랐어요."

"역시 취해 있던 게 아니었군?"

"이 좋은 구경거리를 두고 취해서 정신을 잃었다면 얼마나
억울하겠어요?"

"대체 무슨 뜻이야?"

"뭐가 말인가요?"

"이자들을 끌어들인 건 당신이라고 지금 제 입으로 말하고
있는 것 같은데?"

"호호호, 왜 그런 엉뚱한 생각을 하지요?"

"당신의 얼굴이, 그 눈이 그렇게 말해주고 있어."

"눈에 보이는 것이 사물의 진실은 아니랍니다. 당신은 당
신의 눈을 너무 믿지 않는 게 좋겠어요."

류가 말없이 노려보자 살짝 얼굴을 붉힌 염가연이 다시 말
했다.

"당신은 이들이 어떤 자들인지 알고 있나요?"

"몰라."

"그러니 용감할 수 있었던 것이로군요. 호호호호—"

"무슨 뜻이지?"

"무혼삼귀는 강호의 살성으로 오래전부터 악명을 떨치던 자들이랍니다."

첫째는 유심귀소(誘心鬼簫) 기홍라(棄鴻羅)라 했고, 둘째는 유명탈삭(幽命奪索) 장소겸(張蘇兼)이며, 셋째가 섬전나찰(閃電羅刹) 왕진신(王陳申)이다.

각자 지니고 있는 솜씨가 일류고수를 능가하는 바가 있었다.

늘 세 명이서 한 몸처럼 붙어 다니며 갖은 악행을 저질렀지만 강호에는 그들을 가로막을 자가 흔치 않았다. 그들 세 명을 한꺼번에 상대할 수 있는 고수가 드물었기 때문이다.

무혼삼귀는 이차 정사대전 이후 현존하는 흑도의 마귀들 중에서 거물로 꼽힐 만한 자들인 것이다.

그런데 오늘 이름도 없던 산골짜기의 초라한 주가에서 이름도 없는 한 청년의 손에 의해 진짜 귀신이 되어버렸다.

일류고수 중에서도 고수로 꼽히는 그들 세 명의 마귀를 한 순간에 해치워 버린 류의 솜씨는 염가연을 놀라게 하고 흥분시키기에 충분했다.

그는 과연 스스로를 뽐낼 만한 충분한 자격이 있다고 생각했다.

그녀가 배시시 웃으며 엄지손가락을 치켜세웠다.

"당신은 나의 호위가 될 자격이 충분해요."

미녀의 진심 어린 칭찬을 받았지만 류는 기뻐하지 않았다.

"당신의 움직임은 정말 놀라웠어요. 빠르고 강렬하기로는 천하에 짝을 찾아볼 수 없을 거예요. 누구도 당신의 그 번개 같은 공격 앞에서 버틸 수 있는 자가 없을걸요?"

"……."

"어쩌면 그렇게 지독한 살수마저도 아름답고 깨끗해 보이도록 할 수 있을까요? 당신이 싸우는 걸 보고 있으면 무섭다기보다 통쾌하다는 생각이 들어요."

입을 꾹 다문 채 그녀를 노려보기만 하고 있던 류가 피식 웃고 천천히 돌아섰다.

第三章
천적(天敵)

第三章

저 멀리서 새벽이 밝아오고 있었다.

아침 안개가 스멀거리며 골짜기를 타고 오른다.

젖어 있는 백양나무 숲 머리에 서 있는 두 사람은 말이 없었다.

옷깃이 새벽 이슬에 젖어 눅눅하게 감겨오고, 숨을 쉴 때마다 하얀 입김이 엷게 퍼져 안개와 섞였다.

점점 짙어진다.

발목을 적시던 안개가 잠시 뒤에는 가슴을 가두고 머리 위로 넘실거렸다.

류와 염가연. 두 사람은 밀려드는 물에 조금씩 빠져들어 드디어 완전히 잠긴 것처럼 되어버렸다.

높은 백양나무 가지 끝만이 그 안개의 바다 위로 손을 뻗고 있다.

새들도 지저귀지 않는 고요함.

그 온전한 적막 속에서 류는 산의 속삭임을 듣고 있었다.

'그들이 오고 있어.'

더 가까운 속삭임. 안개에 잠겨 있는 숲이 조금씩 떨며 이를 부딪치고 있다.

'다 왔어. 달아나려거든 어서 돌아서. 아, 위험해!'

하지만 류는 움직이지 않았다.

마음의 귀를 활짝 열어둔 채 천천히 안개를 빨아들이고 있을 뿐이다.

그 곁에서 염가연도 그와 같았다. 아니, 그녀는 아무것도 알지 못하고 있는 듯했다.

그저 류가 멈추어 서서 꼼짝하지 않고 있으니 그녀 역시 그럴 뿐인 건지도 모른다.

염가연이 젖어 있는 눈길을 돌려 류의 나무토막같이 굳어 있는 옆얼굴을 물끄러미 바라보았다. 그리고 붉은 입술을 살짝 벌린다.

"싸울 건가요? 이번에는 제법 많아 보이는데."

"너를 노리고 온 자들이잖아? 어떻게 여기 있는 걸 알고 왔는지는 모르겠지만 말이다."

염가연을 바라보는 눈길에 의심의 기색이 실려 있다.

"어쨌든 좋아. 나는 호위다. 내 역할에 충실하면 그만이지."

"단지 그것 때문인가요? 그냥 자신의 임무를 다하기 위해서?"

"더 이상 나에게서 무엇을 바라지 마라. 어쨌든 너는 무사하게 이 산을 내려갈 수 있을 거야. 그거면 충분하지 않나?"

"충분해요."

염가연이 입술을 잘근 깨물며 한 맺힌 음성으로 그렇게 말했다.

그리고 다시 찾아온 무거운 침묵.

잠시 뒤에 무례하게 버석거리는 발소리가 그 어색한 침묵을 깨뜨려 버렸다.

여기까지 제 기척과 숨소리마저 감추고 은밀히 다가왔던 자들이 스스로 아무 망설임 없이 기척을 드러낸다는 것.

'흥, 다 잡아놓은 먹잇감으로 본다는 거겠지.'

류의 입꼬리에 비릿한 조소가 스쳐 갔다.

그리고 그들이 모습을 드러냈다.

십여 장 밖이다.

안개 속에 둥둥 떠 있는 것처럼 보이는 열 개의 형체들.

그것들 속에서 누군가 음산하게 말을 던져 왔다.

"얌전한 것들이로군."

"아니면 멍청한 것들이겠지."

"호호호, 어쨌든 상관없어. 저 계집을 끌고 가면 그만이니까."

"그런데 이상한 일이지 뭐냐? 무혼삼귀가 어째서 저것들을 여기까지 보내줬을까?"

"서로 길이 엇갈린 건지도 몰라."

"호호호, 나중에 공이 우리에게 돌아간 걸 알면 땅을 치며 원통해하겠군."

두 사람이 서로 닮은 음성으로 한가롭게 지껄이며 다섯 장 앞까지 다가와서 멈추었다.

흐릿하지만 형제가 보인다.

검은 옷을 입고 피풍을 걸쳤으며 죽립을 눌러쓴 두 명의 사내. 그들의 좌우로 넓게 퍼져 있는 여덟 명은 수하이리라.

하나같이 어깨 너머로 검자루가 삐죽 솟아 나와 있고, 죽립을 눌러쓰고 있어서 용모를 알아볼 수 없었다. 하지만 그들의 스산하고 잘 갈무리되어 있는 기운은 낱낱이 느껴진다.

'고수들.'

류는 그렇게 받아들였다. 수하가 분명한 여덟 놈 중 고수 아닌 자가 없어 보였던 것이다. 가운데 우뚝 서 있는 검은 피풍의 두 놈은 더 뛰어나리라.

두렵지는 않았다. 오히려 어떤 기대감과 흥분으로 가슴이 두근거렸다.

류가 옷소매 밖으로 드러난 주먹을 꽉 움켜쥐었다.

'이번에야말로 내가 과연 어디까지 싸울 수 있는지 내 자신에게 보여줄 좋은 기회다.'

류는 눈앞의 흑의인들을 보며 그렇게 생각하고 있었다.

'죽인다.'

살기가 조용하게 일어선다.

위협 따위로 달아날 시시한 놈들이 아닌 것이다. 목적을 이루기 위해서는 수단과 방법을 가리지 않을 자들이다.

그런 자들을 상대하는 길은 하나뿐이라는 걸 류는 본능으로 알고 있었다.

얌전히 죽어주거나 가차없이 죽이는 것. 다른 길은 없다.

류의 살기를 흑의인들도 읽었다.

쨍! 하고 그들 사이에 놓여 있는 공간이 갑자기 밀려드는 살기와 긴장으로 경직되었다.

"그녀를 이리로 보내라. 그러면 된다."

왼쪽의 죽립인이 건조한 음성으로 말했다.

류가 대꾸없이 말고삐를 염가연에게 넘겨주고 두어 걸음 앞으로 나섰다.

그자가 한 걸음 마주 나오며 다시 말했다.

"흐흐, 백천수호대의 어린아이야. 지존보의 위세를 믿고 허세를 부리기에는 이곳이 너무 멀리 떨어져 있구나."

류는 대꾸하지 않았다. 피식 웃는 웃음이 비수처럼 차갑기만 하다.

"기어이 저 요악한 계집애를 위해서 네 목숨을 버리겠다면 받아주지."

그자가 한 걸음 물러서며 슬쩍 턱짓을 했다.

류는 어금니를 질끈 물었다. 흑의인의 신호를 받은 네 놈이 빠르게 다가서며 검을 뽑아 후려치는 것을 눈도 깜빡하지 않고 바라본다.

검봉이 미간에 닿으려는 순간.

"찻!"

류가 낭랑한 기합성을 터뜨렸다.

빠각!

몸을 튼다 싶었는데 가장 먼저 검을 찔러 넣던 놈의 턱이 확 돌아갔다. 선연한 피보라가 허공에 뿌려진다.

'충기활선(充氣活先) 재명유천(在命流川).'

개울물이 흐르듯, 바람이 숲을 빠져나가듯 부드럽게 움직이는 류의 머릿속에 구양진결의 구결이 구름처럼 흘러갔다. 그러자 몸이 그에 따르고 의식이 동선(動線)을 담는다. 그래서 그의 몸은 의식의 수면에 비친 그림자가 되었다.

그 위로 바람이 살랑거리며 불어갔다. 하나이던 그림자가 물결의 번짐에 흩어지며 수백, 수천 개가 되어 퍼져 나간다.

파파파팍!

눈으로 확인할 수 없는 모호함, 그리고 극쾌함.

의식의 수면 위에 흩어진 그림자는 빛이 되고 뇌전이 되어 돌아왔다.

작렬하는 주먹과 발과 어깨와…….

피가 튀고 조각난 검편(劍片)이 비산했다.

눈 깜짝할 사이의 속공. 그것이 네 놈을 휩쓸고 지나갔을 뿐인데, 안개 자욱한 백양나무 숲 앞에 우뚝 서 있는 사람은 류 혼자였다.

비명도 터뜨릴 새 없이 목이 꺾이고 머리통이 박살 나 흩어져 버린 네 구의 주검이 잔경련을 일으키고 있다.

"……!"

다들 할 말을 잃었다.

입을 딱 벌리고 멍하니 서서 류를 바라본다.

그래서 이 새벽 짙은 안개 속의 숲은 더욱 숨 막히는 정적 속으로 빠져 들어갔다.

"너, 너, 네놈은 대체…….."

왼쪽의 흑의죽립인이 간신히 말했다. 목소리가 어눌하게 잠겨 있고, 류를 가리키고 있는 손가락이 가늘게 떨렸다.

"너는 누구냐!"

류의 목석 같은 얼굴에 싸늘한 비웃음이 스쳐 갔다.

"용기가 있다면 입이 아니라 주먹으로 물어봐."

"……!"

아무런 조심성도 없이 터벅터벅 다가오는 류에게서 가슴

을 찔러오는 창끝 같은 첨예한 기세가 느껴졌다.

그가 다섯 걸음을 걸었을 때 그 기세는 모두를 관통해 버렸다.

거미줄에 걸린 나방처럼 꼼짝할 수 없게 된 이 새벽의 불청객들. 그들이 점점 눈을 크게 떴다.

“이럴…… 수가…… 우리가 어찌 저런 애송이에게…….”

그때까지 아무 말이 없던 오른쪽의 흑의죽립인이 악다문 이사이로 그렇게 중얼거렸다.

강호에서는 그들을 탈혼쌍마(奪魂雙魔)라고 불렀다. 강호의 끔찍함으로 꼽히는 두 명의 마두인 것이다.

두 놈이 항상 붙어 다녔고, 검법이 지독하고 손속에 인정이 없기로 이름 높다.

점찍은 자는 반드시 죽이고, 한 번 노린 목표물을 놓친 적이 없다는 흑도의 괴물들. 그들이 이 새벽, 이름없는 산비탈의 안개 속에서 스스로도 이해할 수 없는 두려움에 떨고 있었다. 본능적으로 천적을 만났다는 느낌을 하나 가득 받은 것이다.

그것이 싸워보기도 전에 그들을 질리게 했다.

다가오는 류의 깡마른 몸이, 무심하게 가라앉아 있는 감정 없는 눈빛이 그들을 점점 옭아맨다.

“주, 죽여! 나가!”

왼쪽의 흑의죽립인이 발작적으로 소리치며 나머지 네 명

의 수하를 떠밀었다.

지나친 두려움은 이성을 잃게 만든다. 지나친 흥분이 감각을 무디게 하는 것과 같다.

그리고 거기에 더해진 지나친 놀람이 그들의 판단력을 더욱 흐리게 했다.

죽이라는 명령을 받았다.

그들의 의식은 오직 그 명령에만 통제되었다. 온몸의 신경과 정신이, 온몸의 근육과 힘줄들이 그것에 반응해서 폭발한다.

복종이 습관처럼 되어 있는 자들에게 흔히 나타나는 반사 신경 같은 것.

맹목적인 살의가 그렇게 쏟아져 나왔다.

"끼야아—!"

그들은 류를 반드시 죽여야 한다는 일념에 사로잡힌 채 검을 휘두르며 미친 듯 쳐 나왔다.

파파파팟—!

안개를 발기발기 찢으며 광란하는 네 개의 차가운 검.

엄청난 검파가 폭풍처럼 몰아닥쳤다.

조금 전, 반쯤은 방심한 채 가볍게 검을 휘두르며 달려들었던 네 놈과는 기세와 흥분도에서 하늘과 땅만큼의 차이가 있다.

명령에만 절대 복종하도록 길들여져 있는 자들. 그들만큼 무섭고 위협적인 존재는 드물다.

나의 의지와 본능마저 명령의 통제를 받으니 살아 있는 강시나 다름없다.

그것들이 사방에서 미친개처럼 날카로운 이빨을 드러내고 달려들었다. 그들은 그 자체로 날 선 검 못지않게 위험한 흉기가 된 것이다.

류는 우뚝 멈추어 서서 그들, 살아 있는 네 개의 흉기가 몸에 다가들도록 기다리고 있었다.

드디어 무심하게 가라앉아 있던 눈에 번쩍, 하고 날카로운 신광이 불붙어 올랐다. 그리고 그 순간,

슈앙―!

그가 있던 자리에서 무시무시한 바람 소리가 터져 나왔다.

갑자기 사라져 버린 공간이다. 그것이 거센 소용돌이처럼 주변의 공기와 기운들을 빨아들였고, 그래서 허공에 요란한 바람 소리가 걸렸다.

쉿!

그것을 뚫고 나오는 작고 날카로운 소리.

류가 머리를 한껏 뒤로 젖혔다. 이마를 아슬아슬하게 스치며 창백한 검 하나가 흘러간다. 그 뒤를 쫓듯, 류의 왼발이 가볍게 허공을 찼다.

"캐액!"

픽! 하는 경쾌한 격타음과 함께 단말마의 비명 소리가 처음

으로 새벽 안개를 흔들며 터져 나왔다.

아랫배가 푹 꺼져 버린 놈이 검을 놓친 채 훌훌 날려가 아름드리 나무 둥치에 등짝을 호되게 부딪치고 떨어졌다.

핏, 핏!

죽음을 돌보지 않는 두 개의 검이 좌우에서 독사의 대가리처럼 튕겨진다.

류의 몸이 빙글 돌았다. 왼쪽은 무시하고 오른쪽 한 놈만 상대하는 것이다. 그가 두 팔을 춤추듯 건들거리자 옷자락이 바람을 품고 펄럭였다.

짜아악―

그것이 찢어지는 날카로운 소음과 함께 검 하나가 왼쪽 옆구리를 스치며 흘러갔고, 오른쪽의 검은……

땅!

어깨를 비스듬히 세우며 후려친 류의 수도가 그것을 수수깡처럼 꺾어버렸다.

푸르르르―

기묘한 바람 소리를 내며 허공을 난 검 토막이 나뭇가지에 콱 박혔다. 동시에 류의 활짝 편 다섯 손가락도 그놈의 목줄기 깊이 박히고 있었다.

“끄으으―”

놈의 입 안에서 가래 끓는 듯한 신음 소리가 흘러나왔다. 그리고,

뿌드득!

목뼈 부서지는 섬뜩한 기음.

출렁―

류의 두 어깨가 파도를 타듯 흔들리며 다시 돌아갔다. 소리 없이 다가와 아슬아슬하게 뒷덜미를 핥고 지나가는 네 번째 검.

그것을 쳐내며 팽이처럼 맴돈 류의 몸이 정면으로 그자와 마주 섰다.

놈의 눈이 휘둥그레졌다. 싸늘해진 류의 눈이 제 눈을 뚫고 뼛속에 박혔다는 착각이 든다. 그리고 귀에 울리는 낯선 음향 하나.

빠악!

와락 다가서며 짧게 올려친 류의 주먹이 겁에 질린 그놈의 턱을 부수어놓았다.

류는 굶주린 포식자가 되어 있었다. 세 놈을 먹어치운 것으로 만족하지 않는다.

왼쪽에서 검을 찔러왔던 마지막 한 놈. 비로소 공포감을 느끼고 주춤거리는 그놈의 코앞에 류가 와락 다가들었다.

놈은 제가 검을 쥐고 있다는 것마저 잊었다. 맥없이 류의 손에 어깨를 잡히고, 제 몸뚱이에서 터져 나오는 꽝, 꽝, 꽝! 하는 기음을 들었다.

옆구리를 후려친 주먹에 갈빗대가 삭정이처럼 박살 났고,

어깨를 끌어당기며 올려 찬 무릎에 가슴이 함몰되었다. 그리고 마지막은 머리통을 박살 내버린 팔꿈치다.

빠르고 강렬하며 화려한 움직임.

한줄기 맹렬한 바람이 휩쓸고 지나간 것 같았다.

아직 들이마신 숨을 내뱉기도 전인데 모든 게 끝나 버렸다.

탈혼쌍마.

악명을 자랑스럽게 여기며 거침없이 강호를 휘젓고 다니던 두 악귀의 눈에는 그 찰나의 순간이 억겁처럼 늘어져 보였다.

제 눈을 비빈다. 내가 지금 헛것을 보고 있는 거지? 하는 간절한 마음이다. 아니면 악몽을 꾸고 있는 중이라 믿고 싶으리라.

하지만 아프게 눈을 비비고 입술을 깨물어 보아도 눈앞의 끔찍한 놈은 꺼지지 않았다.

차가운 석상 같은 모습과 얼굴을 한 채 뚜벅뚜벅 걸어오고 있다. 그 뒤에 널브러져 있는, 아직 식지 않은 주검들 여덟 개.

"너는 백천수호대가 아니다! 그렇지?"

왼쪽에 있는 놈이 발작적으로 소리쳤다.

"네놈의 정체가 뭐냐!"

오른쪽의 흑의인도 비명 같은 고함을 터뜨렸다.

류가 그들의 공포에 반응하듯 뚝, 멈추어 섰다. 다섯 걸음

앞이다.

"나는 그녀를 지키는 위사다."

감정과 억양을 빼버린, 그래서 마른 황토처럼 퍼석거리는 낮은 음성. 그것이 탈혼쌍마를 더욱 미치게 했다.

"거짓말! 너는 위사 따위가 아니야!"

"우리는 저 요악한 계집애 곁에 너 같은 놈이 있다는 말을 들어보지 못했다!"

"나도 강호에 너희들 같은 자가 있다는 말을 들어보지 못했어."

죽음의 공포보다 참을 수 없는 건 제 존재에 대한 모욕이다. 류의 말이 바로 그렇다.

탈혼쌍마가 기어이 폭발했다. 이제 놀람과 두려움 따위는 없다. 증오와 분노가 가득할 뿐이다.

"죽일 놈!"

한목소리로 악을 쓴 그들이 미친 듯 달려들었다.

씨잉―!

바람마저 끊어내며 떨어지는 좌마(左魔)의 탈혼검(奪魂劍)과,

부우웅―!

웅장한 용트림을 토해내며 크게 원을 그리고 때려오는 우마(右魔)의 탈혼삭(奪魂索).

류는 여전히 맨손이었다.

그러나 그 어떤 강철보다도, 그 어떤 비수보다도 단단하고 날카로운 손이다.

그것이 활짝 펴졌다. 왼쪽을 후려치고 오른쪽을 동시에 틀어막는다.

꽝!

그의 단단한 팔뚝을 때린 탈혼삭이 뱀처럼 휘감겼다. 그리고 탈혼검은 땅! 하는 가파른 울음소리를 토하며 부러질 듯 휘었다.

류의 수도에 맞은 검신을 타고 파도 같은 힘이 전해져 온다.

"허엇!"

좌마가 다급성을 터뜨리며 급히 검을 끌어들였다. 그것이 손아귀를 찢을 듯 요동치고, 허공에 윙윙거리는 검명이 오래도록 걸렸다.

"끄응!"

우마의 입에서는 된소리가 흘러나왔다. 류의 팔뚝에 칭칭 감긴 탈혼삭이 풀어지지 않았기 때문이다. 온 힘을 다해 그것을 잡아당기지만 커다란 바위에 눌린 듯 꼼짝도 하지 않는다.

좌마의 검을 튕겨 버린 류가 버티던 힘을 풀고 우마가 이끄는 힘에 스스로를 던져 버렸다.

피잉, 하고 허공에 낚싯줄 튕겨지는 것 같은 소리가 났다.

류는 우마의 낚싯대 끝에 매달린 잉어가 되었다. 하지만 그것이 우마를 당황하게 했다.

"엇?"

그가 갑자기 사라져 버린 반발력을 이기지 못하고 휘청거렸다. 팽팽하게 당겨졌던 탈혼삭이 무서운 속도로 되돌아오고 있다.

그 끝을 붙잡고 표홀하게 다가선 류의 주먹이 허공을 찍었다.

"이 교활한 놈!"

우마가 버럭 소리치며 좌권을 뻗어 마주 후려쳤다. 허공에서 두 사람의 주먹이 정면으로 충돌하고, 꽝! 하는 요란한 소리가 났다.

콰지직!

"크으으—"

뼈가 박살 나는 기음(奇音)과 맷돌에 갈리는 듯한 신음성이 동시에 터져 나왔다.

우마의 손은 마치 머리 위에 떨어지는 바윗덩이를 후려친 것처럼 되어버렸다. 류의 주먹에 실린 강렬함을 감당하지 못하고 으깨져 버린 것이다.

"이 죽일 놈!"

좌마는 미쳐 버렸다. 눈앞에 염가연을 두고도 그녀의 곁에는 접근조차 해보지 못하고 죽음의 공포에 직면했으니 속이 터져 버릴 듯했다.

류가 우마를 상대하는 사이에 숨을 돌리고 검을 크게 휘둘러 진동을 떨쳐 버린 그가 몽둥이로 후려치듯이 류의 머리통을 노리고 벼락처럼 내려쳤다.

검신에서 웅웅거리는 울림이 쏟아졌다. 검봉이 그것에 실린 좌마의 기운을 이기지 못하는 듯 부르르 떨린다.

좌마가 심혈을 기울여 연마했고, 절기 중의 절기로 늘 자랑하던 마풍뇌격식(魔風雷擊式)이었다.

십이성의 힘을 실으면 극강한 위력이 뿜어져 나와 산을 가르고 파도를 밀어낸다는 절대검식.

좌마는 그것을 반밖에 익히지 못했지만 제 악명을 더욱 높일 수 있었다.

비록 기선을 제압당해 곤란을 겪고 있다 해도 마풍뇌격식 앞에서는 이 애송이의 머리통이 두 쪽이 날 것이라고 믿었다.

그 위험이 고스란히 류에게 전해졌다.

막 우마의 얼굴을 부수려던 류가 급한 숨을 들이마시며 바람에 밀린 갈대처럼 옆으로 쓰러졌다.

어깨가 닿기 전 손바닥으로 젖은 땅을 후려치고 그 탄력을 빌어 미끄러지는 게 마치 얼음판 위에 던져진 쇳조각 같다.

콰앙!

좌마의 마풍뇌격식 일검이 애꿎은 바위 위에 떨어져 그것을 쩍 갈라놓았다. 그리고 류는 일 장을 미끄러져 우뚝 선다.

"좋아."

그의 입가에 흡족해하는 미소가 지나갔다. 비로소 전력을 다해 상대해 볼 자를 만났다는 기쁨이다.

"간다!"

경쾌하게 소리친 그가 좌마를 버려두고 탈혼삭을 회수해 들이고 있는 우마를 향해 뛰어들었다.

파앙!

파공성이 진동하고, 터져 나가는 기파가 폭풍처럼 사방을 휩쓸어갈 때 류는 이미 우마의 가슴을 향해 연환각을 날리고 있었다.

파파팡—!

왼손이 뭉개진 우마가 정신없이 물러서며 탈혼삭을 어지럽게 휘둘렀다. 그것이 허공에 둥근 원을 그렸다. 맹렬한 바람 소리와 함께 쏟아져 나가는 풍압이 안개를 산산이 흩친다.

류가 휘몰고 온 기파와 탈혼삭에서 쏟아진 풍압이 부딪쳐 강렬한 회오리를 만들었다.

류의 발끝이 철추가 되어 그것을 뚫고 찍어간다.

콰앙!

탈혼삭이 만들고 있는 엄밀한 방어막에 부딪친 순간, 폭약을 터뜨린 것 같은 굉음이 터져 나왔다.

류는 제 몸 전체를 무기로 썼다. 왼발을 무쇠로 된 철각(鐵脚)으로 여기는 듯하다. 그것을 힘껏 뻗어 망설임없이 탈혼삭에 부딪친 것이다. 그리고 놀랍게도 탈혼삭의 빗살 같은 회전을 뚫었다.

살이 찢기고 뼈가 으스러지는 대신 탈혼삭의 격렬한 움직임이 정지되어 버린 것이다.

우마의 온몸이 지나친 놀람으로 경직되었다. 날려가 버리는 죽립 아래 드러난 깡마르고 시커먼 얼굴. 그것이 돌덩이처럼 굳어버린다.

그것을 탈혼삭을 뚫고 들어온 류의 발이 부수어 버렸다.

쾅!

허공에 조각나 흩어지는 골편(骨片)들, 그리고 안개를 물들이며 확 퍼져 나가는 붉은 선혈.

그 끔찍함이 좌마의 얼을 빼앗았다.

하지만 류는 망설이지도 머뭇거리지도 않았다. 우마의 머리통을 부수고 난 탄력을 빌어 허공에서 몸을 트는 것이 날렵한 매가 먹이를 쫓아 회전하는 것 같다.

쏟아져 들어오는 류의 소나기 같은 기세에 좌마는 몸이 얼어붙고 말았다. 제가 검을 들고 있다는 것도, 평생 쌓아온 저의 악명이 어떤 건지도 몽땅 잊었다. 오직 참을 수 없는 공포로 핏발 선 눈을 부릅뜬 채 멍하니 바라볼 뿐이다.

천적.

류는 그들에게 있어서 바로 그와 같은 존재라는 것이 여실히 증명되었다.

이십여 보의 거리를 훌훌 접어 날아든 류가 허공에서 한껏 웅크렸던 몸을 쭉, 폈다. 그리고 그 탄력과 체중을 주먹에 실어 후려쳤다.

좌마는 마혈이라도 제압당한 듯 꼼짝하지 못한 채 고스란히 제 머리통으로 류의 그 무지막지한 권격을 받았다.

쾅!

좌마의 오른쪽 옆머리가 움푹 꺼졌다. 얼굴 전체가 한쪽으로 쏠리며 휴지처럼 구겨진다. 그리고 세차게 모로 내팽개쳐졌다.

철썩, 하고 통나무처럼 젖은 땅 위에 처박혀 버리고 나서야 함몰된 부분으로 허연 뇌수와 피가 천천히 흘러나왔다.

第四章
나는 네가 필요해

第四章

젖은 안개 속에 짙은 혈향(血香)이 배었다.

그것이 느릿느릿 산을 더듬어 올라가고, 사로잡혀 있던 사물들이 비로소 제 모습을 되찾아간다.

바람이 되어 살아나고 있는 그것들의 은밀한 숨결.

그리고 이제는 명백히 드러난 낯설고 끔찍한 열 개의 주검들.

"무, 무서워……."

사물의 하나가 되어서 숨을 멈추고 있던 그녀, 염가연이 중얼거렸다. 낡은 주가에서의 일은 그러려니 여겼는데, 이 새벽의 백양나무 숲에서 보여준 류의 잔혹한 솜씨에 그녀는 비로소 두려움을 느낀 것이다.

류가 천천히 그녀를 돌아보았다.

잔뜩 겁을 먹고 바라보는 모습이 애처롭다. 하지만 가엽다거나 가련하다는 생각은 들지 않았다. 오히려 마음이 더욱 차갑게 가라앉을 뿐이다.

류가 옷자락에 남아 있는 안개를 조심하기라도 하듯 느릿느릿 그녀에게 다가갔다. 그녀가 겁먹은 눈을 크게 뜨고 뒷걸음질친다.

겨우 세 걸음을 물러서고는 젖은 나무 둥치에 등을 부딪쳤다. 새파랗게 질린 입술이 가엽게 떨리고 있다.

"말해봐."

류가 그런 그녀를 가슴 앞에 두고 찍어누르듯 바라보았다.

"무, 무슨 말……."

"저놈들의 정체가 뭔지 따위는 묻지 않겠다. 알고 싶지도 않고. 하지만 네가 저놈들을 끌어들인 이유에 대해서는 묻지 않을 수 없다."

"……."

"단지 나를 시험해 보기 위해서인가? 그렇다면 너는 지나치게 잔인하고 무정한 여자다."

"……."

"하지만 네 의도는 성공했다고 해야겠지. 처음으로 나의 본래 모습을 본 사람이 되었으니까. 이게 바로 나다. 이제 속이 후련한가?"

염가연이 입술을 악물었다. 마음속에 많은 갈등이 일고, 수많은 생각들이 스쳐 가는 모양이었다.

"휴—"

그녀가 길게 한숨을 내쉬었다. 마음이 정리되고 평상심을 되찾은 듯 더 이상 떨지 않는다.

문득 류를 올려다보는 그녀의 눈 속에 처연하고 애절한 마음이 가득 담겼다.

그 눈길. 뿌리칠 수도, 피할 수도 없는 그것.

류는 그녀의 그런 눈길을 받은 순간 온몸의 맥이 풀려 버리는 듯한 나른함을 느꼈다. 마음에 담겨 있던 노여움이 물처럼 흘러가고 그림자조차 남지 않는다.

무엇보다 무섭고 날카로운 무기. 그녀의 눈길은 바로 그런 무기였다. 류에게 비로소 그녀가 가엽고 불쌍하다는 생각이 들었다.

적의는 어디론가 슬그머니 사라져 버리고, 연민의 마음이 왈칵 밀려들어 그 자리를 대신했다.

보듬어주고, 지켜주고 싶은 마음만 가득해진다.

류가 홀린 듯 멍한 얼굴로 저도 모르게 손을 뻗어 그녀의 작은 어깨를 쥐었다.

"나는, 나는…… 도움이 필요해요."

울먹이는 음성. 그 마음이, 떨고 있는 그 애절함이 고스란히 류의 가슴으로 옮겨왔다.

'왜? 라는 의문이 찾아들 새도 없다.

그녀의 눈물 그렁거리는 두 눈이, 그 음성이 가슴에 박힐 뿐이다. 그래서 류가 넋이 나간 사람처럼 중얼거렸다.

"내가 너를 지켜주겠어. 아무도 너를 해치지 못할 거야, 바로 지금처럼……."

천천히 어깨를 끌어당기자 그녀가 허물어지듯 류의 단단한 가슴에 묻혔다. 그리고 류의 차가운 입술이 왈칵, 그녀의 입술을 찍어 눌렀다.

저만큼 걷혀 올라간 안개의 끄트머리에서 비로소 아침 새들이 재잘거리며 지저귀기 시작했다.

두두두두—

새벽을 요란하게 흔들며 대지를 두드리는 말발굽 소리.

말고삐를 쥐고 천천히 걷던 류가 힐끔 염가연을 돌아보았다. 이번에는 또 어떤 놈들이냐는 의심의 눈길이다.

어깨를 붙이듯 그의 곁에 가까이 서서 걷던 염가연이 배시시 웃었다.

손가락으로 류의 단단한 가슴을 찌른다.

"더 이상 시험은 없어요."

"그런데 왜 그런 짓이 필요했던 거지?"

"차차 알게 될 거예요. 하지만 지금은 아니랍니다. 그저 우리 둘만의 비밀로 간직하고 있어야 해요."

"나를 네 흉계 속으로 끌어들이려는 거라면 그건 위험한 짓이야."

"말했잖아요, 도움이 필요하다고. 그리고 당신은 약속했어요."

몽롱한 중에 꿈속인 것처럼 이루어졌던 한 번의 포옹과 입맞춤. 그 대가를 치러야 한다면 외면할 수 없는 일이다.

류는 그녀의 뜨거워지는 시선을 피해 누런 황토 벌판 끝으로 눈길을 돌렸다. 거기 젖은 새벽을 두드리며 달려오는 기마의 무리가 있었다.

선두에서 미친 듯 말에 채찍질을 해대고 있는 자의 긴 머리카락이 허공에 마구 휘날린다. 여자였다. 머리를 묶고 모자를 쓰는 것마저 잊은 채 황망히 달려오는 게 분명했다.

류는 그녀가 기련산의 꽃이라는 기련빙화(祁連氷花) 단목향(檀木香)임을 금방 알아볼 수 있었다.

기련검파(祁連劍派)의 여제자이면서 백천수호대의 검기령주인 그녀가 황룡문에 와 있던 수하들을 이끌고 달려오고 있는 것이다.

"각주님! 무사하셨군요!"

멀리서 류와 염가연을 알아본 그녀가 크게 소리치며 더욱 말을 재촉해 달려왔다.

염가연과 류는 물끄러미 그들을 바라보기만 했다.

염가연이 류와 말 머리를 나란히 하고 돌아오자 미리 기별을 받은 문주가 와룡전(臥龍殿)에서 초조하게 그들을 기다리고 있다가 맞이했다.

"무사했구나."

황룡문주 당고한이 단에서 내려와 그녀의 손을 잡으며 말했다.

"얼마나 걱정했는지 모른다. 이 일이 검제의 귀에 들어가면 그분께서 얼마나 노하시겠느냐?"

염가연이 공손히 머리를 숙였다.

"심려를 끼쳐 드려서 죄송합니다."

"됐다. 네가 무사히 돌아왔으니 된 게야. 다시는 이렇게 내 속을 썩이지 말거라."

그녀의 어깨를 다독여 준 당고한이 서늘한 눈길로 류를 바라보았다.

번갯불처럼 이글거리는 신광을 뿜어내며 머리끝부터 발끝까지를 한순간에 훑어본다. 류가 공손히 머리를 숙였다.

못마땅하다는 듯 그를 노려보던 당고한이 비로소 신광을 거두고 빙긋 웃었다.

"수고했다."

그 한마디 속에 감추어져 있는 무수히 많은 의미를 알 수 있는 자가 없다.

염가연은 아무 일도 없었다는 듯 다시 취운각으로 돌아갔고, 류는 여전히 주렴이 내려진 문 앞에 버티고 섰다.

술렁거리던 황룡문의 긴장도 서서히 사라져 일상의 고요를 되찾았을 무렵, 염가연의 기별을 받은 단목향이 취운각으로 찾아왔다.

"들어가도 되겠지?"

문 앞에 버티고 서 있는 류를 바라보는 그녀의 시선이 얼음처럼 싸늘했다.

류가 무표정한 눈길로 그녀를 한 번 훑어보고 비켜섰다.

일부러 그러는 듯, 단목향은 류의 단단한 어깨에 제 어깨를 부딪치고 스쳐 지나갔다. 그녀의 적의가 느껴져서 류는 피식 웃고 말았다.

피곤한 모습으로 침상에 비스듬히 누워 있던 염가연이 손을 저어 시녀들을 물리쳤다.

"가까이 오세요."

단목향이 다가서자 지친 음성으로 묻는다.

"다른 사람들에게 말하진 않았지요?"

"각주님과 한 약속을 어찌 저버리겠습니까."

"좋아요. 그건 보에 돌아가서도 마찬가지예요."

"잘 알고 있습니다."

단목향은 그저 공손할 뿐이었다. 제 속내를 조금도 내비치지 않았다. 숙이고 있는 얼굴이 돌처럼 차갑다.

그런 그녀를 물끄러미 바라보던 염가연이 낮게 한숨을 쉬었다.

“단목 영주, 당신은 내가 왜 이러는지 짐작하고 있겠지요?”

“속하가 어찌 각주님의 속을 알 수 있겠습니까.”

“그러지 마세요. 당신도 검협이기 전에 여자 아닌가요? 우리끼리라도 속을 터놓지 않는다면 점점 더 외로워지고 말 거예요.”

염가연의 음성이 가늘게 떨렸다. 단목향이 비로소 얼굴을 들고 그녀를 바라보았다. 볼에 잔경련이 스쳐 지나간다.

한동안 머뭇거리던 단목향이 염가연처럼 낮게 한숨을 쉬고 말했다.

“각주님의 말씀에 따르겠습니다.”

그녀는 ‘명령’ 이 아니라 ‘말’ 이라고 했다. 염가연의 얼굴에 비로소 미소가 떠올랐다.

“나는 단목 영주가 일을 아주 정확하게 잘 처리해 주어서 매우 고맙게 여기고 있어요.”

그녀가 말을 멈추고 잠시 생각에 잠겼다. 안색이 수시로 변하는 것이 짧은 시간 동안 많은 것들을 생각하고, 많은 갈등을 겪는 모양이었다.

단목향은 그런 염가연의 얼굴을 뚫어지게 바라보았다.

천하에서 가장 아름다운 여인이다. 또한 지존보의 옥봉각주라는 높은 신분이기도 하다.

미모만으로 그와 같은 자리에 올라 있는 게 아니라는 건 세상 사람 모두가 안다.

한 번도 드러내 보인 적은 없지만 그녀의 무서움은 자기와 비할 바가 아닐 것이라고 짐작했다. 그런 그녀가, 한껏 가냘프고 수심에 잠긴 모습을 하고 있었다.

'여우.'

단목향은 방 안에 은은히 떠돌고 있는 그녀의 향취를 맡으며 속으로 그렇게 중얼거렸다.

처연하도록 아름다운 이 여인의 마음속에 도대체 무슨 엉큼한 생각이 꿈틀거리고 있는 건지 알 수가 없었다. 그건 무신으로 불리는 보주 조작량도 그럴 것이다.

염가연은 이전에도 네 번이나 황룡문에 불쑥 찾아왔고, 그때마다 단목향이 호위했다. 하지만 지금처럼 누군가에게 의지하려는 약한 모습을 보인 적은 없었다.

신경질적이라고 할 만큼 감정의 변화가 무쌍해서 모든 사람들을 당황하게 하지 않았던가.

한번 화가 나면 서릿발이 날릴 것처럼 차갑고 무서웠다. 그런데 이번에는 전혀 그렇지 않았다. 마치 다른 사람이 되어 있는 것 같았다. 그것이 단목향과 검기령의 모든 청년 고수들을 어리둥절하게 하고 있었다.

게다가 자신의 위치를 흑룡장(黑龍莊)에 은밀히 알려주라는 밀명까지 내렸다. 단목향은 염가연이 자기 스스로를 위험에 빠뜨려 조작량을 괴롭게 하려는 것이라고는 믿지 않았다.

'흉계를 꾸미고 있다.'

그렇게밖에는 생각할 수 없는 일이었다. '대체 무엇 때문에?' 하는 의문이 구름처럼 인다. 그녀가 무엇이 부족해서?

단목향의 가슴이 쿵쾅거리며 뛰었다. 무언가 알 수 없는 불길함을 느끼는 탓이다.

"휴―"

뜨거운 차 한 잔 마실 만한 시간이 지나고 나서야 그녀가 가까스로 마음을 진정시키고 길게 한숨을 쉬었다.

조심스런 얼굴로 염가연을 바라본다.

"하온데……."

"궁금한 게 있나요?"

"마두들을 처리한 건 역시 각주님의 솜씨였겠지요?"

그래도 미심쩍어서 확인해 보려는 것이다.

의외의 질문에 당황했던지 움찔했던 염가연이 입술을 잘근잘근 깨물며 무언가를 생각했다.

단목향은 그런 그녀의 눈치만 살폈다.

그녀가 이 일을 지시했을 때 단목향은 무엇 때문이냐고 물었다.

그때 염가연은 턱짓으로 취운각 문 앞에 버티고 서 있는 류

를 가리키며 저 알 수 없는 자를 한 번 시험해 보기 위해서라
고 말해주었다.

단목향은 그 말을 그대로 믿지 않았다. 하지만 지금은 그게
궁금했다.

한동안 망설이던 염가연이 무겁고 낮게 말했다.

"이 일은 아무에게도 말할 수 없답니다. 그러니 단목 영주
도 더 궁금해할 것 없어요."

"알겠습니다."

그녀가 그렇다면 그런 것이다. 그래서 머리를 숙이지만 단
목향의 얼굴은 놀라움과 의혹으로 붉어졌다.

이 엄청난 일을 류라는 저 이상한 놈 혼자서 해버린 것 같
다는 느낌을 받았기 때문이다.

"내일 아침에 보로 돌아갈 테니 준비해 주세요."

"명을 받듭니다."

단목향이 포권하고 돌아섰다. 취운각을 나가는 그녀의 걸
음이 무거워 보였다.

문 앞에서 그녀는 비석을 깎아 세워놓은 것처럼 우뚝 서 있
는 류의 단단한 등과 마주쳤다.

힐끔 그를 바라보는 단목향의 눈에 경탄과 적의, 그리고 의
심이 뒤범벅이 되어 이글거렸다.

'이놈이 정말 혼자서 그들을 상대했단 말인가?

아직도 믿어지지 않았다.

그녀는 새벽에 염가연과 류를 만나 그들을 황룡문으로 호위해 돌아오는 동안 은밀히 수하를 보내 그녀의 행적을 알아보게 했다. 그 수하가 저녁 무렵에 돌아와 보고한 건 참으로 경악할 만한 것뿐이었다.

복주산(福珠山) 기슭의 주가에서 무혼삼귀가 참혹한 주검으로 발견되었고, 산 너머 백양나무 숲 앞에서는 열 명의 무리가 똑같은 모습으로 죽어 있었는데, 그중 탈혼쌍마가 있었다고 했던 것이다.

단목향은 무혼삼귀와 탈혼쌍마 같은 흑도의 거물들이 한꺼번에 나섰다는 말을 듣고 놀랐다. 흑룡장에서 정말 그녀를 잡을 생각을 했다는 걸 알 수 있었기 때문이다.

그들이 감히 지존보의 각주를 노리고 있었다는 게 놀랍지만, 더욱 기가 막힌 일은 그런 자들을 류가 혼자서 깨끗하게 처리해 버렸다는 거였다.

검기령의 청년 고수들을 아이 다루듯 할 때 류의 사나움을 알아보았다. 하지만 흑룡장의 무혼삼귀나 탈혼쌍마는 다르다.

그런데 눈치를 보니 염가연은 손끝 하나 까딱하지 않은 모양이었다. 그렇다면 이 목석 같은 놈 혼자서 그들을 상대했단 말인데…….

'휴, 도대체 알 수 없는 일뿐이다.'

계단을 내려가는 단목향이 머리를 설레설레 흔들었다. 마

음속에 '이놈은 황룡문의 위사가 아닐 것이다'는 확신만 커
진다.

'그렇다면 황룡문에서도 무언가 꿍꿍이를?'

엉뚱하게 확대되는 자신의 상상에 화들짝 놀란 단목향이
어깨를 부르르 떨었다.

그 시간 제남부 남쪽 일백여 리 떨어진 곳에 있는 백불산(白
佛山) 정상에서도 분노를 애써 참고 있는 사람들이 있었다.

팔십은 되어 보이는 백발노인과 오십을 바라보는 듯한 두
명의 중년인, 그리고 한 명의 젊은이가 평평한 바위 위에 좌
정하고 있었는데, 모두의 시선이 눈을 지그시 감고 있는 백발
노인에게 멎어 있었다.

근엄해 보이는 노인의 주름진 얼굴이 부르르 떨리고 물기
없는 건조한 입술이 열렸다.

"모두 죽었단 말이지?"

"그렇습니다. 한 명도 살지 못했습니다."

노인만 바라보고 있던 중년의 사내가 공손하게 말했다. 세
가닥 염소수염이 나 있는 네모진 얼굴에 눈빛이 깊고 어둡
다.

투호쌍편(鬪虎雙鞭) 소초운(蘇草雲)이라는 자로서, 흑도
와 백도 어느 쪽에도 속하지 않은 태음곡(太陰谷)의 곡주이
며, 한 쌍의 철편(鐵鞭)을 귀신같이 쓰는 고수라고 알려져

있었다.

"으음—"

눈치를 보고 있던 남색 옷의 청년이 주먹을 움켜쥐고 소리쳤다.

"이건 함정이었던 게 틀림없습니다! 우리를 끌어내려는 수작에 멋모르고 넘어간 겁니다!"

"함정이라……."

노인이 더욱 눈살을 찌푸렸다. 무언가 한동안 생각하더니 천천히 말한다.

"그렇다면 그들이 우리의 정체를 눈치 채고 있었다는 말인데…… 나는 믿을 수 없구나."

"노야."

염소수염의 중년 사내, 투호쌍편 소초운이 어두워진 얼굴로 조심스럽게 말했다.

"상(商) 아우의 말에도 일리가 있는 듯합니다. 그렇지 않고서야 무혼삼귀와 탈혼쌍마가 동시에 당할 수는 없는 일 아니겠습니까?"

"지존보는 흑룡장을 알 뿐, 그 이면의 비밀에 대해서는 알지 못한다. 그렇지 않았다면 흑룡장이 여태까지 무사했을 리가 없지."

"노야의 말씀도 옳습니다. 하지만 이번 일은 아무래도 우리가 너무 성급하게 처신한 듯합니다만……."

중년인이 곁에 묵묵히 앉아 있는 검은 얼굴의 깡마른 사내를 슬쩍 바라보며 말꼬리를 흐렸다.

내내 고개를 숙이고 있던 검은 얼굴의 중년인은 흑안화룡(黑顔火龍)으로 불리는 강동산(姜東山)인데, 흑룡장의 장주이자 강호에서 손꼽히는 흑도의 거물 중 한 명이었다.

지존보가 군림하고 있는 천하에서 흑도는 제 한 몸 지키기에 급급할 뿐 감히 준동할 엄두를 내지 못했다.

그래서 흑안화룡 강동산도 이곳에 장원을 세우고 칩거하다시피 하고 있은 지 어언 이십여 년이 되었다.

그동안 그의 그늘에서 숨 쉬고 살아보고자 모여든 흑도의 무리들만 해도 삼백여 명이나 된다. 그중에는 고수라고 할 만한 자들도 많았다.

강호에는 흑룡장같이 흑도의 거물들이 웅크리고 있는 장원이나 보, 산채들이 수백 곳이었지만 지존보는 그들을 모르는 척했다.

이 넓은 천하에 뿔뿔이 흩어져 있어서 별로 위협이 되지도 못했으려니와 당금 무림에 지존보와 무극검제 조작량을 움직이게 할 만큼 위험한 세력도, 존재도 없었기 때문이다.

그 흑룡장에 갑작스러운 소식 하나가 날아들었다. 지존보의 옥봉각주이자 조작량의 총애를 받고 있는 소수옥녀 염가연이 홀로 황룡문을 나갈 것이라는 정보였다.

그녀를 손에 넣는다면 조작량을 위협할 수 있다. 흑룡장에서는 반드시 그래야만 할 이유가 있기도 했다.

염가연이 지존보를 가끔씩 떠난다는 건 세상이 다 아는 일이었다. 하지만 언제나 호위 무사대에게 에워싸여 있었으므로 감히 그녀를 넘볼 수 없었다. 황룡문에 머물고 있는 동안도 마찬가지다.

그런데 그녀가 무슨 일 때문인지 홀로 황룡문을 나간다는 것이었다.

강동산은 절호의 기회로 여겼다. 그녀를 잡아 조작량을 위협한다면 그는 지존보에 가두고 있는 자신의 사부 동천일괴(東天一怪) 엄수량(嚴水量)을 내주지 않을 수 없을 것이다.

간단한 일이었다.

사부는 지난 이십칠 년 동안 지존보의 뇌옥에서 늙었을 테니 더 이상 위협적인 존재가 되지 못할 것이고, 그를 다시 찾아온들 흑룡장이 지존보를 넘볼 수 없다.

조작량은 늙은 사부를 잊지 않고 그리워하는 자신을 기특하게 여길지도 모른다. 그대로 놔둬도 곧 죽을 구십 살 먹은 노인을 내주고 염가연을 되찾아오는 일에 무엇을 망설일 것인가.

그런 생각으로 강동산은 즉시 수하 고수들을 내보냈다. 그리고 이와 같은 결과가 생기고 말았다.

꾸짖는 듯한 노인의 눈길 앞에서 그는 얼굴을 들 수 없었다.

노인이 혀를 차고 나서 천천히 물었다.

"밖에서 정보를 얻어왔던 아이는?"

"사라졌…… 습니다."

"사라졌다?"

강동산의 머리가 더욱 숙여진다.

"당했다는 소식을 들은 오늘 아침에 그놈을 찾았는데 어디에서도 보이지 않았습니다."

"그렇다면 누가 소수옥녀에 대한 정보를 흘렸는지조차 확인할 수 없게 되었구나?"

"제가 어리석은 탓입니다."

"사부를 구해내고 싶은 네 마음을 뉘라서 탓하겠느냐."

노인이 길게 탄식했다.

그들의 말을 묵묵히 듣고 있던 남색 옷의 청년 상목기(商木機)가 발끈해서 소리쳤다.

그는 얼마 전부터 강호에 최명흑선(催命黑扇)이라는 별호로 알려진 신진 고수다.

"소생의 생각은 다릅니다."

"다르다고?"

백염 백발의 노인이 의아한 얼굴로 상목기를 바라보았다.

그가 앉았던 자리를 박차고 벌떡 일어났다. 주먹을 움켜쥐고 있는 것이 비분강개하는 기색이 역력하다.

"대체 우리는 언제까지 이렇게 쥐새끼들처럼 눈치나 보며 살아야 하는 것입니까? 피해를 입은 건 그들이 아니라 우리입니다! 당장 황룡문에 찾아가 흉수를 내놓으라고 요구해야 하는 것 아닙니까?"

"어허, 상 소제, 젊은 혈기를 내세울 때가 아닐세."

투호쌍편 소초운이 엄한 얼굴을 하고 꾸짖었지만 상목기는 물러서지 않았다. 그가 더욱 화를 내며 말했다.

"소 형님, 형님은 지금 우리 처지가 분하지도 않단 말씀입니까? 그깟 계집 하나 때문에 이처럼 쉬쉬하면서 은밀히 모여 탄식하고 두려워하는 꼴을 세상 사람들이 보면 뭐라고 하겠습니까?"

"상 소제, 하지만 이게 작금의 현실이라는 걸 부정해서는 안 되네. 우리가 두려워하는 건 조작량이고 지존보이지 그깟 어린 계집애가 아니지 않은가."

"저기 강 형님께서는 그 계집을 손에 넣으면 조작량도 꼼짝없이 양보할 수밖에 없다고 했습니다. 그렇다면 우리가 지금 당장 황룡문에 쳐들어가 그 계집만 손에 넣으면 다 되는 일 아닙니까?"

젊은 청년, 상목기는 목에 핏대까지 세웠다.

그는 소초운이나 강동산의 아들이라고 해도 될 만큼 젊은 나이였다. 이십대 중반인 것이다. 그런 자가 무림의 대선배인 두 사람에게 감히 형님이라 부르며 함부로 말하지만 아무도 그것을 이상하다거나 불쾌하게 여기지 않았다.

상목기가 매서운 눈길로 그들을 한꺼번에 쓸어보며 다시 소리쳤다.

"회주님께서 이번 일을 아시면 감당할 수 없을 것입니다. 조작량보다 오히려 그 일을 더 걱정해야 하는 것 아닙니까?"

그 말에 백염 백발의 노인이 수심 깃든 얼굴로 한숨을 내쉬었고, 강동산과 소초운의 낯빛은 창백하게 질렸다.

소초운이 탄식하고 달래듯 말했다.

"상 아우, 설마 이번 일을 회주님께 그대로 고할 작정은 아니겠지?"

"제가 그처럼 속 좁고 야비한 인물은 아닙니다. 그러나 분통이 터지는 건 어쩔 수 없군요."

상목기의 등등하던 기세가 한풀 꺾인 듯해서 안심이 된 것인지, 소초운이 빙긋 웃고 달래듯 말했다.

"상 아우만 잠시 입을 다물고 있어준다면 아무도 이 일을 알지 못할 걸세."

"소 형님은 감히 회주님을 속이겠다는 겁니까?"

"천만에, 천만에. 내가 목숨이 열 개쯤 된다고 해도 어찌 그런 생각을 할 수 있겠나? 다만 원만하게 일을 마무리 지은 다음에 말씀을 드리자는 거지. 그러면 회주님의 걱정을 덜어드리는 일이 되지 않겠나?"

"그럼 제게 말씀해 보십시오. 두 분 형님은 이 일을 어떻게 매듭지을 생각이십니까?"

말을 하면서 힐끔 백염 백발의 노인을 살펴보았다. 노인은 듣지 못했다는 듯 지그시 눈을 감은 채 침묵하고 있을 뿐이었다.

소초운이 다시 말했다.

"우리가 나서지만 않는다면 그들은 흑룡장에서 단독으로 저지른 일로 여길 걸세. 그러면 우리 회의 존재가 겉으로 드러나지 않게 되니 안심이지."

내내 불만스런 얼굴을 하고 있던 강동산이 매섭게 소초운을 노려보았다.

"소가야, 너는 나의 흑룡장을 바람막이로 내세울 작정이냐? 흥! 이것이 만약 너의 태음곡에서 생긴 일이라면 그때도 그렇게 말하지는 않겠지?"

"이봐, 지금 중요한 건 나의 태음곡이나 너의 흑룡장이 아니야. 우리 회의 존재가 드러나게 된다면 그야말로 큰일이지."

"그건……."

"나무로 말하자면 뿌리를 뽑혀 쓰러지게 되는 격이니, 가지 몇 개가 잘리는 것에 비할 바가 아니지 않은가. 잘 알면서 왜 그러나?"

"……."

아직도 얼굴에는 불만의 기색이 남아 있었으나 강동산은 반박할 말이 없었다.

소초운이 그를 달래듯 부드럽게 말했다.

"나의 태음곡이나 너의 흑룡장은 본 회에 있어서 중요한 곳이다. 내가 그걸 몰라서 이처럼 야박하게 말하겠어?"

강동산이 한숨을 쉬고 손을 내저었다.

"휴— 이게 모두 내가 어리석게 판단하고 성급하게 군 탓이니 누굴 원망하겠나. 일이 잘못되면 나는 흑룡장과 함께 모든 걸 책임지고 죽을 테니 부디 뒷일을 잘 처리해 주게."

그의 말투에는 비장함마저 깃들었다. 소초운은 물론 상목기의 얼굴에도 쓸쓸하고 처연한 기색이 어렸다.

그때까지 묵묵히 앉아 있던 백염 백발의 노인이 비로소 눈을 뜨고 느릿느릿 말했다.

"이번 일은 반드시 여기서 끝내야 하네. 이 자리에 모인 사람들의 면면이 조작량에게 드러나서는 절대 안 되지. 그러니 역시 우리 중 한 사람이 바람막이가 되어 나서는 수밖에 없겠어."

지목하지는 않았지만 강동산을 두고 하는 말이라는 걸 모를 사람은 없다.

흑안화룡 강동산이 벌떡 일어나 노인에게 정중하게 포권했다. 얼굴 가득 비장한 기색이 어려서 보는 이들을 안타깝게 한다.

"노야, 제가 불민하여 이날 이때까지 안으로는 사부님을 제대로 모시지 못했고, 밖으로는 회에 공을 세우지 못했으니

면목이 없습니다. 이번 일은 반드시 흑룡장 안에서 해결하여 조금도 그 내막이 밖으로 흘러나가지 않도록 하겠습니다.”

백발의 노인이 수염을 쓰다듬으며 천천히 머리를 끄덕였다.

“그렇게 해준다면 본 회에 지대한 공을 세우는 게 될 터이니 회주님께서도 반드시 감격하여 너를 잊지 않으실 것이다.”

“감사합니다. 그럼 저는 먼저 떠나 장으로 돌아가겠습니다.”

공손히 인사한 강동산이 소초운의 손을 잡았다.

“생각해 보면 너와 내가 알고 지낸 지 벌써 이십오 년이나 되었다. 정이 형제처럼 깊지만 남들 앞에서는 그걸 감추려고 서로 모른 척했고, 우리끼리도 자칫 회의 안녕에 누가 될까 봐 사사로운 정을 내비치지 못했구나.”

“이 사람, 무슨 그런 말을……”

“그러나 지금 이 순간에 애틋한 정을 내보인다고 해서 탓할 사람은 없겠지. 부디 몸조심하고, 나와 흑룡장이 못다 한 일을 네가 맡아서 잘 해주기 바란다. 그러면 그 은혜는 내가 다음 생에 너의 종으로 태어나 갚아주도록 하마.”

“동산이, 이 사람……”

소초운이 목이 메는지 차마 더 말하지 못하고 외면했다.

그의 손을 놓은 강동산이 이번에는 상목기를 똑바로 바라보며 말했다.

"상 아우, 자네는 어린 나이이지만 그 성취가 이 못난 형을 훨씬 뛰어넘는 바가 있으니 우리 회의 미래를 짊어지고 있다고 해도 과언이 아니지. 우형(愚兄)이 굳이 한마디 한다면 너의 그 급한 성질을 조금 누그러뜨리라는 것뿐이다. 그런다면 머지않아 대성하여 본 회의 기둥이 될 것이 틀림없어. 우형의 당부를 잊지 말거라."

상목기가 그를 다그쳤던 일을 떠올리고 머쓱해져서 포권했다.

"강 형님의 말씀 뼈에 새기겠습니다. 만약 흑룡장이 불타고 강 형님이 돌아가신다면 맹세컨대 소제가 그 열 배로 복수해 드리겠습니다."

"믿음직하군."

강동산이 씁쓸하게 웃었다. 다시 한 번 백발의 노인에게 포권해 보인 그가 몸을 돌려 어둠이 깃들어오는 산 아래로 바람처럼 달려 내려갔다.

第五章

떠나는 사람들

第五章

　다음날, 이렇다 할 작별의 절차나 인사도 없이 염가연이 호위대를 이끌고 황룡문을 떠났다.

　류는 입해관 밖까지 그녀의 마차 곁을 따랐다. 그리고 거기서 멈춘다. 이제 임무가 끝난 것이다.

　마차의 휘장이 들추어지고 염가연이 애틋한 눈길을 보냈다.

　"그동안 고마웠어요."

　"내가 해야 할 일을 했을 뿐이오."

　염가연이 살짝 입술을 내밀어 보였다.

　류는 보고도 보지 못한 듯 시치미를 뚝 떼었다. 그녀가 소리없이 미소 짓고 휘장을 닫았다.

그리고 떠나간다.

멀어지는 마차의 행렬을 보면서 류는 가슴 한 귀퉁이가 와르르 무너지는 것 같은 허전함을 느꼈다.

문득 그런 제 꼴이 우스워진다. 한심하기도 하다.

'멍청한 놈 같으니, 쯧쯧……'

무기력하게 누워 있는 제 그림자를 매섭게 노려보고 혀를 찼다. 그리고 찬바람을 일으키며 돌아선다.

그녀가 떠나고 며칠이 지났던가.

불쑥 찾아온 표양신이 류의 손을 잡아끌고 성 밖, 소연강(蘇淵岡) 위의 낡은 주가로 데려갔다.

"말해봐, 그녀는 어땠어?"

그가 마른 입술을 핥고 나서 물었다.

술잔을 앞에 둔 채 마실 생각은 잊고 류만 멍하니 바라보고 있다.

"뭘?"

"이런 나쁜 놈."

"그냥 여자일 뿐이야. 다른 건 아무것도 없다."

"그럴 리가 있나?"

"뭘 알고 싶은 거냐?"

"그녀가 뭘 좋아하더냐? 잘 먹던 건? 그녀가 쓰던 물건 한 개쯤 슬쩍해 놓지 않았어? 음성은 어땠어? 너한테 잘 해주더냐?”

“다음에는 네가 그녀의 호위 노릇을 하겠다고 해라. 그러면 알게 될 거야.”

“이 나쁜 놈. 내가 속이 타서 죽는 꼴을 기어이 보겠다는 거로구나?”

“이 한심한 놈아, 정신 차려라.”

“내가 뭘?”

“자고로 미인은 독약과 같다고 하지 않더냐? 멀리 두고 바라보는 건 상관없지만 가까이 할 존재는 절대로 되지 못하는 거야.”

“쳇, 독약이라도 좋다. 그런 미인이라면 마시고 죽어도 원이 없겠어.”

눈을 흘긴 표양신이 꿈을 꾸는 듯한 얼굴이 되어서 멍하니 허공을 바라보았다. 그런 그를 보며 류는 남모르게 한숨을 쉬어야 했다.

제가 그녀를 가슴에 안았고, 그녀와 입맞춤했다는 걸 알면 이 철없는 귀공자는 당장 너 죽고 나 죽자고 달려들 게 뻔했다.

그런 일이 있어서는 안 된다.

물끄러미 표양신을 바라보던 류가 들고 있던 술잔을 내려놓고 넌지시 물었다.

“너는 대체 몇 번이나 그녀를 본 거냐?”

“무슨 소리야?”

“그녀를 대체 얼마나 봤기에 그처럼 홀렸느냐 그 말이다.”

“딱 한 번 봤지, 그것도 먼발치에서.”

“뭐라고?”

“전에 얘기했었지? 무극검제께서 나를 지존보로 부르신 적 있다고.”

“백천수호대가 될 뻔했다는 소리는 들었다.”

“그래서 지존보에 잠시 가 있었는데, 열흘간 거기서 내가 뭘 했는지 아니?”

“설마 그녀의 꽁무니만 졸졸 따라다녔던 건 아니겠지?”

“맞다.”

“응?”

“지존보에 있는 젊은것들의 한결같은 소원이 뭐였는지 알아?”

“그녀를 품어보는 거였겠지.”

“불경한 놈.”

표양신이 어눌하던 표정을 버리고 경멸하듯이 류를 노려보았다. 류가 어리둥절해서 물었다.

“뭐야? 왜 그래?”

“그처럼 고결하고 아름다운 여자는 마땅히 존경하고 흠모해야 하는 거다. 너처럼 잡스런 생각을 품는다는 것 자체가 신성을 모독하는 거나 같아.”

정색하고 열변을 토하는 그가 다른 사람이 된 듯했다. 류가 길게 한숨을 쉬었다.

“하— 네가 미쳐도 단단히 미쳤구나.”

류는 능글맞고 한량 기질이 다분한 표양신의 그런 마음을 이해할 수 없었다.

기루에 가면 빠지지 않고 기녀를 사서 품던 그 아니던가.

거리를 지나다가도 아리따운 아가씨만 보면 반드시 집적거리고, 말이라도 걸어봐야 만족하는 그였다.

그런데 염가연을 마치 고귀한 여신처럼 여기고 있다니. 그래서 이렇게 안타까워하며 괴로워하다니…….

“짝사랑도 너쯤 되면 그건 사랑이 아니라 병이라고 해야 할 게다. 쯧쯧…….”

“이놈아, 짝사랑이라는 게 원래 정상적인 게 아니야. 병 중에서도 지독한 병이고, 미쳐야 할 수 있는 거지.”

표양신이 쓸쓸한 얼굴이 되어 벌컥 술잔을 비웠다.

“크— 이놈의 술.”

그리고 인상을 잔뜩 찡그리며 다시 말한다.

“아무튼 그때 먼발치에서 그녀의 얼굴을 딱 한 번 보았다. 그리고 이렇게 되어버린 거야. 그게 내 운명이었다.”

“도대체 한 번 보고 그런 감정에 빠질 수 있다니, 나는 너라는 놈을 이해할 수가 없다.”

"너같이 무지막지하고 무식한 놈은 몰라. 사랑이라는 건 눈으로 들어와서 마음에 뿌리내리는 거다. 그건 음식과 달라서 많이 먹어야만 배가 부른 게 아니야."

"……?"

"단 한 번의 눈길, 단 한 번의 스쳐 감만으로도 영혼이 충만해지고 행복해지는 게 사랑이다."

류가 히죽 웃었다. 표양신이 눈을 흘긴다.

"흥! 많이 보았느냐 아니냐를 따지는 그런 놈은 바보 천치지. 누구처럼 말이다."

잠시 숨을 고르더니 또 입에서 침을 튕겨가며 말했다.

"그건 한 톨의 씨앗이 땅에 떨어지는 것과 같다. 그것이 뿌리를 내리고 무성한 나무가 되면 수많은 과실이 주렁주렁 매달리지. 사랑이란 바로 그런 거야."

"……."

"한 번 보는 것만으로도 충분한 이유를 이제 알겠지?"

"아니."

"이런 무식한 놈!"

표양신이 탁자를 두드리며 버럭 화를 냈다. 그리고 체념한 듯 한숨을 섞어 말한다.

"그럼 그냥 들어두기만 해라."

"긴 얘기냐?"

"시끄러!"

삑, 소리친 표양신이 엄숙한 얼굴을 했다.

류에게는 그게 더 간지러운 것이어서 애써 웃음을 참아야 했다.

"사랑을 하는 데 중요한 건 얼마나 깊이 제 뼛속에 새겨두느냐 하는 거다. 몇 번 안아보았느냐 하는 것 따위는 천한 것이야."

"그런데 너는 늘 그런 천한 짓을 하고 또 좋아하잖아?"

"이 답답한 놈아, 내가 돈을 주고 창기를 사서 품는 게 사랑하기 때문이었다고 생각하는 거냐?"

"돈을 주고 품든 사랑해서 품든 같은 거 아니겠어?"

"에이그, 너같이 멋도 없고 낭만도 없고 순정도 없는 놈에게 사랑을 얘기하는 내가 한심하지. 그만두자, 그만둬."

그가 순정을 말한다는 게 류에게는 우습기만 한 일이었다. 하지만 대놓고 비웃을 수는 없었다.

그의 분위기에 맞춰주기라도 하려는 듯 머리를 갸웃거리던 류가 짐짓 심각한 얼굴을 했다.

"그러니까 네 말은, 사랑을 느끼는 데는 단 한 번의 스쳐 감만으로도 충분하다. 그러니 그런 걸 두고 운명이라고 해야 하지 않겠느냐, 이 말이지?"

표양신이 손뼉을 치며 좋아한다.

"맞아, 바로 그거다! 네놈이 이제 보니 영 먹통만은 아니었구나. 그렇게 된 사람을 운명에 사로잡혔다고 하지 않으면 뭐라고 불러야겠어?”

“솔직한 놈이라고 하는 거지.”

“응?”

“나는 바보요, 나는 돌았소, 하고 제 입으로 고백하는 거나 다름없으니 솔직한 멍청이지.”

“이런 죽일 놈 같으니!”

머리에 동그라미를 그려 보이는 류를 향해 표양신이 주먹을 내둘렀지만 시늉일 뿐이다.

류가 다시 소리치려는 그의 입 안에 고깃점을 쑤셔 넣었다.

둘이서 걸어오는 밤길이 이처럼 서먹서먹할 줄 몰랐다.

표양신은 내내 말이 없고, 류에게도 그를 위로해 줄 말이 없었다.

술이 취한 걸 감추지 않고 비틀거리는 표양신을 때때로 붙잡아주면서 류는 무거운 짐을 지고 있는 것 같았다.

염가연의 기억 속에는 표양신이 남아 있지 않을 것이다. 하지만 그녀의 가슴속에는 이제 자기가 남아 있다.

류는 그 사실을 표양신이 알게 될까 봐 두려웠다. 그가 뭐라고 할 것인가.

류에게 중요한 건 친구였고 우정이었지 사랑이 아니었다. 우정은 나의 힘이고 미래지만, 사랑은 짐이고 함정이다.

류는 그렇게 생각하고 있었다. 사랑이라는 감정의 달콤함

을 알기에는 그의 정서가 너무 메말랐기 때문이다. 아니, 그
가 살아온 지난날들이 너무 거칠고 험했기 때문이라고 해야
하리라.

유년이었을 때는 굶어 죽지 말아야 한다는 절박함이 그의
삶의 전부였다. 개처럼 이 골목 저 골목을 뒤지며 오직 먹을
것을 찾아다녔다.

어디 따뜻하고 다정한 감정을 느낄 새가 있었겠는가.

그러다가 사부를 만났고, 오운장에서 삼 년 동안 사형들과
어울려 살면서 조금씩 마음의 고단함이 풀어졌다. 그러자 비
로소 인간의 정을 느끼고 즐거워할 수 있게 되었다.

그리고 사저, 남흑봉 기련화. 사춘기에 접어들었을 때 그녀
는 여태까지 류가 보고 느껴왔던 그 어떤 감정들보다 더욱 은
밀하고 더욱 격렬하게 찾아왔다.

그게 사랑이라는 걸 안 것은 한참이 지나서였다. 그때는 단
지 제 감정의 설렘과 제 생각과 그리움의 편향됨이 어색하고
고통스럽고 부끄러웠을 뿐이다. 그래서 때로는 죄책감마저
느끼며 당황했었다.

보이지 않는 곳에서는 사저의 모습과 음성을 미치도록 그
리워했지만 정작 그녀와 마주 서면 눈을 똑바로 들지 못했던
것이다. 그녀를 바라본다는 것 자체가 왠지 죄를 짓는 것 같
았기 때문이다.

짝사랑이라는 걸 몰랐다.

하지만 그런 감정의 격정기는 오래가지 못했다. 어느 날 갑자기 불타고 무너져 버린 오운장, 그리고 절망으로 다가온 참혹한 주검들.

눈앞에서 사부와 사저, 사형들의 주검이 불타는 걸 보았을 때의 그 느낌과 기분.

그것이 아직도 류의 머릿속에 가득 차 있고, 류의 가슴속에 가득 차 있었다.

그의 인생에서 따뜻한 봄날은 아주 잠깐 스쳐 지나가 버린 것이다.

그는 세상을 버리고 삼 년간 방황하다가 바다 저 멀리 외딴 섬 고산도에서 홀로 십 년을 보냈다.

세상을 알기도 전에 스스로 세상과 바다라는 건널 수 없는 거리를 두어버린 것이다.

그러므로 류가 알고 있는 세상은 고산도에서의 그 처절하고 치열한 삶이 전부였다. 그것을 이어가게 해준 힘은 오직 복수심뿐이다.

그걸 고스란히 가지고 세상으로 돌아왔다.

지금, 표양신의 아픔이 이해될 수 없는 게 당연했다. 그가 말하는 사랑이 무엇인지 어리둥절해지는 게 당연하다.

가슴 아파하고, 그래서 스스로를 괴롭게 하고 있는 표양신이 어리석고 답답해 보일 뿐이었다.

그게 지금 류와 표양신 사이에 가로놓여 있는 건널 수 없는 검은 바다였다.

"나는 말이다……."

표양신이 축축한 나무를 붙잡고 어눌하게 말했다. 단 술 냄새가 훅, 끼쳐 온다.

"네가 부럽다."

"……."

"너는 자유롭잖아. 너는 그녀의 곁에 닷새나 붙어 있었잖아. 그녀의 사랑을 받았지."

"그렇지 않아. 그녀는 나를 종이라고 생각했을 뿐이다."

"그런데 너만 데리고 관문을 뛰어나가 밤을 새고 돌아왔단 말이냐?"

표양신이 무섭게 이글거리는 눈으로 노려보았다.

"말해봐! 밤새 그녀와 어디서 무얼 했던 거지?"

"……."

"그녀가 왜 갑자기 지존보로 서둘러 돌아가 버린 거지?"

"사정이 있겠지."

"너 때문이 아니고?"

"오해다."

"그렇다면 아니라고 말해줘. 너는 결코 그녀를 사랑하지 않는 거지? 그녀와 아무 일도 없었던 거지?"

"……."

류의 침묵이 길어졌다. 그럴수록 표양신의 얼굴에 고통이 커진다.

그를 말없이 바라보던 류가 한숨을 쉬고 천천히 말했다.

"말해주지. 나는 그녀를 사랑하지 않는다. 그리고 그녀와는 아무 일도 없었어. 그저 따라다녔을 뿐이다. 나는 호위무사였으니까."

"정말이지? 하늘과 땅을 두고 맹세할 수 있지?"

"맹세하마."

"호호호, 너는 정말 좋은 놈이다."

표양신이 비틀거리고 다가와 류에게 쓰러지듯 안겼다.

"왜인지 알아? 바보 같거든. 너는 바보 자식이야. 크크크……."

"……."

"나 같았으면 말이다, 그 좋은 기회를 그대로 놓아 보내지 않았을 거야."

류는 그에게 거짓말을 하고 거짓 맹세를 했다는 것이 못내 가슴에 가시가 되어 걸렸다. 하지만 어쩔 수 없는 일이다. 그것으로 그를 달래고 진정시킬 수 있다면 족하지 않은가.

황룡문에서는 더 이상 류에게 아무 일도 시키지 않았다. 무슨 말들이 퍼졌는지, 입해관의 수문위사 명단에서도 빠졌다.

하지만 류는 아직 입해당 소속의 위사였다. 비록 당주인 문효성이 그를 떨떠름하게 바라보고, 아무도 그의 곁으로 다가

오려 하지 않았지만 여전히 푸른 위사복을 입고 있었기 때문이다.

류는 하루 종일 빈둥거렸다. 심심하면 입해당의 뜰을 서성거리거나 화단의 꽃들을 돌보았다.

그가 당을 벗어나 내성을 기웃거려도 막아서는 사람이 없었다. 지나치는 당주며 장로들까지도 그저 고개를 까닥여서 인사를 받았을 뿐, 무어라고 주의를 주지 않았다.

류는 황룡문도로서 황룡문 안에 있었지만 전혀 다른 세상에 뚝 떨어진 전혀 다른 사람 같았던 것이다.

그렇게 무료한 날이 보름이나 지났다.

'이제 떠날 때가 된 건가?

그런 생각이 스멀스멀 찾아들었다.

아무 미련도 없었다. 다만 표양신에게 뭐라고 해야 할지 그게 걱정될 뿐이다.

그러던 어느 날 아침, 그가 찾아왔다.

류는 아침마저 거른 채 제 방에서 팔베개를 하고 빈둥거리던 중이었다.

문을 벌컥 열고 들어선 표양신이 잔뜩 눈살을 찌푸렸다.

"이놈아, 이게 뭐냐? 돼지 우리가 따로 없구만."

"……."

"이 냄새 좀 어떻게 해봐라. 너는 생전 씻지도 않고 사냐?"

"……."

"사람한테서 사람 냄새가 나야지 돼지 냄새가 나기 시작하면 그 인생 끝나가는 거다."

"네가 내 마누라라도 되는 거야?"

"뭐라고?"

"그런 잔소리는 마누라들이나 해대는 거다. 나는 너를 마누라 삼고 싶은 마음이 조금도 없으니 그 입을 다물던지 나가던지 해라."

"쯧쯧, 이게 아주 갈수록 버르장머리가 없어지는구만. 안 되겠다. 내가 단단히 가르쳐 주지 않으면 조만간 꿀꿀거리며 기어다니겠어."

표양신이 와락 달려들어 이불을 걷어내고 찰싹찰싹 뺨을 때렸다.

"일어나! 일어나서 움직여, 이 게으른 돼지야!"

"이놈아, 제발 날 좀 그냥 놔둘 수 없니?"

"안 돼! 네가 꿀꿀거리면 나는 돼지 친구가 되는 거잖아? 이 표 나리가 그래서는 체면이 말이 아니지."

"나가 봐야 할 일도 없고, 놀아주는 놈도 하나 없는데 뭐 하겠어? 다들 나를 슬슬 피하기만 한다. 그러니 이렇게 방 안에서 빈둥거리고 있는 게 그들을 편하게 해주는 일이야."

"네가 뿌린 씨앗이니 네가 거둬야지."

"내가 뭘 어쨌기에?"

"이것저것 한 게 많지. 그래서 사부님이 너를 찾으시는 거고."

"응? 문주께서?"

"씻은 다음에 옷도 갈아입어라. 그 꼴로 사부님께 갔다가는 문지방을 넘기도 전에 몽둥이찜질을 당하고 말 게다. 자, 움직여!"

표양신이 옆구리를 냅다 걸어찼다. 퍽! 하는 소리와 함께 침상에서 뚝 떨어진 류가 오만상을 찡그리며 엉금엉금 기어 일어났을 때 표양신은 벌써 방에 없었다.

"네가 무엇을 원하고 있는지, 네 과거가 어떤지는 묻지 않겠다."

공손히 손을 모으고 서 있기를 얼마나 했을까. 불쑥 들려온 문주 당고한의 말에 류는 바짝 긴장했다.

누구든 문주의 거처인 음풍헌(吟風軒)에 들려면 세 번, 네 번의 제지를 당해야 한다. 그러나 이번에는 어쩐 일인지 한 번도 류를 가로막는 자가 나타나지 않았다.

류는 제집에 찾아가듯 뚜벅뚜벅 걸어서 음풍헌으로 왔고, 문주인 당고한과 마주한 것이다.

다시 한동안 무거운 침묵이 흘렀다.

"나는 너를 처음부터 범상치 않은 자라고 보았다. 네가 스스로를 숨기고 있다는 것도 알았다."

"저에게는 말하지 못할 사정이 있을 뿐입니다."

“사람은 누구나 저만의 비밀을 하나씩은 가지고 있는 법이지. 나는 네가 숨기고 있는 게 무엇인지 알려는 게 아니다.”

“…….”

“나는 너에 대해서 아무것도 알지 못한다. 하지만 한 가지는 이제 확실히 알 수 있게 되었지.”

“…….”

“네가 악한 자가 아니라는 것이다.”

“감사합니다.”

“그렇기 때문에 너에게는 더 큰 위험이 따를지도 모른다.”

알 수 없는 말이다. 류가 저도 모르게 얼굴을 들어 문주를 똑바로 바라보았다.

문주는 서탁 앞에 단정하게 앉아 서도(書道)에 몰입해 있는 중이었다.

은은한 묵향(墨香)이 침침하게 가라앉은 방 안으로 흩어졌다.

한 획을 힘차게 긋고 난 문주가 류를 바라보았다.

“나는 너를 아끼고 싶다.”

“지금으로서도 충분합니다.”

“너는 황룡문에 오래 있을 사람이 아니지. 또 내가 붙잡아 둘 수 있는 사람도 아니구나.”

“하지만 제 마음속에는 늘 문주님이 자리하고 계실 것입니다.”

"나를 그렇게 생각해 주다니 고마운 일이다."

문주가 처음으로 빙긋 웃었다.

"나는 너를 황룡문에서 내보내려고 한다. 물론 너도 원해야 하는 일이지."

"그 말씀은……."

"사람에게는 중요한 선택을 해야 할 때가 세 번은 온다. 기회라고도 하고 위기라고도 하지. 너는 그 첫 번째 기로에 섰다고 생각해도 좋다."

"……."

류는 그가 마치 엄하면서도 자상한 사부처럼 말한다는 걸 느꼈다. 자신을 바라보는 눈길도 그와 같았다. 왠지 마음속에 훈훈한 정감이 스며들었다.

'이런 게 정이라는 것일 테지.'

"선택은 언제나 너의 몫이다. 남이 가리키는 대로 향하는 줏대없는 인간은 아니겠지?"

"그렇습니다."

문주가 다시 화선지에 눈길을 돌리고 글씨 쓰는 일에 집중했다.

문지방 밖에서 류는 공손히 두 손을 모은 채 기다리고, 한동안 방 안에는 붓이 종이 위를 미끄러지는 작은 소리만 가득했다.

"지존보로 가려느냐?"

불쑥 던져 온 말이 류를 또 한 번 깜짝 놀라게 했다.

"예?"

조용히 붓을 내려놓은 문주가 그를 바라보았다. 눈 속 깊은 곳에서 안타까움이 일렁거린다.

"검제가 명하셨다."

"저를 말입니까?"

"네가 옥봉각주를 잘 모신 보상이지."

"……."

염가연일 것이다. 그녀가 조작량에게 부탁했음이 틀림없다. 류는 그렇게 믿었다.

"지존보는 무림에 몸담고 있는 자라면 누구나 들어가고 싶어하는 곳이다. 그곳의 무사가 된다면 그건 개인의 명예이면서 사문의 명예이기도 하지."

하지만 류는 저와는 상관없는 일이라고 생각했다.

"지금 강호에는 꿈이 없다. 하지만 지존보의 무사가 되면 누구나 장차 제가 무림을 이끌어갈 기둥이 되리라는 꿈을 키울 수 있다."

'꿈이 없다…….'

류는 문주의 그 말을 곱씹었다.

지존보 천하의 강호에 대한 불만의 의미가 깃들어 있다는 게 어렴풋이 느껴진다. 또한 칼 대신 호미를 쥐고 무료하게 밭을 갈고 있는 영웅의 한탄이 느껴지기도 했다. 난세가 아니기 때문이다.

"문주께서 말씀하신 중요한 선택이라는 게 바로 그것입니까?"

"그렇다."

황룡문이 호수라면 지존보는 바다와 같다. 사내로서 어찌 바다를 꿈꾸지 않을 것인가.

"가겠습니다."

류를 바라보는 문주의 눈에 따뜻한 애정이 깃들더니 곧 안타까움으로 바뀌었다.

그가 약간 잠긴 음성으로 말했다.

"너는 악하지 않다. 그래서 더 위험에 처할 수 있다고 한 내 말을 잊지 말아라."

"명심하겠습니다."

류는 기꺼이 지존보로 가리라고 마음을 정했다. 운명이 이끄는 대로 따라가 보면 내가 원하는 것과 만나게 되리라고 생각한 것이다. 원수의 무리와 대면하게 되는 바로 그것이다.

'그때 운명의 수레에서 뛰어내려 복수의 불칼을 마음껏 휘두르리라.'

마음속에 결의를 다지면서 류는 지금의 저를 돌아보았다.

아직은 작은 개울물에 몸을 담그고 있는 조그만 실뱀에 지나지 않다. 흘러가는 대로 흘러갈 뿐, 나의 의지를 말할 수가 없다. 하지만 머지않아 강을 만나고 바다를 만나게 될 것이라고 믿었다.

그렇게 되어야만 한다. 그러면 실뱀은 비로소 바다를 휘젓는 용이 되어 구름을 부르고 벼락을 칠 것이다.

류는 황룡문을 떠나 지존보로 옮겨가는 것이 조금씩 넓은 물을 찾아 나아가는 일이라고 생각했다. 용이 되기 위해서 껍질을 벗는 것이다.

원수를 찾는 일은 하루아침에 될 일이 아니다. 그렇다면 그 전에 더욱 나를 단련시키고 안목을 키워야 할 필요가 있다.

이 기회는 나를 위해서 찾아온 것이라고 생각했다. 원통하게 죽은 사부의 영혼이, 내 안으로 옮겨 들어와 있는 사형들과 사저의 영혼이 그렇게 나를 이끄는 것이라고 생각했다.

문주가 가볍게 머리를 끄덕였고, 기둥 뒤에서 소리없이 사라지는 기척이 있었다.

이제 음풍헌 안에는 류와 문주 당고한 두 사람만 남았다.

류를 묵묵히 바라보던 당고한이 음성을 낮추어 말했다.

"너에게 부탁할 게 있다. 들어주겠느냐?"

"예?"

부탁이라니. 문주의 입에서 그런 말이 나오다니.

류는 그 어느 때보다 긴장하여 어깨를 굳혔다. 당고한이 침묵으로 자신의 대답을 기다리고 있다는 게 느껴진다.

"말씀하십시오. 제가 할 수 있는 일이라면 반드시 들어드리겠습니다."

“고맙구나.”

빙긋 웃은 문주가 더욱 음성을 낮추어 말했다.

“삼패왕을 기억하겠지?”

“예?”

류는 제 귀를 의심했다.

“기억하겠지?”

“맥량산의 두령 개대가리를 말씀하시는 겁니까?”

처음 이곳에 왔을 때도 문주가 저에게 물었던 것이 개대가리, 장견두에 대한 말이었다.

당고한이 무겁게 머리를 끄덕이고 속삭이듯 말했다.

“지존보에 가거든 그를 돌보아주거라.”

“그가 지존보에 있단 말씀입니까?”

“어디에 있는지는 아무도 모르지. 하지만 곧 내 말의 의미를 알게 될 날이 올 것이다.”

“죄송합니다만 그와 문주께서는 어떤……?”

“그것 또한 머지않아 알게 될 것이다. 명심해라. 절대로 이 말을 다른 사람들에게 해서는 안 된다. 약속할 수 있겠느냐?”

류는 문주의 눈 속 가득 차 있는 진심을 보았다. 나에게 진심을 보여주는 사람을 어찌 실망시킬 수 있겠는가.

류가 무거워진 표정으로 말없이 머리를 끄덕였다. 문주의 입가에 희미한 미소가 번졌다.

그때 저벅거리는 발소리와 함께 한 사람이 성큼 음풍헌으로 들어섰다.

오십 줄에 들어 보이는 사내.

눈부시게 흰 백색 장삼을 입었고 붉은 띠를 둘렀다. 머리에는 검은색 유생건을 썼는데, 이마에 박혀 있는 푸른 옥이 별처럼 반짝인다.

깨끗한 인상과 맑은 눈빛, 그리고 정갈하게 손질된 검은 수염이 깡마른 그의 몸집과 잘 어울렸다. 마치 청렴결백한 관리를 보는 듯한 인상이다.

그가 문주에게 가볍게 포권했다. 그리고 류를 힐끔 바라본다.

"이자입니까?"

"그렇소이다."

"보주를 대신해서 문주님께 감사의 말씀을 드립니다."

"하하, 그 말은 오히려 나를 서운하게 하는군요."

사내가 빙긋 웃었다.

"내 사람을 선뜻 내주는 일이 쉬운 일은 아니지요."

"나 또한 그의 사람. 검제가 원하면 언제든지 내 것은 그의 것이 될 것이오."

다시 한 번 정중하게 머리를 숙여 인사한 사내가 류에게 돌아섰을 때는 바윗덩이처럼 무표정한 얼굴이 되었다.

"가자."

한마디 말을 건네볼 시간도 주어지지 않았다.

검은 말 위에 올라앉아 건들거리며 멀어지는 류는 돌아보지도 않는다.

"쳇, 제기랄 놈!"

표양신이 주먹을 불끈 쥐고 소리쳤다.

저 멀리서 류가 한 손을 번쩍 들어 흔들었다. 여전히 돌아보지 않는다.

백의중년인은 백마를 타고 검은 무사복으로 갈아입은 류는 흑마를 탔다. 그래서 희고 검은 두 사람은 묘한 조화를 이루며 제남 성중으로 들어섰다.

길을 가던 사람들이 모두 그들을 본다.

"백의검선 장유학이다."

백의중년인을 알아본 강호의 무리들이 속삭이며 빠르게 흩어졌다.

第六章
지존보(至尊堡)

第六章

백의검선(白衣劍仙) 장유학(張幼鶴).

오십 줄에 갓 접어든 나이로 검선이라는 칭호를 받았다는 건 검에 대한 그의 조예가 어떤지 잘 보여주는 일이다.

그는 화산파가 배출한 걸출한 인물이었는데, 평생 도관 밖으로 벗어나지 않을 것처럼 보이더니 지존보의 사람이 되어 있었다.

강호의 일에 나서본 적이 없지만 소문은 바람과 구름을 타고 천하에 두루 퍼져서 그와 그의 삼십육로(三十六路) 낙운검(落雲劍)을 모르는 사람이 없었다.

검법으로는 가히 천하제일이라고 꼽힐 만한 사람.

그 장유학이 몸소 황룡문에 와 문주에게 머리를 숙이고 류를 데려가고 있는 중이었다.

황룡문에서 지존보까지는 이천 리 길이다.

말을 타고 서둘러 가도 닷새는 잡아야 한다.

그 닷새 동안 동행하면서 장유학과 류 사이에는 묘한 분위기가 형성되었다.

서로를 탐색하는 시간이 지나자 점차 동류(同流) 의식이 생기기 시작했던 것이다.

강함을 추구한다는 것. 무의 궁극에 다가서기를 원한다는 것.

류는 백의검선 장유학에게서 그런 느낌을 받았다.

그는 말수가 적고 서늘한 사람이었다. 언제나 가슴속에 한 자루 검을 간직하고 있다. 잠을 잘 때도 그는 제 가슴속의 검을 꺼내서 검법의 궁극을 시험할 것이다.

장유학 정도 되는 사람이라면 굳이 손에 검을 쥘 필요가 없다. 머릿속으로 생각하고 그려보는 하나하나가 그대로 절정의 검초가 되고 검법의 길이 되는 것이다.

하지만 류는 장유학의 그런 점이 불만이었다.

'너무 깨끗하다.'

바로 그것이다.

장유학은 평생 제 검에 피를 묻혀 보지 않았을 거라고 생각했다.

산 자의 목숨을 빼앗기 위해 검을 휘둘러본 적도 없을 것이다.

화산파의 도사답게 도(道)에 이르기 위한 방편으로서의 검법을 연구하고 수련했을 뿐이리라.

그 경지가 누구도 감히 넘보지 못할 만큼 높고 고귀하지만, 그래서 강호의 살벌함과는 점점 더 멀어졌을 것이다.

그런 류의 짐작은 크게 틀리지 않았다.

장유학은 화산에서 내려와 도관 대신 지존보에 몸을 두었으나 도사로서의 기질과 성품은 그대로였다.

그의 뛰어난 검법은 곧 그의 도력(道力)과도 같다. 그래서 혹자는 장유학을 두고 검선(劍仙) 여동빈(呂洞賓)이 환생한 것이라고 말하기도 한다.

그의 인간 됨과 지고무쌍한 검법을 흠모해서 조작량은 몸을 굽혀 그를 화산에서 끌어내렸고, 지존보의 이인자로 추대했다.

정의전주(正義殿主).

장유학은 지존보에서 조작량을 대신해 모든 일을 관장하는 신분이었다.

그런 장유학이 몸소 류를 데려가기 위해 황룡문에 찾아왔다는 것 자체가 세상을 놀라게 할 만한 일이었다.

거기에는 황룡문의 명성을 존중해 주는 조작량의 마음이 깃들어 있기도 했다. 그건 오랜 친구로서 당고한을 대하는 것과는 또 다른 일이다.

황룡문주 당고한에게 부탁하는 일인데 내가 몸소 가지는 못할망정 아무나 사신으로 보낼 수는 없다는 것.

소림과 무당으로 보내는 사신으로는 각주(閣主) 정도면 충분할 것이다. 하지만 황룡문은 안 된다.

그게 조작량의 생각이고, 그와 당고한 사이의 관계를 아는 사람들의 생각이었다.

그래서 조작량은 정의전주를 택했다.

보주로부터 그런 부탁을 받았을 때 장유학은 류라는 청년에게 특별한 무엇이 있다고 믿었다.

호기심과 함께 기대감도 컸다.

요즘의 강호에서는 만족할 만한 후기지수를 찾아볼 수 없기 때문이다. 다들 고만고만할 뿐, 눈에 확 띄는 자가 없다.

평화가 가져온 부작용일 것이다.

일문의 종사라고 할 만한 사람들은 누구나 재능있는 젊은 사람을 사랑하고 탐내게 마련이었다.

그를 통해서 나를 보고, 나의 깨우침을 물려주어 오래도록 나의 존재를 세상에 남기고 싶어하는 탓이다.

강호의 노기인들이 달리 쓸 만한 인재를 찾아 천하를 헤매는 게 아니다.

나이 오십을 넘기고 나자 장유학에게도 그런 마음이 들었다.

그래서 호위들마저 뿌리치고 홀로 지존보를 나섰고, 이처럼 류와 단둘이서 지존보로 돌아가고 있는 중이었다.

그런데 이상했다.

'알 수 없는 녀석이로군.'

느낌이 와 닿지 않았던 것이다. 아니, 너무 크고 막막하다. 그러니 없는 것과 다름없다. 그것이 지난 며칠 동안 류를 관찰하면서 받은 느낌이었다.

다른 사람들은 류에게서 아무 기운도 느끼지 못한다. 그러나 장유학은 너무 커서 없는 것 같은 무엇을 느꼈다. 그것은 어쩌면 그의 도가 류의 '구양진결' 과 상통하는 바가 있어서인지도 모른다.

장유학은 지존보에 가까워질수록 초조해졌다.

이미 도에 통했다고 여길 만큼 수련이 깊은 자신의 감각으로도 류의 실체를 감지할 수 없었기 때문이다.

류의 수련이 자신보다 깊고, 류의 공부가 자기를 웃돌 만큼 심후하다고는 믿을 수 없었다.

낮은 곳에서는 높은 곳을 다 보지 못해도 높은 곳에서는 낮은 곳을 낱낱이 볼 수 있는 법이다. 그런데 자신이 류를 느낄 수 없다는 것, 그게 한 마리 청정한 학과 같은 사람, 장유학을 당혹스럽게 했다.

그럴수록 류에 대한 호기심이 더 커진다.

'이놈은 내가 감히 넘볼 수 없을 만큼 크게 되거나 아니면

내 손으로 반드시 죽여 없애야 할 만큼 위험한 존재가 될 것
이다.'

그렇게 결론을 내릴 수밖에 없었다.

그 어느 쪽이든 류에게는 다른 누구에게서도 찾아볼 수 없
는 특이한 매력이 있다는 것이다.

장유학은 그것을 있는 그대로 인정하고 더 이상의 탐색을
포기했다.

"그가 왔습니다."

귀령의 음성은 언제나 반쯤은 허공에 흩어져 있어서 익숙
해지지 않은 사람은 알아듣기 힘들다.

보료 위에 정좌하고 앉아 운기삼매에 빠져 있던 조작량이
보일 듯 말 듯 머리를 끄덕였다.

그의 화후는 이미 입신지경에 이르러 있어서 운기 중에도
외부의 감각은 활짝 열려 있었다. 아니, 닫혀 있는 것이나 열
려 있는 것이나 아무런 차이가 없다고 해야 하리라.

"하명을……."

귀찮다는 듯 조작량이 살짝 눈살을 찌푸렸다. 그 즉시 귀령
이 기척도 없이 떠났다.

조금 더 두고 보자는 보주의 의중을 읽은 것이다.

표정이나 미세한 변화만으로도 조작량의 마음을 읽을 수
있는 사람은 흑천유밀대의 천주인 서문표와 귀령이 있을 뿐

이다.

그 서문표는 지금 천하의 어느 곳인가를 방황하고 있을 것이다.

멀리서 은밀히 제 주인을 지켜보면서 귀령은 조금씩 류에 대한 불만을 키워갔다.

그놈은 보주가 애지중지하는 염가연을 호위했던 놈이다. 결국 종일 그녀의 곁에 붙어 있었다는 말이 된다.

어찌 흑심을 품지 않았을 것인가.

그건 불경한 일이다.

하지만 무슨 마음인지 보주는 오히려 그놈을 지존보로 불러들였다.

그 뜻을 알 수야 없지만 귀령은 제 주인의 마음이 편치 않으리라고 짐작했다.

'애송이가 감히 주인님의 심기를 어지럽히다니.'

어둠 속에서 갑자기 드러난 귀령의 두 눈이 스산한 살기를 띠고 번쩍였다.

할 일이 없다.

류는 이 한가로움이 저에게 주어진 휴가라고 생각했지만 그래도 지겨워지는 건 어쩔 수 없었다.

지존보에 들어온 지 오늘로 사흘째. 그는 지존보가 어떤 곳인지 구경조차 하지 못했다.

지우당(知友堂).

지존보에 찾아온 외부인이 머무는 독립된 건물이다.

가운데 연못과 가산, 정자가 있는 정원을 두고 사방에서 그 것을 에워싸듯 빙 둘러 있는 네 채의 건물로 구성되어 있는데, 긴 회랑으로 이어져 있다.

지우당에 있는 방만 해도 무려 삼백육십 개.

지존보에 행사가 있을 때면 그 방들이 외부에서 찾아온 손님들로 가득 차 북적거리지만 지금은 빈집처럼 텅 비어 있었다.

그곳에 혼자 들어 있으니 마치 버려진 것 같은 적적함을 느끼지 않을 수 없었다.

한가롭다면 그보다 더 한가로운 시간이 없을 것이다.

하루 종일 연못에 비치는 하늘과 구름을 보고, 바람에 흔들리는 나뭇잎을 보며 새들이 지저귀는 소리를 듣는다.

찾아오는 사람이라고 해야 식사 때마다 음식이 든 바구니를 들고 오는 두 명의 시비가 전부였다.

그녀들은 류에게 한마디도 말을 걸지 않았고 류도 그랬으므로 사람이라기보다 허깨비 같은 존재였다.

'이럴 거면 대체 무엇 때문에 나를 이리로 불러들인 거람.'

그런 짜증도 났다.

하지만 이유가 있을 것이다. 조작량쯤 되는 사람이 어찌 아무 생각도 없이 오라 가라 할 것인가.

그래서 류는 하루를 더 참고 기다렸다.

그러나 다음날도 역시 아무런 할 일이 없었다.

조작량은 무심한 얼굴로 난을 치는 일에만 열중해 있었다.

등 뒤 어둠 속에 귀령이 부복해 있다.

그가 지금처럼 제 모습을 드러냈을 때 조작량은 결코 그를 돌아보지 않는다.

그의 모습을 직시하지 않는 것. 그건 오랜 세월 동안 두 사람 사이에 형성된 묵계 같은 것이었다.

탁!

힘차게 붓을 쳐 올려서 칼끝 같은 잎 하나를 완성시킨 조작량이 만족한 듯 화선지를 내려다보았다. 그리고 중얼거리듯 말한다.

"그 녀석이 이곳에 오기 이틀 전에 보고를 받았다."

지존보의 사천(四天) 중 제일천(第一天)인 밀천유운대(密天流雲隊)가 류에 대해서 수집한 정보를 보고했을 것이다.

천하에 깔려 있는 밀천의 첩자들이 얼마나 되는지 아는 사람은 아무도 없다. 하지만 그들의 정보력은 천하가 다 인정했다.

만 리 떨어진 변방의 일일지라도 조작량이 원하면 사흘 안에 보고되는 것이다.

"옥봉각주는 위사로 그 녀석 한 명만 대동한 채 황룡문을

벗어난 적이 있다고 한다. 아무도 그녀가 어디로 갔는지 알지
못했지."

처음 듣는 말이다. 그래서 귀령은 바싹 긴장했다. 주인의
속을 알아야 하기 때문이다.

"오십 리 떨어진 복주산 기슭에 있는 주가에서 밤새 술을
마셨다고 한다. 그리고 그들이 떠난 뒤에는 무혼삼귀의 참혹
하게 부서진 주검만 남았지."

'혁!'

귀령은 숨을 멈추었다.

"다음날 새벽에는 산 동쪽 골짜기 위에서 탈혼쌍마가 똑같
은 모습으로 발견되었다는군. 여덟 명의 수하와 함께 말이다.
한 명도 살아난 자가 없다."

"……."

"누가 그렇게 했을까?"

귀령은 머릿속이 혼란스러워졌다.

소수옥녀 염가연이 제 실력을 드러내지 않은 고수라는 건
모두가 다 안다. 그렇지 않고서야 아무리 보주의 사랑이 각별
하다고 해도 지존보의 각주(閣主)라는 자리에 오를 수 없다.

하지만 귀령은 그녀가 그렇게 했다고는 믿지 않았다.

그녀는 마음이 여리고 심약하다. 그렇게 무지막지한 살수
를 펼칠 사람이 아닌 것이다.

그리고 무혼삼귀나 탈혼쌍마를 한꺼번에 상대할 수 있을

만큼 강하지도 않을 것이다.

'그렇다면 호위가?'

그건 더 믿을 수 없었다.

그자가 바로 지금 지우당에서 빈둥거리고 있는 류라는 것 때문이다.

고작 황룡문의 외성을 지키는 위사였을 뿐이다. 그런 자가 어떻게? 하는 의문만 남았다.

그러나 주인은 확신하는 것 같았다.

"그전, 그녀가 황룡문에 도착했을 때 검기령의 두 검사가 바로 그 녀석에게 맞아서 불구가 되었다고 하더군. 그 뒤에는 자운곡의 소곡주이기도 한 또 한 명의 검사가 불구가 되어 제 집으로 돌아갔고."

"……."

귀령의 머릿속에는 온통 '황룡문주가 어째서 그런 놈을 하급 위사로 부렸단 말인가?' 하는 의문이 들어찼다.

백천수호대의 검사들을 어린애 다루듯 한 놈이라면 황룡문 내에서도 그와 대적할 만한 사람이 적을 것이다.

그런 생각은 제 주인도 할 것이라고 믿었다. 그런데 조작량은 거기에 대해서는 한마디도 하지 않았다.

믿음이 느껴진다.

황룡문에 대해서, 문주인 운중룡 당고한에 대해서.

'당고한이 받아들였고 부렸다면 거기에는 그만한 이유가

있을 것이다. 그걸 알 필요는 없다. 당고한의 일이니까.'

보주의 그런 생각이 읽혔다.

굳이 그 일을 캐려 한다면 당고한을 곤란하게 할 수 있고, 그러면 그가 불쾌하게 여길 것이라는 염려와 배려가 담겨 있는 것이기도 하다.

'내가 바로 무극검제 조작량이야. 지존보의 보주다.'

그런 높은 자부심도 들어 있다.

바다와 같은 사람. 모든 것을 받아들여 동화시켜 버리는 그런 사람이라고 스스로를 판단하고 있는 것이다.

수많은 강물은 제각각 다르다. 하지만 그것들은 바다에 이른 순간 그저 바다가 될 뿐이다. 강물이 바다를 변하게 할 수 있던가.

그와 같은 자부심은 조작량이 아니면 갖지 못할 것이다.

귀령이 더욱 존경의 마음을 품고 주인을 훔쳐보는데, 조작량의 음성이 다시 흘러나왔다.

"재미있는 놈이야. 또 하나의 즐거움이 생긴 것 같다."

귀령은 제 주인의 말속에서 기쁨을 읽었다. 심심해하던 아이가 새로운 장난감을 얻었을 때와 같은 그런 천진한 기쁨이다.

'그놈이 감히 나를 속여?'

그런 분한 마음도 잠깐뿐, 귀령이 깊숙이 부복했다가 픽! 하고 꺼져 버렸다.

음식 바구니를 들고 찾아온 시비마저 내쫓듯 돌려보내고 늦게까지 빈둥거리던 류는 산책이라도 할 셈으로 어슬렁거리며 제 방에서 나왔다.

텅 빈 회랑이 을씨년스럽고 고요하다.

기둥마다 걸려 있는 대련(對聯)이며 그림들을 감상하며 천천히 걷던 류가 난간에 팔을 기대고 정원 복판의 연못으로 시선을 돌렸다.

맑고 청명한 날이다. 잔잔한 물 위에 내려앉아 있는 하늘이 바다보다 깊고 푸르다.

제가 떠나온 그 바다와 그 섬, 고산도(高山島)를 추억하기라도 하듯 물끄러미 바라보던 류가 긴장했다.

'응?

한줄기 차갑고 스산한 기운을 느낀 것이다.

어깨가 움찔 떨린 그 순간 본능이 경고를 발했다.

'내색하지 마. 위험해.'

류가 슬며시 어깨를 떨어뜨리더니 허리를 굽히고 바짓단을 툭툭 두어 번 쳤다. 먼지라도 털어내는 것 같다.

긴장으로 어깨가 움찔거린 즉시 이루어진 행동인지라 아무리 눈썰미가 재빠른 자라고 해도 눈치 채지 못했을 것이다.

'누가 있다.'

류의 느낌은 익숙하지 않은 어떤 존재를 거듭 비춰주고 있었다. 본능의 경고음도 요란해진다.

'위험한 자.'

하지만 긴장은 마음속에서만이다. 겉으로 드러나서는 안 된다.

누구인지, 어디에 숨어 있는지 찾아서 두리번거리고 싶다는 충동이 가득하지만 류는 억지로 눌러 참았다. 그렇다고 방법이 아주 없는 건 아니다.

그가 다시 회랑을 따라 천천히 걷기 시작했다. 감각 속으로 파고드는 서늘한 느낌이 떠나지 않는다. 처음 그만큼의 거리를 유지한 채 뒤통수에 달라붙어 있다.

류는 저를 감시하는 놈이라는 걸 알았다.

백도의 성지이고 무림의 중심이라는 지존보에 이처럼 은밀하고 수상한 놈이 있다는 게 의아하다.

지우당을 한 바퀴 돈 류가 처음 그 자리에 멈추어 서더니 주머니에서 제기를 꺼냈다.

제남성 중에서는 어느 거리를 지나가든지 제기를 차며 노는 사람들을 흔히 볼 수 있었다.

그 모습이 신기하고 재미있어 보였기에 장유학과 함께 제남성을 나오기 전 제기 하나를 샀던 것이다.

붉고 노랗고 파란 깃이 요란하게 달려 있는 그것을 차보았다. 한 발로 차다가 다른 발로 받고, 머리 위를 넘어서 등 뒤로 떨어지는 그것을 뒤꿈치로 다시 차올린다.

영락없이 무료함을 이기지 못하고 혼자서 노는 한량의 모습이었다.

툭.

제기가 이번에는 너무 높이 솟아올랐다. 잠깐 실수해서 방향과 힘 조절에 실패한 것으로 보인다.

그것이 서까래에 부딪치더니 들보에 아슬아슬하게 걸렸다.

그 순간 허공의 한 점이 미세하게 흔들렸다.

'놈, 놀랐겠지?'

류가 속으로 득의의 미소를 띠고 그곳을 바라보았다.

자연스러운 동작이다. 제기를 찾는 것이다. 하지만 제기가 떨어져 있는 바로 그 곁에 보이지 않는 자의 느낌이 머물러 있다.

'귀신인가?'

류는 한순간 제 느낌을 의심했다.

보이지 않는 존재라니. 느낌만으로 존재할 수 있는 자라니. 그런 것은 상상해 본 적도 없다.

하지만 분명히 있었다. 아주 잠깐 동안이었으나 미세하게 흔들리는 그것의 느낌도 살갗에 와 닿았다.

그러면서도 눈으로 확인할 수 없다는 게 류를 당황하게 했다. 하지만 그는 자기 자신의 감정이나 생각을 감추는 데 누구보다 노련하다.

두리번거린 류가 펄쩍 뛰었다.

들보 위의 제기를 쥐면서 훑듯이 손을 옆으로 하여 쓸어본다.

아무것도 닿는 게 없었다. 그곳은 정말 텅 빈 허공이었던 것이다. 그런데 존재감이 느껴지다니…….

'귀신같은 놈.'

속으로 중얼거린 류가 태연하게 제기에 묻어 있는 먼지를 툭툭 털고 제 방으로 돌아갔다.

비로소 서까래와 들보가 만나는 구석의 먼지 쌓인 어둠 한 귀퉁이가 흔들렸다.

자칫했으면 들킬 뻔했다는 게 귀령을 놀라게 했다. 아직도 가슴이 두근거린다.

놈의 기감을 시험해 볼 작정으로 슬며시 살기를 쏘아 보냈는데 아무런 반응도 느낄 수 없었다.

고수라는 자들은 저마다 독특한 기감을 가지고 있다.

그것은 오랜 수련으로 형성되는 것인지라 제 기감을 지닌 자들은 그만큼의 민감함으로 타인의 기감도 느끼게 된다.

고수일수록 더욱 예민해지고 독특해서 그런 자들은 보지 않고서도 기감만으로 누구인지를 금방 알아낼 수도 있었다.

그건 마치 어둠 속에서 목소리만 듣고도 누구인지 구별해 내는 것과 같은 일이다.

비록 같은 심법을 수련하고, 같은 무공을 연마했다고 하더라도 성취가 높아질수록 각자의 기감은 점점 큰 차이를 보이게 된다. 한줄기에서 나온 나뭇가지가 서로 다른 것과 같다.

귀령은 류에게서 그의 기감을 느껴보려 했다. 그것만으로도 그놈의 수련 정도를 짐작해 볼 수 있을 만큼 귀령의 감각은 발달해 있었다. 곤충의 예민한 촉수와 같다.

그 방면에 있어서 귀령은 누구보다 특출하다고 해야 할 것이다.

그런데 류에게서는 아무런 느낌도 받을 수 없었다. 기감이라는 것 자체가 없는 놈 같았다.

그저 튼실하고 단단해 보이는 청년. 그런 자라면 거리에서 무수히 만날 수 있다.

그런데 하필 염가연이 그런 놈을 호위로 지목해서 부렸고, 또 조작량이 그놈에게 관심을 보인다는 게 귀령은 의아하기만 했다.

제가 쏘아 보낸 살기마저도 전혀 느끼지 못하고 있지 않던가. 그저 평범한 촌놈일 뿐이다. 그렇지 않고서는 그럴 수가 없다.

'이상한 놈이야.'

귀령의 느낌은 그랬지만 그의 류 못지않게 발달한 직관은 위험하다고 아우성을 치고 있었다, 마치 귀령의 존재를 느낀 류의 본능이 그에게 경고해 주던 것처럼.

다음날에야 류에게 보직이 내려졌다.

정의전주인 백의검선 장유학이 몸소 지우당으로 찾아온 것이다.

"어땠느냐?"

"뭐가 말입니까?"

"잘 쉬었느냔 말이다."

"몸에 이끼가 앉을 만큼 푹 쉬었지요."

류의 말투에 심통이 묻어났다.

지존보에서 장유학에게 그렇게 말할 사람은 아무도 없다. 류의 무례함에 충분히 노할 만도 하련만 장유학은 그저 빙긋 웃었다.

그의 따뜻한 마음이 전해져 온다. 그래서 류는 저를 나흘씩이나 버려둔 데 대해서 더 이상 심통을 부리지 못했다.

"보주께서 너를 백천수호대에 두라고 하셨다."

"백천수호대입니까?"

'하필' 이라는 말이 목구멍까지 솟아올랐지만 그건 억지로 삼켰다.

"파격적인 일이지. 이곳에 오는 동안 네게 말해주었듯이 백천수호대는 지존보의 제사천이다. 장차 무림의 동량이 될 청년들만 골라서 만들었다. 그러니 이제부터 너의 책임과 사명도 막중해지는 것이야."

'제기랄, 하필 그 꼴 보기 싫은 백천수호대라니. 싫다고 하

고 돌아가 버릴까 보다.'

그런 생각이 절로 일었다. 황룡문에서 부딪쳤던 그들에 대한 첫인상이 좋지 않았기에 쉽게 떨쳐 버릴 수 없는 것이다.

"백천수호대는 용(龍), 호(虎), 표(彪), 검(劍) 등 모두 네 개의 기령(旗嶺)을 가지고 있는데, 각 기령마다 오십 명의 청년 검사가 있다."

"……"

"천주는 옥기린(玉麒麟) 남궁선(南宮善)이라고 하지. 너도 들어보았을 것이다."

"유명하더군요."

"그는 불과 서른셋의 젊은 나이지만 뛰어난 인물이지. 너는 그에게서 배울 게 많을 것이다."

마음속으로 코웃음을 치지만 그걸 내색할 수는 없는 일이다.

아직 청년의 티를 벗지 못한 나이에 벌써 옥기린이라는 별호를 얻었을 만큼 그는 과연 강호의 후기지수들 중 제일로 꼽히는 걸출한 자였다.

강남 제일의 세가인 남궁가의 적손이면서 보주인 무극검제 조작량의 제자이기도 하다. 장차 사부의 뒤를 이어 지존보를 이끌어갈 자인 것이다.

지존보의 천주들 네 명은 장로 급의 대우를 받았다. 그건 강호에서 소림이나 무당, 아미, 화산 등의 장문인과 버금가는 위치다.

남궁선이 젊은 나이에 그 천주의 한 명이 되었다는 데에 류는 야릇한 경쟁심마저 느꼈다. 그리고 다음날 그는 드디어 백천수호대의 천주가 있는 기린전(麒麟殿)으로 불려갔다.

기린전 앞의 넓은 마당에는 남궁선의 친위대인 용기령의 청년 검사들 오십 명이 도열해 서 있었다. 류는 그가 대체 어떤 자인지 보자는 마음으로 어깨를 펴고 가슴을 내민 채 당당하게 걸어갔다.

높은 계단 위에 세워져 있는 기린전의 문은 활짝 열려 있었다. 그 앞에 네 명의 영주가 엄숙한 모습으로 늘어서 있다.

그들의 곁에서 용기령(龍旗嶺)과 호기령(虎旗嶺), 표기령(彪旗嶺), 그리고 검기령(劍旗嶺)의 깃발이 기세 좋게 펄럭였다.

전각 안의 넓은 대청 복판에는 용호표와 운검의 문양으로 치장된 넓은 의자가 놓여 있는데, 그곳에 천주인 옥기린 남궁선이 근엄하게 앉아서 뜰을 내려다보고 있었다.

성큼성큼 다가오는 류를 뚫어지게 본다.

후리후리한 키에 마른 장작처럼 단단해 보이는 몸. 허리가 꼿꼿하고 활짝 열린 가슴이 두터우며 이마를 바라보듯 치켜든 턱이 오만하다.

그 기세만으로 보자면 류는 백천수호대의 어떤 청년 검사들보다도 뛰어나 보였다.

류 또한 멀리 올려다 보이는 남궁선의 모습에 감탄했다.

장중한 중에 잘 절제된 기도가 엿보였던 것이다.

나약한 문사풍의 젊은 귀공자를 연상했던 류는 커다란 산처럼 보이는 남궁선의 모습에서 충격마저 받았다.

이 시대가 품고 있는 한 명의 젊은 영웅. 그와 대면한 순간이었다.

계단 아래에 선 류가 포권했다. 당당하되 교만하지 않고, 겸손하되 비굴하지 않은 모습이다.

"류요."

작은 술렁임이 도열해 서 있는 용기령의 청년들 사이에서 물결처럼 퍼졌다. 노여움을 담고 있는 그것. 하지만 류는 조금도 위축되지 않았다.

남궁선이 보일 듯 말 듯 미소 지었다. 여전히 의자에 앉은 채 머리를 끄덕이고 상견례의 인사를 받는다.

"남궁선이다."

"잘 부탁드리겠소."

지그시 그를 내려다보던 남궁선이 일체의 절차를 생략하고 곧장 몇 가지 다짐을 받았다. 백천수호대의 일원이 되기 위해서는 누구나 해야 하는 다짐이고 약속이다.

"너는 백천수호대의 검사가 되는 것을 개인의 영광으로 여기며 지존보의 일원이 되는 것에 사명감을 갖겠느냐?"

"갖겠소."

"강호의 정의를 수호하고 악의 무리와 공존하지 않겠다는
결의를 하겠느냐?"

"결의하오."

"지존보와 너 개인의 명예를 지킬 것이며, 상관의 명령에
복종할 것을 맹세하겠느냐?"

"맹세하오."

"좋다. 이것으로 너는 백천수호대의 검사가 되었다. 보주
님의 지시에 따라 나는 너를 검기령에 배속시키겠다."

'뭐라고?'

류가 눈을 크게 떴고, 계단 위에 버티고 서 있던 네 명의 영
주 중 검기령주인 단목향이 낯을 찌푸렸다.

'하필 검기령이라니.'

류를 노려보는 눈길이 표독스럽다. 하지만 류는 곧 평온한
얼굴을 되찾고 다시 한 번 포권했다.

"명을 받드오."

그에게 비로소 백천수호대의 옷과 요대, 그리고 관(冠)과
함께 한 자루의 검이 내려졌다.

류는 지존보에 들어와 백천수호대의 검사가 된 것이다.

第七章

검기령(劍旗領)의
독갈자(毒蠍子)

第七章

　지존보에는 정보 수집과 첩보 활동을 책임지고 있는 제일천, 밀천유운대 외에도 몇 개의 하늘이 더 있었다.

　그중 하나가 추적과 척살을 책임진 최고의 전문가 집단인 제이천, 흑천유밀대(黑天幽密隊)다.

　한 번 추살령이 떨어지면 세상 끝까지라도 쫓아가 반드시 목표한 자의 목을 딴다.

　그 흑천유밀대를 이끌고 있는 제이천주가 바로 천리취향(千里取香) 서문표(徐門標)였다.

　그는 조작량의 명을 받고 몸소 일대(一隊) 스무 명의 수하를 이끌고 지난 십삼 년 동안이나 강호를 이 잡듯 뒤지고 다

넜다. 그리고 다시 지존보를 떠난 지 일 년이 되어간다.

그가 언제 돌아올지는 아무도 알지 못했다. 명령받은 임무를 완수하기 전에는 돌아오지 않을 것이다.

그리고 세 번째 하늘, 제삼천(第三天)으로 불리는 막강한 전사(戰士) 집단.

지존보의 실질적인 힘이자 강호의 정기라고 불리는 화천비룡대(華天飛龍隊)가 있다.

사천 중 가장 많은 인원이 있는 곳이다. 무려 삼천 명. 그 구성원들 하나하나가 모두 고수이고, 그 어떤 정예한 군대보다 더욱 엄격한 군율과 사기로 무장되어 있었다.

강호에 그들의 힘을 감당할 수 있는 문파나 세력은 존재하지 않는다.

그리고 마지막 사천(四天). 젊은 영재들로 이루어진 귀족 집단 백천수호대(白天守護隊)가 있다.

그곳의 이백 명 모두가 각 문파나 세가, 명망있는 인사들의 자제나 제자들 중에서 뽑아 올린 자들로 이루어져 있다.

그들은 장차 지존보의 기둥이 될 자들이고, 그렇게 키워지고 있었다. 지존보의 꽃인 것이다.

조작량 한 사람의 명령에 살고 죽는 걸 당연히 여기는 그 사천(四天)의 고수들. 그것이 바로 지존보 자체이고, 조작량을 무신으로 만들어준 힘의 원천이었다.

지존보에 들자마자 류는 그 사천의 하나인 백천수호대의

무사가 되었다.

그건 단목향이 기련산에서 내려와 지존보에 들어오자마자 검기령주에 발탁된 이래 두 번째로 벌어진 파격적인 일이었다.

소림이나 무당, 화산과 아미 등 뿌리 깊은 명문정파에서 뽑아온 자들이라고 해도 예외는 없었다.

지존보에 들어오면 누구나 짧아야 일 년, 길게는 삼 년씩 하급 무사로 있으면서 온갖 일들을 통해 자기 자신을 증명해 보여야 했던 것이다. 그런 뒤에야 비로소 백천수호대의 정식 무사가 된다.

지존보가 생긴 이래 있었던 단 두 번의 파격. 그 주인공들이 마주 섰다.

"받아."

던져 주듯 건네는 작은 패찰.

푸른 옥 위에 백금으로 정교하게 수놓은 검 한 자루와 함께 오십이라는 숫자가 새겨져 있었다.

백천수호대 중 검기령을 상징하는 신패(身牌)다.

"너는 오십 검수다."

가장 말단이었다. 하지만 상관없다.

류가 씩 웃고 그것을 받아 허리띠에 매달았다.

그것으로 그는 검기령의 일원이 되었다. 다른 아무런 설명이나 주의 사항 같은 건 일체 없다. 단목향은 이미 그를 잘 알고, 류 또한 그렇지 않던가.

독기를 품은 눈길로 류를 한동안 노려보던 그녀가 한숨을 쉬고 외면했다.

"여기는 황룡문이 아니다. 말썽만 부리지 마. 그러면 더 바랄 게 없겠다."

내내 느물거리는 웃음을 띠고 그녀를 빤히 바라보던 류가 허겁지겁 포권했다.

"영주의 명을 받잡겠습니다. 명령만 내려주십시오. 도산검림(刀山劍林)이라 한들 마다하겠습니까?"

너무 정중하고 진지해서 오히려 모욕감을 느끼는 단목향이었다.

쉰 명의 검기령 소속 청년 고수들. 반은 황룡문에서 류를 보았고, 반은 처음 보는 자들이다.

이곳에서 처음 보는 자들은 류의 건방짐과 그것을 피하는 듯한 영주의 모습 때문에 혼란스러웠다.

언제나 날 선 칼처럼 매섭고 찬바람이 휙휙 도는 단목향 아니던가. 그녀를 대하면 같은 또래의 아리따운 아가씨라는 생각은 저 멀리 사라져 버린다.

얼음 굴에 떨어진 것처럼 마음과 생각이 꽁꽁 얼어붙어 버려서 감히 눈조차 들지 못하는 것이다.

그런데 낯선 신입의 저 느물거리는 웃음과 태도는 뭐란 말인가?

한 사람 한 사람이 류와 통성명을 하며 낯을 익혔다.

황룡문에서 함께 생활했던 자들은 하나같이 그의 눈길을 외면한 채 대충 인사를 나누는 시늉을 했을 뿐이다.

그때마다 꺼리고 주저하면서 두려워하는 기색이 얼굴에 떠올라서 그것 또한 류를 처음 대하는 자들을 어리둥절하게 했다.

"도대체 왜 그래? 황룡문에서 무슨 일 있었어?"

그들끼리 남게 되었을 때 누군가가 궁금한 걸 참지 못하고 물었다.

대답하는 것조차 싫은 듯 피하기만 하던 자가 마지못해 말했다.

"황룡문에서 세 명이 불구가 되어 검기령을 떠난 거 알지?"

"운없는 놈들이지. 쯧쯧……."

"바로 저놈이 그렇게 했어."

"뭐라고?"

"상대하지 않는 게 최선이야."

"이런 비겁한 놈 같으니라구. 나서서 친구들의 복수를 해 줘야 하는 거 아냐?"

"복수? 십칠검 오릉파(吳陵巴)가 왜 그렇게 되었는지 알아? 바로 저놈에게 복수를 하겠다고 덤볐다가 그 꼴이 되어 자운곡(紫雲谷)으로 돌아갔다. 영영 불구로 살아야 할 거야."

“설마······.”

“게다가 보주님께서 저놈을 받아들였다.”

“그것참······.”

“그리고 조금 전 단목 영주가 저놈에게 검기령의 패찰을 내려주는 걸 못 봤어? 저놈도 이제는 우리의 동료가 된 거라구. 그런데도 복수한답시고 소란을 피울 수 있겠냐?”

“끄응—”

“황룡문의 위사들이 저놈을 뭐라고 부르는지 알아?”

“······?”

“독갈자(毒蠍子)라고 한다.”

“독전갈이라고?”

“그렇게만 알고 있어.”

“······!”

말한 자가 넌덜머리가 난다는 듯 머리를 설레설레 흔들며 사라졌다. 들은 자는 멍한 얼굴로 허공을 바라보다가 길게 한숨을 내쉴 뿐이다.

“휴—”

류에 대한 좋지 않은 소문과 두려움은 그렇게 입에서 입으로 퍼져 나갔다. 한나절이 되지 못해서 검기령의 검사들 중 류를 모르는 자가 없게 되었다.

독갈자라는, 듣기에도 섬뜩한 말이 은밀하게 떠돌았는데,

그건 용, 호, 표 삼 개 기령의 청년들 사이에서도 마찬가지였다.

그리고 그녀, 염가연도 류가 검기령에 왔다는 소리를 들었다.

쨍그랑!

들고 있던 찻잔을 떨어뜨릴 만큼 그녀는 놀라고 당황했다.

"이런, 이런!"

새파랗게 질린 얼굴로 할 말을 찾지 못한다. 시중을 들던 시녀가 놀라서 어쩔 줄 모를 정도였다.

"가서 단목 영주를 불러와!"

염가연이 신경질적으로 소리쳤으므로 시녀는 죄짓고 달아나는 사람처럼 정신없이 기린각을 뛰쳐나갔다.

잠시 후 단목향이 들어왔다. 여전히 떨떠름한 얼굴을 하고 있었다.

"그가 왔다면서요?"

"그렇습니다."

"보주님의 명령이었나요?"

"그자를 이곳으로 보낼 수 있는 사람은 보주님뿐입니다."

"휴—"

염가연의 탄식 소리가 단목향에게까지 옮겨온 것이어서 그녀 역시 저도 모르게 긴 탄식을 했다.

멍하니 창밖을 바라보던 염가연이 두려운 얼굴을 하고 속삭였다.

"설마 보주께서 우리 일을 알고 계신 건 아닐까요?"

단목향의 얼굴도 두려움으로 새파랗게 질렸다.

"저는, 저는…… 아무에게도 말하지 않았습니다."

"그놈은 확실히 처리했겠지요?"

염가연의 밀명을 받은 단목향이 제 신분과 모습을 감추고 은밀히 접촉해 정보를 넘겨주었던 흑룡장의 청년을 말하는 것이다.

단목향이 빠르게 머리를 끄덕였다.

"기다리고 있다가 놈이 흑룡장에서 나온 즉시 납치해 깨끗이 처리했습니다."

"누구에게도 들키지 않았겠지요?"

물으나마나한 질문이라는 걸 염가연 스스로가 잘 알고 있었다.

그렇다면 단목향이 흑룡장을 끌어들였다는 걸 보주가 알리 없을 것이다. 제가 단목향을 시켜서 그렇게 했다는 것도 감춰진다.

그런데 왜 류를 지존보로 불러들였단 말인가? 왜 백천수호대에 보냈고, 더구나 검기령의 일원이 되게 했단 말인가?

염가연과 단목향 사이에 무겁고 긴 침묵이 계속되었다.

'혹시 나와 그 사람 사이의 일을 눈치 챈 것일까?'

염가연은 그 일이 마음에 걸렸다. 그리고 곧 부정했다.

‘아니야. 그럴 리가 없어.’

만약 자기와 류가 그 새벽의 숲에서 서로 부둥켜안았다는 걸, 입맞춤 했다는 걸 보주가 알았다면 류는 지존보에 도착하기 전에 이미 열 번도 더 죽었을 것이다.

‘그럼 대체 뭐야?’

아무것도 확신할 수 있는 게 없다는 것. 그것이 염가연을 더욱 초조하고 불안하게 했다.

단목향이 옥봉각주 염가연을 호위해 황룡문에 다녀온 이후 보주는 검기령으로 하여금 계속 그녀를 호위하도록 했다.

옥봉각은 여타의 전이나 각처럼 각각 독립된 무사 집단을 수하로 두지 않았다. 겨우 각주를 시중드는 다섯 명의 시비가 있을 뿐이다.

옥봉각이 대외적인 활동을 하는 곳이 아니고, 지존보 내에서도 오직 난향원만을 지키고 있기에 그렇다.

그런데 보주가 여태까지의 관행을 깨고 검기령의 검사들을 옥봉각에 두었다. 사람들은 그것에 대해 저마다 이런저런 추측들을 했다. 그러나 사실을 조금이라도 아는 자는 하나도 없었다.

그게 염가연을 노리는 외부 세력이 생겼기 때문이라는 걸 그녀 본인과 단목향만 알 뿐이다.

하루 종일 무료하게 시간을 보낼 뿐, 재미난 일이 하나도 없는 생활이 계속되었다.

그럼에도 불구하고 가끔 옥봉각 밖에서 마주치는 백천수호대의 다른 검사들은 모두 검기령 소속의 청년들을 부러워했다.

모두의 꿈이자 염원인 소수옥녀 염가연 주위에 머물 수 있기 때문이고, 난향원에 찾아오는 보주를 자주 볼 수 있기 때문이다.

가까운 곳에서 보주를 보는 일이 자주 있다 보면 그의 눈에 띌 기회도 많아지지 않겠는가.

하늘과 같은 존재인지라 먼발치에서라도 훔쳐볼 수 있는 기회가 좀체 주어지지 않는 사람.

그 보주가 난향원에 찾아왔다.

검기령의 청년들은 모두 초긴장 상태가 되어 난향원 주위를 경계했다.

몇 년 전부터 보주는 언제나 홀로였다. 어디를 가든지 한 명의 호위도 거느리지 않는다. 그것이 때로는 지존보에 있는 모든 사람들을 감동시키곤 했다.

믿음이라는 것을 보여주는 일이기 때문이다. 또한 권위의 벽을 허문 것이기도 하다. 그래서 보주에 대한 존경의 마음이 더욱 커졌다.

그날도 조작량은 산책이라도 하는 듯한 태평스런 모습으

로 난향원에 들어왔다. 근엄한 얼굴에 떠올라 있는 희미한 미소.

검기령의 청년들은 눈이 부서서 보주의 얼굴을 제대로 바라보지 못했다.

그 속에 류가 있다.

보주를 본 순간 숨이 탁, 막혔다. 가슴의 상처가 미칠 듯한 고통을 가져다주며 요동친다.

'왜?'

류는 제 의지와 상관없이 발작하는 상처의 고통을 그 순간만큼은 받아들일 수 없었다.

위협적인 적을 마주했을 때, 또는 위기가 다가오고 있을 때나 감정의 흥분이 촉발될 때면 살아나던 통증이 아니던가.

그런데 보주를 본 순간 왜 그것이 살아난 것인지. 게다가 그 어느 때보다 격렬한 고통으로 정신마저 혼미해지게 하는 건지 이해할 수가 없었다.

보주는 적이 아니고, 위협적인 존재도 아니다.

하늘 같은 존재.

무신.

천하제일의 고수이자 무림의 지존.

그가 깊은 눈길로 청년 검사들을 돌아보았다. 따뜻한 애정이 스며 있다.

그 눈길이 류에게 멎었다.

숨이 턱, 막혔다. 알 수 없는 긴장이 고통을 잊게 했다. 아니, 조작량의 눈길을 느낀 순간 고통이 씻은 듯 사라진 것이다. 그리고 온몸의 신경이 뻣뻣하게 굳어갔다.

조작량의 시선이 한동안 류에게 멎었다.

그걸 본 다른 사람들은 단지 새로 들어온 자에 대한 관심일 것이라고 생각했다.

"네 이름이 류라지?"

"그렇습니다."

"류라…… 느낌이 좋은 이름이구나."

조작량이 빙긋 웃었다.

"분발해라. 그래서 장차 지존보를 이끌어가고 강호의 정기를 떠받치는 큰 기둥이 되어다오."

전에 없던 일이다.

보주가 하위 조직의 한 사람에게 이처럼 말을 걸고 또 격려를 해주는 일은.

단목향의 얼굴이 굳어졌고, 다른 청년 검사들은 마치 제가 격려를 받은 듯 흥분했다.

'다르다.'

류는 조작량의 그런 모습과 여유에서 감동을 받았다.

근엄하고 장중한 기도가 있으나 자상함이 그것들을 가린다. 류는 그런 모습이 마치 가문의 자랑스러운 전통을 꿋꿋하게 지켜가는 아버지의 모습 같다고 생각했다.

문득 유년의 기억 속에 묻어둔 아버지가 떠올랐다. 되새기고 싶지 않은 그 기억 속에서 이제는 얼굴도 가물거리는 아버지.

하지만 고사리 같은 제 손을 이끌던 아버지의 체온과 느낌은 역력하게 살아 있다.

"악착같이 살아라. 살아남아야 해. 그것보다 중요한 건 없어."

기억 속에 남아 있는 아버지의 마지막 말이었다. 그리고 죽었다.

눈을 떠보니 낯선 거리, 낯선 하늘 아래 홀로 남아 있지 않았던가.

아버지는 함께 숨을 쉬고 체온을 나누었던 기억만을 남겨두었을 뿐, 혼자서 다른 세상으로 훌쩍 떠나 버린 것이다.

어리둥절했다. 차갑게 식은 몸뚱이를 곁에 누이고 있는 그 주검이 아버지라고 믿고 싶지 않았다. 그래서 어린 류는 겁에 질리고 서러움에 질려서 울었다.

말라 버린 눈에서는 눈물이 흘러나오지 않았고, 쇠잔한 기력은 울음소리마저 삭혀 버렸다. 새끼 고양이가 앙앙거리듯 그렇게 신음하는 것.

그게 혼자 남겨진 자신에 대해서, 차갑게 식어버린 아버지의 몸뚱이에 대해서, 그리고 세상에 대해서 절규하는 한 꼬마 아이의 모든 감정이었다.

그때의 기억이 주마등처럼 류의 머릿속을 스쳐 지나갔다.

전란이 휩쓸고 가더니 뒤이어 찾아온 끔찍한 가뭄이 몇 년째 지속되던 시절이었다. 전염병마저 돌아 수많은 사람들이 밤새 주검이 되어 쏟아져 나왔다.

거리가 온통 송장 썩는 냄새로 가득 찼고, 사람들은 유령처럼 흐느적거리며 이리저리 떠돌았다.

병자가 있던 집은 불태워졌다. 곳곳에서 불똥을 날리며 무너지던 집들, 그리고 이미 재가 되어 주저앉아 있는 폐허들.

온전한 집을 찾아볼 수 없고, 온전한 형체를 가진 사람들을 찾아볼 수 없었다.

이대로 천지의 종말이 올 것만 같았던 시절이었던 것이다.

그 시절에 어머니가 죽고 집을 불태운 아버지는 정처없이 고향을 떠났다.

어린 아들의 손을 끌며 한없이 한없이 어디론가 걸어가기만 하던 아버지. 피골이 상접하여 목내이(木乃伊:미라) 같은 몰골을 한 채 시커멓게 변해가던 그 모습.

그 아버지의 차가운 주검, 그리고 남겨둔 마지막 말.

"악착같이 살아라. 살아남아야 해. 그것보다 중요한 건 없어."

잊고 있었던, 잊으려고 했던 그 기억들이 한순간에 와르르 쏟아져 나오는 것이어서 류의 얼굴이 고통스럽게 일그러졌다.

"응? 어디 아프기라도 한 거냐?"

조작량이 의아한 눈으로 류를 바라보더니 다가와 완맥을 쥐었다. 잠시 진맥하고 나서 빙긋 웃고 손을 놓아준다.

"긴장했을 뿐 건강하구나. 마음을 편히 가져라. 그러면 곧 좋아질 게야."

보듬고 등이라도 쓸어줄 것 같다.

'아버지……'

그런 보주의 모습에서 류는 까마득히 잊고 있었던 제 아버지의 영상을 떠올렸다.

내가 원하고, 잊지 못해하던 아버지의 따뜻하고 자상한 사랑. 그 체온과 그 느낌이 참을 수 없는 그리움이 되어 밀려들었다.

스스로를 강하고 독하게 만들기 위해 모든 감정을 버렸던 세월들이다. 하지만 부모의 사랑, 그것에 대한 원초적인 갈증마저 사라진 건 아니었다. 더욱 깊이 무의식 속에 가라앉아 숨겨져 있었을 뿐이다.

그것이 한순간 튀어나왔다.

보주의 자상한 말과 손길과 따뜻한 체온 때문이다.

그래서 류는 혼란스러워졌다. 보주가 아버지이고, 아버지가 보주인 것 같은 착각이 그를 어지럽게 했다.

그러나 보주는 보주이고 아버지는 이미 죽어 없어졌다.

툭툭, 어깨를 두드려 준 조작량이 난향원으로 걸어 들어가고 나자 바로 이성과 자각이 돌아왔다.

류는 제가 보여준 잠시의 부끄러운 모습이 추태였다고 생각했다.

'첫 만남에서 흉한 꼴을 보이고 말다니.'

그런 자각이 류를 비참하게 했다. 작아진 자신의 모습을 보았기 때문이다.

부끄럽지는 않았다.

한없이 강해지기를 원하고 있지만, 한없이 나약한 자신의 내면을 들여다본 후회가 있을 뿐이다.

육체가 강해질수록 내면은 나약해지는 건지도 모른다는 생각이 들었다.

강한 만큼 외로워지기 때문이리라.

옥봉각을 품고 있는 난향원은 사방이 담으로 둘러싸인 넓은 화원이다. 연못이 있고 돌산이 있으며 숲과 꽃밭과 정자와 산책길이 어우러져 있다.

지존보 내에서도 뚝 떨어져 철저하게 독립된 공간.

오직 한 사람, 소수옥녀 염가연을 위해 조작량이 마련해 준 공간이기도 하다.

세상에서 가장 아름다운 화원이라는 곳.

하지만 조작량에게는 아무 의미가 없었다. 그녀가 난향원에 있기 때문에 비로소 꽃이 꽃으로 보이고 우거진 숲이 청량해 보일 뿐이다.

바로 그녀, 소수옥녀 염가연이 연못의 잉어들에게 먹이를 주고 있었다. 새들이 날아와 그녀의 어깨며 등에 앉아 깃을 고르고, 햇빛은 부드럽게 흐른다.

바람결에 실려 은은히 퍼지는 작은 풀벌레들의 노랫소리. 기기묘묘하게 생긴 태호석들이 연못에 비쳐 어룽졌다.

하지만 그 모든 것들의 상쾌함과 즐거움은 오직 그녀로부터 비롯되었다.

그래서 조작량은 난향원에 나와 앉아 있는 시간이 가장 행복했다. 그녀가 있기 때문이다. 그렇지 않다면 난향원은 그에게 살벌한 전쟁터와 별다를 바 없을 것이다.

피와 주검마저도 그녀가 있다면 향기롭고 아름답게 느껴지리라.

그렇게 조작량은 홀린 듯한 얼굴을 하고 그녀를 바라보고 있었다.

햇빛이 부서져 반짝이는 흰 목덜미와 비단 옷소매 아래로 드러난 하얀 팔목, 그리고 종아리와 맨발.

'세상은 이처럼 아름답고 고요해.'

조작량은 미소 지었다. 이와 같은 날들을 즐길 수만 있다면 어찌 신선이 되어 선계에 들기를 탐낼 것인가.

강호의 피바람은 벌써 잊었다. 영웅의 호연지기 따위는 없어도 좋다.

오직 그녀만 이렇게 바라보며 살 수 있다면 그것으로 모든 게 충분하다.

조작량은 그래서 스스로 점점 작아지고 세상 밖으로 내몰리고 있었지만 아무것도 알지 못했다. 그녀를 알고 저를 알 뿐이다.

뜨거운 열망이 목구멍을 후끈 달구며 솟구친다.

안아보고 싶다. 그 부드러운 몸을 어루만지고 싶다. 입을 맞추고, 가슴을 쓸어주고 싶다. 그녀의 몸 안에 나의 씨를 심고 싶어진다.

하지만 안 된다.

바로 그것.

그럴 수 없다는 그것이 조작량을 고통스럽게 했다.

그래서 아름답고 향기롭던 모든 풍경은 한순간에 고통스러운 것으로 바뀌었다. 그녀를 볼 때마다 반복되는 일이다.

그녀를 데리고 아무도 모르는 곳, 그래서 아무도 찾아오지 않는 곳으로 달아나 숨어 살까? 하는 충동이 든다.

벌써 수백, 수천 번 시달려 온 충동이다.

하지만 그러기에는 자신이 쌓아온 그동안의 업적이, 명성과 지위가 너무 아까웠다.

두 손에 무거운 보석을 쥐었다. 그리고 눈앞에 있는 새로운 보석을 본다.

영롱하고 아름답고 향기로운 그것.

하지만 그것을 갖기 위해서는 내 손에 있는 하나를 버려야 한다.

조작량은 그래서 더욱 고통스러워하고 있었다. 매번 그렇다.

세간의 이목이 두렵고, 사람들의 수군거림이 무서웠다.

"천하의 조작량도 알고 보니 속물이었어."

"그러게 말이야. 늙은이가 주책이지 뭐야?"

"제 딸 또래밖에 안 되는 아가씨라며?"

"미친놈이지. 쯧쯧, 그런 속물을 무신이라고 떠받들었다니……."

"사내는 다 어쩔 수 없어. 짐승이라니까."

"겉만 번드르르한 짐승이지. 염치없는 놈 같으니라구."

와글와글 떠들어대는 말들이 귀에 들리는 것 같다.

조작량의 얼굴이 새하얗게 질려갔다.

그녀의 콧노래 소리가 귀에 들리련만, 그녀의 꿈꾸는 듯 몽롱한 얼굴이 저렇게 빤히 보이련만 조작량은 이제 더 이상 행복하지 않았다.

고통이 커질 뿐이다. 그것은 행복의 그림자다. 그래서 행복이 커질수록 고통 또한 커지는 건지 모른다.

조작량은 일그러진 얼굴로 염가연을 바라보고, 그런 조작량을 바라보는 또 하나의 눈길이 있었다.

류다.

'이상한걸?'

그는 가장 가까운 곳에 있었기에 조작량의 눈길과 표정의 변화를 누구보다 잘 살펴볼 수 있었다.

염가연을 바라보는 꿈꾸는 듯하던 눈길이 갈등과 번뇌로 일그러지더니, 평화롭던 표정마저 고통스럽게 변해간다.

깊은 병을 감추어두고 있는 사람 같았다. 갑자기 그 병이 발작을 해서 애써 참느라고 고통스러워하는 사람의 얼굴이다.

류의 마음에 안타까움이 생겼다.

이 시대의 절대자. 초인. 천하무림에 군림하는 유일한 사람. 내가 바라보고 있는 사람이 정말 그런 사람인가? 하는 의문이 들고, 그것 때문에 안타까워지는 것이다.

강함은 아름다운 것이다. 그것이야말로 절대적인 가치다.

류는 그런 신념을 지녔고, 키워왔다.

그리고 가장 강한 사람을 눈앞에서 지켜보고 있다.

가장 아름다운 사람이고 절대적인 가치를 지닌 사람이다.

그러므로 내가 닮고 싶은 사람.

언젠가는 저와 같이 되고 싶은 유일한 사람.

그건 마치 아이가 아버지를 바라보며 언젠가는 나도 아버지처럼 되어야지, 하고 생각하는 것과 같은 것이었다.

그런데 그 존경과 흠모의 대상이 지금 괴로워하고 있다. 무수한 갈등이 눈에 보인다.

류가 저도 모르게 조작량에게로 다가갔다.

몇 걸음을 떼어놓았다가 깜짝 놀라 멈춘다.

뒷덜미에 강렬하게 와 닿는 한 가닥 기운을 느꼈기 때문이다.

살기 같은 것. 아니, 날 선 창끝을 대고 있는 것 같다.

섬뜩하고 차갑고 으스스한 그 느낌.

'누가?

언뜻 그런 의문이 들었다. 누가 나도 모르게 내 등 뒤에 이처럼 바짝 다가와 있었단 말인가?

곧 한 존재를 떠올렸다.

지우당의 긴 회랑에서 느꼈던 존재. 형체 대신 서늘한 느낌만으로 허공에 둥둥 떠 있던 그 존재다.

류는 뛰는 가슴을 진정시키고 천천히 뒤를 돌아보았다.

아무도, 아무것도 없었다. 텅 빈 허공일 뿐이다. 하지만 그곳에서 쏘아져 오는 차가운 기운은 더 짙어지고 있었다.

'괴물 같은 놈.'

류가 어금니를 지그시 물었다.

이제는 굳이 피하거나 모른 척하지 않고 마주 노려본다.

형체 없는 자와 형체 있는 자의 눈싸움.

‘저놈은 나를 느낀다.’

귀령의 마음에 놀람이 자리 잡았다. 그러자 그의 기운이 흔들렸다. 두려움은 아니다. 알 수 없는 꺼림칙함. 그것이 자신을 똑바로 노려보는 류의 눈길에서 받은 느낌이었다.

제가 존재를 드러내지 않는 이상, 이 넓은 천하에서 자신을 느끼고 감지할 수 있는 사람은 오직 주인 하나밖에 없다고 믿었다. 아니, 그래야 한다.

‘그런데 저 애송이가 나를 노려보고 있다.’

비록 한줄기 살기를 쏘아 보내 주인에게 향하는 그의 발걸음을 붙들었다고 해도 그것을 느끼는 것과는 차원이 다른 무엇이다.

쏘아 보낸 기운은 조금만 예민한 자라면 누구나 느낄 수 있다. 하지만 이처럼 자신의 존재를 직시할 수 있는 자는 없어야 한다.

귀령의 마음속에 조금씩 두려움이 자리 잡기 시작했다.

‘저놈은 내가 보았던 그놈이 아니다.’

그런 생각이 절로 들었다. 지우당의 회랑에서 보았던 류와 지금 저렇게 우뚝 서서 노려보고 있는 류가 전혀 다른 사람으로 여겨졌다.

‘주인에게 이 사실을 알려야 한다.’

하지만 생각일 뿐, 귀령은 조작량 곁으로 다가갈 수가 없었다. 가운데 류가 가로막고 서 있기 때문이다.

이제는 그가 자기를 향해 쏘아 보내고 있는 살기를 온몸으로 받아야 했다.

'정말 죽일지도 몰라.'

불쑥 그런 생각이 들었다. 귀령으로 존재하기 시작한 이래 처음 느껴보는 두려움이었다.

무표정하게 변한 류의 얼굴. 허공의 한 점을 노려보는 강렬한 눈길. 사람들은 그것을 알아채지 못했다. 그 안에 담겨 있는 적의와 살기를 느끼지 못했다.

하지만 귀령은 제 가슴을 쑤시는 비수를 보는 것처럼 그렇게 생생하게 류의 의지를 느끼고 있었다.

'죽이겠어.'

류의 스산한 음성이 들리는 듯했다.

두려웠다. 그래서 그는 감히 움직이지 못했다.

주인에게서도 느끼지 못했던 강렬함. 그것은 힘이 아니었다. 의지다. 류의 의지. 자연의 의지, 그리고 마계(魔界)의 의지.

너무 유현(幽玄)하고 깊어서 오히려 선(仙)이 되어버린 극마(極魔)의 힘. 그리고 잊을 수 없는 한 존재.

'구양무존(九陽武尊) 곽부경(郭釜慶)!'

귀령은 본능적으로 류에게서 과거가 되어버린 한 절대적인 존재의 그림자를 보고 느꼈다.

그래서 허공의 한 점에 얼어붙어 버렸다.

두려움 속에서 서서히 한 가닥 희열이 고개를 들기도 한다. 그리고 어느 순간 그것이 두려움을 몇 배나 증폭시켰다.

조작량이 천천히 고개를 돌렸다. 뒤를 돌아본다. 거기 우뚝 서 있는 류의 등이 보였다. 완강하다. 그 너머의 공간. 귀령의 존재가 거기 있음을 안다.

'이건?'

조작량의 얼굴에 가득하던 번민과 갈등이 씻은 듯 사라졌다.

놀람으로 저도 모르게 눈이 커진다.

류에게 가로막혀 꼼짝하지 못하고 있는 귀령의 존재를 느꼈기 때문이다.

'이럴 수는 없다.'

의아함이 경악으로 바뀌고, 그래서 저도 모르게 몸을 일으켰다. 그리고 그 순간 눈앞에 팽팽하게 당겨져 있던 허공의 긴장이 스르르 사라져 버렸다.

류가 빙글 돌아선 것이다.

웃고 있다.

조작량은 그런 류의 얼굴을 멍하니 바라보았다.

'이놈이 설마 귀령의 존재를 느꼈단 말인가? 기세로 그를 제압했단 말인가?'

믿을 수 없다. 그래서 다가오고 있는 류와 저 사이의 거리감이 없어졌다.

저 먼 아득한 공간 속으로 그가 둥둥 떠서 다가오고 있는 것 같고, 짙고 깊은 어둠 속에서 유령처럼 흐느적이며 날아오고 있는 것 같았다.

현기증.

강렬한 햇빛과 지나친 놀람과 류의 존재감 때문에 조작량은 한순간 현기증을 느꼈다.

그들의 첫 만남은 그렇게 잊을 수 없는 기억을 각자의 가슴에 새겨놓은 채 이루어졌다.

第八章

얽히는 여심(女心)

第八章

"불편해 보이십니다."

류가 걱정 깃든 얼굴로 바라보며 말했다. 조작량이 그를 물끄러미 건너다본다.

류의 눈과 그의 눈이 마주쳤다. 하나는 젊은 혈기가 왕성한 눈길이고, 다른 하나는 세월의 허망함을 느껴가는 깊은 눈길이다.

"내가 걱정되느냐?"

"보주께서는 지존보 그 자체이십니다. 보주의 안녕이 곧 지존보의 안녕이고 무림의 안녕인데 어찌 걱정하지 않을 수 있겠습니까? 부디 보중하십시오."

"고맙구나."

조작량이 쓰게 웃었다. 류의 눈빛과 말속에서 진정이 보였기 때문이다.

잘 보이기 위해서, 예의상 건네는 입에 발린 말이 아니었던 것이다.

지존보의 사람들은 누구나 조작량에게 충성하고 그만큼의 관심을 기울인다. 강호의 무리들도 언제나 공손하고 공경하는 말을 한다.

류 또한 그랬다. 절대자에 대해서 절로 우러나는 존경심이고 관심이다.

두 사람의 눈길이 서로 얽혔다. 무심한 것과 치열한 그것이 소리없이 부딪친다.

처음의 만남이고, 지존과 말단 무사와의 만남이었다. 하지만 그 첫 만남에서 두 사람은 서로를 묶어버리는 어떤 인연의 끈을 느꼈다.

악연(惡緣)이든 선연(善緣)이든 인연인 것은 마찬가지 아닌가. 그것은 인위적으로 되는 게 아니라 하늘에서 이미 정해놓은 것이다.

그래서 소중하다.

조작량이 빙긋 웃고 류의 어깨에 손을 올려놓았다.

"듬직한 식구를 얻었으니 뜻밖의 소득이구나."

그는 류를 식구라고 불렀다.

저만큼 떨어진 곳에서 그들을 바라보던 검기령의 청년들이 모두 흥분하여 가슴을 들썩였고, 영주 단목향은 붉은 입술을 잘근잘근 깨물었다.

조작량의 저와 같은 모습은 염가연 또한 처음 보는 것이다. 연못가에서 몸을 일으킨 그녀가 멍한 얼굴로 조작량과 류를 바라보았다.

"네 충고를 기억하마. 더욱 조심하도록 하지."

조작량이 빙긋 웃고 돌아섰다.

그가 천천히 걸어 난향원을 떠났다. 류는 그 자리에 꼼짝하지 않고 서서 그의 모습이 월동문 밖으로 사라져 보이지 않게 될 때까지 정신없이 바라보고 있었다.

"도대체 어떻게 된 거죠?"

"당신이 부른 줄 알았는데?"

"내가 미쳤어요?"

주렴 안에서 들려오는 음성이 날카로워진다.

류는 황룡문의 취운각에서 그랬던 것처럼 위사가 되어 그녀의 옥봉각 문 앞에 서 있었다.

문을 등지고 돌아서서 정원을 내려다보고 있다. 그리고 등 뒤에 두텁게 쳐진 발 안의 어둠 속에 염가연이 홀로 앉아 있었다.

시비와 다른 사람들을 모두 물리쳤다. 그러므로 지금 옥봉각에는 류와 염가연 두 사람이 있을 뿐이다.

난향원 곳곳에 검기령의 청년들이 경계를 서고 있지만 그들의 말을 들을 수 있을 만큼 가깝지는 않다.

잠시 침묵하던 염가연이 다시 말했다. 한껏 조심스럽다.

"당신은 이곳에 있어서는 안 되는 사람이에요."

"왜?"

"내가 안 된다면 안 되는 줄 알아욧!"

다시 뾰족해졌다. 하지만 결코 문밖으로 흘러나가지 않도록 조심하는 음성이다.

"나는 여기가 좋아졌어, 보주님도 그렇고."

"미친……."

보지 않아도 그녀의 입술이 새파랗게 질려 있다는 걸 알 수 있다.

한참 만에 그녀가 한숨을 쉬고 말했다.

"좋아요. 한 가지만 명심하세요. 이곳에서는 절대로 나에게 사적인 감정을 지닌 모습을 보여서는 안 돼요. 약속할 수 있나요?"

"당신은 옥봉각주이고 나는 이곳을 지키는 위사에 불과하지. 어떻게 사적인 감정 따위를 갖겠어?"

비꼬는 듯하다. 그래서 차갑고 인정머리없이 느껴진다.

제가 그것을 원했지만 염가연은 류의 그런 말을 들은 순간 가슴이 아파졌다.

내가 정말 이 사람의 품에 안겼던 건가? 이 사람이 정말 내 입술을 빼앗았던 건가? 하는 의문마저 든다.

아득한 꿈속의 일인 것만 같았다.

하지만 류에게 주의를 주었던 제 말처럼 자기 스스로도 이제는 내색할 수 없다.

"좋아요."

그녀가 소리없이 떠나 내실로 들어갔다. 그 기척을 느끼며 류는 석상처럼 서 있을 뿐이다.

"너는 요즘 조심성이 많이 사라졌다."

주인의 꾸짖음.

지존각(至尊閣)이다.

말이 좋아 각(閣)이지, 무신 조작량의 거처답지 않게 낡고 허름한 나무 집에 불과했다.

껍질이 삭아 떨어지는 벽과 기둥. 그 위의 지붕은 갈대를 엮어 얹어놓은 것이다.

천여 평 남짓한 뜰에는 복숭아나무가 가득했고, 목옥(木屋) 뒤에는 오래된 소나무 몇 그루가 넓은 가지를 우산처럼 펼치고 있었다. 왼쪽에 줄지어 있는 해바라기들이 가을 햇빛을 받아 노랗게 불타고 있다.

조작량은 가위를 들고 복숭아나무 가지들을 다듬어주는 중이었다. 겨울이 오기 전에 무성한 잔가지들을 잘라주어야 한다. 그래야 이듬해 봄에 건강하고 싱싱한 복사꽃들이 만발하는 것이다.

톡, 톡.

발아래 삭정이 같은 잔가지들이 떨어져 쌓였다.

그 복숭아나무 숲 저쪽의 그늘 속에 귀령이 엎드려 있었다. 나무 그림자인 듯 꼼짝도 하지 않는다.

"이제 너도 나이가 든 거냐?"

"……."

"밀자(密者)에게서 조심성이 사라지면 무형(無形)의 비기(秘技) 또한 사라지는 법. 그러면 네 사부처럼 초야에 묻혀 검 대신 호미를 들 수밖에 없느니라."

이처럼 지독한 꾸짖음은 들어본 적이 없다.

축축한 땅바닥을 노려보고 있는 귀령의 이마에서 절로 진땀이 배어났다.

내내 침묵하던 그가 조심스럽게 말했다.

"수상한 놈입니다. 내력을 조사해 보심이……."

톡.

가위질이 멎었다.

귀령은 제 얼굴을 흙 속에 밀어 넣기라도 하려는 듯 더욱 깊이 부복했다.

"내 그릇이 그것밖에 안 되어 보이더냐?"

"어찌, 어찌, 종이 감히……."

“이미 내 사람으로 받아들였다. 내가 그를 신뢰하지 않는다면 그 또한 나를 믿지 않겠지.”

귀령은 하지만 그래도 위험한 자라고 생각했다. 그러나 더 이상 말할 수는 없다.

류에게서 떠올렸던 한 사람의 이름이 입 안에서 뱅뱅 돌았지만 귀령은 끝내 그것을 말하지 않았다.

알 수 없는 두려움이 다시 그를 휩싼다.

“부탁이 있어요.”

작고 떨리는 음성.

류는 물끄러미 물그릇에 잠겨 있는 그녀의 흰 손을 바라보았다.

그녀가 한 줌의 물을 움켜 꽃잎에 뿌린다. 생기를 반짝이며 아름답게 빛나는 붉은 꽃잎.

“무슨 핑계를 대든 빨리 이곳을 떠나세요.”

“난향원?”

“내 말뜻을 잘 알고 있잖아요?”

책망하듯 빠르게 말하고 주위를 두리번거렸다. 두려워하는 기색이 역력하다.

“지존보에서 꺼지란 말이야?”

“당신은 이곳에 오지 말았어야 했어요.”

“힘들게 왔는데 맥없이 떠날 수는 없지.”

“기어이 내 말을 듣지 않을 건가요? 나중에 후회하게 될 거예요. 그때는 이미 늦어요.”

“왜? 내가 있는 게 그렇게 싫은 거야?”

류가 슬며시 다가서자 염가연이 정색을 하고 물러섰다. 두려운 얼굴로 다시 주위를 두리번거리며 낮게 꾸짖는다.

“함부로 행동하지 말아요.”

“아무도 없어. 여기는 우리 둘뿐이다.”

“그렇다면 더 위험해요.”

“대체 무슨 말인지 알아들을 수 있게 설명해 봐.”

“당신은 죽게 될 거예요.”

“누가? 왜?”

“지금은 말할 수 없어요, 말할 때도 아니고.”

“그렇다면 나도 이곳을 떠날 수 없지.”

“바보.”

“뭐라고?”

“죽을지 살지도 모르는 바보예요. 당신은 내가 왜 이곳에…… 흡!”

재잘거리는 그녀의 입을 류의 입이 덮어버렸다. 순식간의 일이다. 어떻게 된 일인지 파악할 새도 없이 그녀는 류의 가슴 안에 단단히 갇혀 버렸다.

발버둥 치지만 허리를 가두고 있는 류의 팔은 완강했다.

그의 어깨를 밀고 가슴을 두드리는 작고 섬세한 손.

딸그랑.

물그릇이 떨어졌다.

그녀의 두 손이 조금씩 잠잠해졌다. 그러더니 슬며시 뻗어 류의 목을 감쌌다.

울창한 사과나무 숲을 막 돌아 나온 한 사람이 그것을 보았다. 얼어붙어 버린다.

'저건……!'

제 눈을 믿을 수 없었던지 마구 비벼댔다.

단목향이다.

노란 국화꽃밭 한가운데에 우뚝 서 있는 두 사람이 흐릿해 보였다.

"하아—"

염가연이 얼굴을 떼어내며 긴 숨을 내쉬었다. 그리고 두려움으로 새파랗게 질렸다.

"누가 있어요."

재빨리 류의 귀에 속삭이더니 힘껏 그를 떼밀고 떨어져 나간다.

류가 천천히 돌아보았다. 사과나무 숲 머리에 우뚝 서 있는 단목향이 보였다. 넋이 나간 사람처럼 이쪽을 바라보고 있다.

염가연은 두려움으로 새파랗게 질렸다. 쪼그리고 앉아 물그릇을 집어 드는 손이 사시나무처럼 떨린다.

"죽여 버리세요."

그녀가 낮고 빠르게 속삭였다. 그러나 류는 태연하기만 했다.

"그럴 수는 없지. 내 상관인데 말이야."

"바보."

고개를 떨어뜨리는 염가연의 눈에 눈물이 맺혔다. 입술을 파르르 떤다.

'이해할 수가 없다.'

류는 의아했다. 그녀가 왜 이처럼 민감한 반응을 보이는 건지 알 수 없었다.

젊은 남녀가 서로 애정을 품고 사랑을 표현하는 거야 지극히 자연스러운 일 아닌가. 그녀가 비록 보주의 보살핌을 받고 있다 해도 보주의 딸은 아니다.

아니, 보주의 딸이면 또 어떨 것인가.

서로 사랑하는 게 죄가 된다는 말은 들어본 적이 없다. 그런데 마치 곧 죽게 될 것처럼 두려워하고 절망하는 그녀는?

대체 무엇 때문이란 말인가.

그런 의문들을 가슴 가득 품은 채 류가 천천히 국화꽃들을 헤치며 단목향에게 다가갔다.

단목향은 그때까지도 얼이 빠져 있었다.

"언제 왔어?"

자연스런 반말. 하지만 단목향은 그것마저 느끼지 못했다.

"봤어? 언제부터? 다 본 거야?"

비로소 단목향이 부르르 어깨를 떨고 정신을 차렸다. 눈앞에 다가와 있는 류를 보고 흠칫, 놀라며 물러선다.

그녀의 손이 어느새 검자루를 움켜쥐고 있었다.

"물러서!"

날카로운 꾸짖음.

그러나 류는 여전히 태연하기만 했다. 빙글빙글 웃으며 그녀의 손을 가리킨다.

"나를 찌를 거야? 그럴 수 있겠어?"

"물러서지 않으면 죽인다!"

"그럴 자신이 없을 텐데?"

"이, 이, 무례한 놈."

입술을 악물면서 단목향은 과연 내가 이놈을 찌를 수 있을까? 하고 자기 자신에게 물었다.

일격에 죽이지 못하면 오히려 당하고 말 것이다.

그날, 취운각 밖에서 십칠검 오룽파의 몸을 흙덩이처럼 짓이겨 버리던 류의 모습이 떠올랐다.

검을 뽑아 들었던 십오검 왕동천은 살모사의 눈에 붙들린 가엾은 개구리처럼 꼼짝도 하지 못하고 벌벌 떨기만 했었다.

그녀가 그런 두려움으로 갈등하고 있을 때 어느덧 가슴 앞에 달라붙듯 선 류가 손을 뻗어 검자루를 움켜쥐고 있는 그녀의 손을 꼭 붙잡았다.

"이런, 힘이 너무 들어가 있잖아. 검자루 부서지겠다. 이렇게 힘껏 쥔다면 검을 뽑는 게 너무 느려질 거야. 그래서야 어디 나를 찌를 수 있겠어?”

“으으―”

“아무 일도 아니야. 그렇지? 여기에서는 아무 일도 일어나지 않았어. 넌 아무것도 보지 못한 거지?”

“으으―”

지나친 긴장으로 단목향은 어금니를 꽉 깨물고 있었다. 말이 나오지 않는다.

류가 그런 그녀의 뺨을 부드럽게 쓰다듬었다. 그리고 이마에 가볍게 입술을 찍는다. 온몸에 치달려 가는 소름.

“원한다면 그녀에게 해주었던 것처럼 너에게도 해줄 수 있어. 아니다. 내가 원한다면이라고 해야겠지. 그녀처럼 너도 꼼짝하지 못하고 당할 수밖에 없을 거야.”

“으으―”

류의 한 팔이 허리를 감아오지만 단목향은 꼼짝하지 못했다. 차갑게 달라붙고 있는 그의 눈을 떨쳐 버릴 수 없었던 것이다.

호랑이와 눈을 마주친 사슴이 그와 같을 것이다.

“나는 색마야. 미인을 보면 이성을 잃어버리지. 이렇게 가까이에서 보니까 너도 옥봉각주 못지않게 미인이구나. 그녀와는 다른 매력이 있어.”

“읍!”

무어라고 소리치려는 순간 류의 뜨거운 입술이 그녀의 입술을 덮어버렸다. 부드러운 혀가 그녀의 입술을 희롱하더니, 목덜미와 귓불을 핥아댄다. 그리고 천천히 옮겨와 턱을 빨다가 다시 입술에 달라붙었다.

입을 꼭 다물고 이빨을 악물었지만 단목향은 류의 그 혀를 뿌리칠 수는 없었다. 온몸을 깃털로 간질이는 것 같은 느낌 때문에 소름이 돋는다. 그리고 점점 의식이 몽롱해져 갔다.

그렇게 해서 류는 스스로 색마가 되었다. 단목향은 그 마성에 사로잡혀 얼떨결에 당하고 있는 것이다.

류는 조금 전 염가연 또한 이렇게 당했을 뿐이라고 몸으로 말하고 있었다. 그 사실을 그녀에게 강요하는 것이다.

입술을 떼어낸 그가 씩, 웃었다. 단목향은 여전히 그의 얼굴에서 눈을 떼지 못했다.

뺨을 한 번 쓸어준 류가 미련없이 돌아섰다. 성큼성큼 사과나무 숲 속으로 걸어 들어가는 그의 뒷모습을 바라보던 단목향이 비로소 피가 나도록 입술을 깨물었다.

그녀의 두 눈에 원망과 독기가 횃불처럼 이글거린다.

'개자식, 언젠가는 반드시 내 손으로 죽여 버리고 말 테다.'

참을 수 없는 모멸감. 오물을 뒤집어쓴 것 같은 끔찍한 느낌. 그것이 입술에 남아 있다.

옷소매로 그 느낌을 박박 문질러대는 단목향의 두 볼을 타고 한줄기 눈물이 소리없이 흘러내렸다.

옥봉각 깊은 곳에 있는 염가연의 침실.
창문마다 서역에서 들여온 두터운 커튼이 내려져 있어서
한밤중인 것처럼 어두웠다.
은은한 유등 불빛이 벽 위에 두 사람의 그림자를 커다랗게
그려놓고 있었다.
그 불빛 아래 염가연과 단목향이 탁자를 마주하고 앉아 있
다.
향기로운 차가 다 식어 차가워지도록 두 여인은 말이 없었
다. 서로의 눈길을 피하여 허공만 멍하니 바라본다.
각자의 생각이 구만리나 되는 먼 거리로 갈라졌다가 다시
돌아와 한곳에 모였다.
비로소 염가연이 꺼려하는 듯 어눌한 말투로 입을 열었다.
"단목 영주가 이곳에 온 지 얼마나 되었지요?"
깜짝 놀란 단목향이 애써 웃었다.
"벌써 이 년이 지났군요."
"그렇군요. 이 년이면 짧은 세월이지만 어떤 사람에게는
이백 년보다 긴 세월일 수도 있겠지요."
"그 말씀은……?"
"단목 영주가 이곳에 머물고 있는 건 이유가 있어서 아닌
가요?"

단목향의 숨결이 조금씩 거칠어졌다.

입술을 잘근잘근 깨물던 그녀가 작정한 듯 염가연을 마주 보았다.

"맞아요. 저는 목적하는 바가 있어서 지존보를 떠나지 않고 있습니다."

"내가 그 목적을 말해볼까요?"

"……."

"영주는 한 사람의 행방을 찾기 위해 머물러 있어요. 바로 영주의 사형인 정취경이지요."

단목향의 얼굴에 놀람과 함께 어떤 불길한 예감의 그늘이 내려앉았다.

그녀가 스산해진 눈을 염가연에게 맞추며 한이 서린 듯한 음성으로 낮게 말했다.

"맞아요. 나는 사형의 종적이 사라진 이유를 알고 싶은 거랍니다."

"그렇다면 단목 영주는 정취경의 실종에 대한 단서를 이곳에서 찾겠다고 마음먹은 것이로군요?"

"……!"

"그건 곧 지존보가 그를 사라지게 했을 수도 있다는 의심을 품고 있다는 것이겠지요. 그렇지 않은가요?"

염가연의 말을 듣는 동안 단목향의 낯빛이 점점 하얗게 질려갔다. 그리고 그녀의 말이 끝났을 때는 멍든 것처럼 푸르게 변한 입술을 파르르 떨었다.

어둠 속에서 두 눈이 분노와 독기를 품고 빛난다.

말없이 염가연을 노려보기만 하던 단목향이 천천히 눈빛을 가라앉히고 한숨을 쉬었다.

"각주님의 판단이 정확합니다. 부정하지 않겠어요."

기련설풍(祁連雪風) 정취경(鄭聚景).

그는 기련검파의 일곱 제자들 중 맏이였다. 무림의 저 먼 변방, 기련산에 있었지만 그의 재능과 인품은 중원 곳곳에 퍼지지 않은 곳이 없었다.

사람들은 그와 단목향을 두고 기련이보(祁連二寶)라고 찬탄해 마지않았다.

젊은 인재들을 아끼고 사랑하는 지존보의 보주 조작량이 그를 탐내지 않을 리 없다. 그는 기련산으로 예물과 함께 특사를 보냈다.

기련검종(祁連劍宗) 이양복(李陽福)은 기꺼이 정취경을 지존보로 보냈다. 그러자 막내이자 유일한 여제자인 단목향이 사부를 졸라 대사형을 따라나섰다.

지존보에서는 뜻하지 않게 기련쌍보를 모두 얻게 된 것이다.

정취경은 보주의 수신호위로, 단목향은 검기령주로 있으면서 함께 영웅의 꿈을 키우던 어느 날 감쪽같이 그가 사라졌다. 증발해 버린 것 같았다. 세상 어디에도 더 이상 기련설풍 정취경을 찾을 수는 없었다.

그게 이 년 전이다.

기련검파에서는 그동안 쌓아두었던 강호의 인맥을 총동원하고 재물을 아낌없이 풀어 중원 곳곳을 뒤졌다. 하지만 끝내 그를 찾을 수 없었다.

정취경을 찾아 헤매던 사람들이 지쳐갈 때쯤 다른 사건이 터졌고, 그의 일은 완전히 묻혀 버렸다. 팔 개월쯤 지났을 때였을 것이다.

지존보에 있는 또 다른 청년 고수 한 명이 정취경의 경우와 같이 사라져 버린 것이다.

단목향은 그때에서야 그것이 옥봉각주인 소수옥녀 염가연과 관계가 있을지도 모른다는 의문을 가졌다.

정취경의 뒤를 이어 사라진 서현검협(西賢劍俠) 남풍우(南風佑)가 염가연에 대한 연정을 품고 있다는 소문이 파다하게 퍼져 있었기 때문이다.

염가연 또한 남풍우를 대하는 태도가 심상치 않다고도 했다. 그 두 남녀가 함께 있는 모습이 종종 발견되기도 했으므로 그러한 소문이 과장된 것만은 아니라는 걸 누구나 알 수 있었다.

남풍우는 사천의 기인 광천대불(狂天大佛)의 제자인데, 미친 듯한 자신의 사부와는 달리 따뜻한 심성과 올바른 행동으로 검협이라는 아름다운 이름을 얻고 있었다.

지난바 무공이 정심하고, 특히 검법의 조예가 강호의 후기지수 중 발군이라 할 만큼 뛰어나 많은 사람들의 주목과 사랑을 받았다.

그런 그가 지존보에 들어오더니 얼마 지나지 않아 실종되고 만 것이다.

그것 때문이었을까? 염가연은 크게 상심한 얼굴로 지존보를 뛰쳐나갔다. 그리고 황룡문에서 닷새 동안 꼼짝하지 않고 있다가 풀죽은 모습으로 다시 돌아왔다.

그때도 단목향이 그녀를 호위했다.

단목향은 더듬어 생각했다.

그러고 보니 그전, 정취경이 사라진 직후에도 그녀가 지존보를 떠났었다는 게 떠올랐다. 그리고 황룡문으로 가 칠 일 동안 꼼짝하지 않았다.

그런 생각이 들고부터 그녀는 기회가 있을 때마다 염가연의 주위를 맴돌았다.

그러던 중에 얼마 전 형산일수 곽부성이라는 청년이 또 실종되는 사건이 일어났다.

그 역시 형산파의 미래로 불릴 만큼 뛰어난 기재였다.

염가연은 눈물을 뿌리며 지존보를 뛰쳐나갔고, 백천수호대 중 검기령은 언제나 그랬듯이 그녀의 호위 임무를 맡았다.

단목향은 이번에야말로 대사형이자 사랑하는 사람이었던 정취경의 실종에 대한 단서를 잡을 둘도 없는 기회라고 여졌다.

염가연은 앞서의 몇 번과 같이 역시 황룡문으로 향했다. 그리고 알 수 없는 행동을 하기 시작했다.

그곳에서 류라는 이상한 자를 끌어들이더니, 흑룡장의 도발을 이끌어내기도 했다. 그리고 다시 지존보로 돌아왔고, 류가 백의검선 장유학을 따라 역시 지존보로 왔다.

단목향에게는 그 몇 가지 일들이 혼란스럽기만 했다. 그리고 오늘, 난향원의 은밀한 꽃밭 속에서 보지 말아야 할 것을 목격하고 말았다. 겪지 말아야 할 일을 겪고 말았다.

'죽일 놈.'

거기까지 생각한 단목향이 어금니를 악물었다.

노란 황국의 꽃밭에서 염가연과 부둥켜안고 입맞춤을 하던 류의 모습이 자꾸만 머릿속에 떠오른다.

그자는 제가 강제로 그녀의 입술을 빼앗았다고 했지만, 단목향은 염가연의 하얀 두 팔이 그의 목을 휘감는 걸 똑똑히 보았다.

'흥! 염치도 없는 것들 같으니.'

노여움이 불처럼 일었다.

제 입술마저 유린한 류에 대해서 살기가 마구 치솟았다. 그러자 그의 목에 매달려 있던 염가연도 더욱 밉고 가증스럽게 여겨진다.

'조만간 모든 것을 밝혀내고 말 테다. 그래서 네가 나의 정

랑에게 몹쓸 짓을 했다면 반드시 그 대가를 받아내고 말겠다.'

그녀가 아프도록 입술을 깨물어 마음속의 적의와 분노를 감추고 말했다.

"각주님께 한 가지 묻고 싶은 게 있는데 괜찮은가요?"

묵묵히 제 생각에 잠겨 있던 염가연이 흠칫 놀랐다.

"물어보세요."

"그동안 제가 들은 바로는……."

"망설일 것 없어요."

"사형과 각주님의 사이가 좋았다고 하더군요. 남들의 부러움을 샀다고……."

탐색하듯 염가연의 얼굴을 살피지만 그녀에게는 표정이 없었다.

잠시 후 염가연이 한숨을 쉬고 천천히 말했다.

"그는 보주님을 따라 자주 난향원에 왔었지요."

지금은 보주 혼자서 이곳에 찾아오지만 그때만 해도 그는 최측근이라고 할 수 있는 수신호위 몇 명을 항상 데리고 왔었다.

그가 혼자서 난향원에 오기 시작한 건 정취경의 실종 이후부터다.

보주를 따라와 자주 그녀를 보면서 정취경은 저도 모르게 그녀에게 푹 빠져 버린 건지도 몰랐다.

그때의 일을 생각하듯 잠시 멍한 눈길로 허공을 보던 염가연이 중얼거렸다.

"나는 당신 사형의 실종과 상관이 없답니다."

"그 말씀은……?"

나는 상관이 없다. 그 말은 곧 다른 사람은 상관이 있고, 자신은 그걸 알고 있다는 의미로도 들렸다.

염가연을 바라보는 단목향의 눈길에 조금씩 힘이 실렸다. 이글거리는 그것을 고스란히 받기만 하던 염가연이 더욱 목소리를 낮추어 소곤거리듯 말했다.

"정취경의 실종에 대해서 짐작 가는 게 있긴 하지만 지금 말할 수는 없군요."

"어째서……."

"증거가 없기 때문이기도 하고, 워낙 큰일이라 함부로 말할 수 없는 탓이에요."

"……!"

"그러나 조만간 단서가 드러나게 될지도 몰라요."

단목향의 얼굴이 점점 새파랗게 변해갔다. 이제는 염가연이 뜨거워진 눈길로 그녀를 바라본다.

"당신이 나를 믿고 따라준다면 반드시 그렇게 되리라는 걸 장담하지요."

"각주…… 당신, 당신은……."

"지금은 그것 외에 아무것도 말해줄 수 없군요."

단목향의 놀람과 의아함은 더 커졌다. 하지만 그녀는 더 이상 이 일에 대하여 물어볼 수 없다는 걸 알았다.

염가연이 다시 말했다.

"단목 영주가 품고 있는 한과 나의 그것이 일치하니 우리는 서로 도울 수 있을 거예요."

단목향은 대꾸하지 않고 얼굴을 숙여 그녀의 시선을 피했다. 그래서 염가연은 그녀의 눈 깊은 곳에서 불꽃이 이글거리는 걸 보지 못했다.

그녀에게서 대꾸가 없자 염가연이 탄식하고 낮게 속삭였다.

"이 일은 다시 말하지 않는 게 좋겠어요. 오늘 난향원에서 영주가 보았던 그 일도 잊어야겠지요. 영주가 믿음을 보여준다면 나도 온 힘을 다해 영주를 돕겠어요. 그러면 언젠가 뜻을 이룰 수 있을 거예요."

"……."

단목향의 침묵을 바라보던 염가연이 머리를 끄덕였다.

"좋아요. 나는 나의 속마음을 충분히 전했고, 당신도 동의했다고 믿어요."

'교활한 것. 이제는 나까지 이용하겠다는 거겠지. 언제고 단단히 쓴맛을 보여주고 말 테다.'

마음속에 그런 노여움이 들었다.

자신이 우연히 그녀와 류 사이의 일을 목격하지 못했다면 염가연은 끝까지 아무런 말도 해주지 않았을 것이다.

그녀가 가증스럽게 여겨졌다.

'분명히 관계가 있다. 아니더라도 사형의 실종에 대한 비밀을 알고 있다.'

하지만 염가연은 자신의 말처럼 아직 확실한 증거를 가지고 있지 못한 건지도 모른다.

'그렇다면 서두르거나 협박하는 건 오히려 그녀의 입을 다물게 할 수 있다.'

지금으로서는 어떻게 하든 그녀의 입을 열게 하는 게 중요하다. 그래서 단목향은 그녀와 잠시 손을 잡자고 결정했다.

당신의 한과 나의 한이 같다던 염가연의 말이 귓전에 울렸다. 그녀의 한이란 무엇을 말하는 걸까? 하는 의문이 떠나지 않는다. 지금은 아무것도 알 수 없었다. 하지만 곧 알게 될 것이다.

'정랑……'

마음속으로 한 사람을 불렀다. 그러자 그의 관옥 같은 얼굴이 하나 가득 떠오른다.

천천히 난향원을 벗어나는 단목향의 두 눈에 눈물이 가득 고였다.

第九章

전왕(戰王)이라
불리는 사람

第九章

"그대로 두시렵니까?"

패도전왕(覇刀戰王) 섭철곤(攝鐵鯤)이 철사 같은 수염을 곤두세웠다.

그가 한 번 소리치면 십 리 밖에서도 들린다.

퉁방울 같은 눈을 부릅뜬 채 노려보듯 바라보는 그의 험상궂은 얼굴은 그 자체로 공포심을 가져다주는 것으로 유명했다.

지존보의 실질적인 힘이라고 불리는 제삼천 화천비룡대의 지배자. 그를 모르는 사람은 강호에 없다.

그는 지존보 안에서도 언제나 갑주를 입었다. 명령만 떨어지면 바로 애마(愛馬) 흑룡탄(黑龍呑)에 뛰어올라 칼을 휘두르며 달려나가기 위해서다.

밥 먹는 것보다 싸우는 걸 더 좋아한다는 사람.

그는 조작량을 도와 이차 정사대전을 승리로 이끈 주역 중의 한 명이기도 했다. 그로부터 벌써 삼십여 년 가까이 흘렀다.

육십을 넘긴 지 두 해. 그도 이제는 하루가 다르게 흰 머리카락이 늘어나는 초로의 노인이었지만 타고난 성격과 기질은 변하지 않았다.

지금도 한 말의 술을 마시고, 열 근의 고기를 먹으며, 육백근 무게의 말을 거뜬히 들어올리는 괴력을 자랑한다.

그에게 지난 삼십여 년은 끔찍하도록 지겨운 세월이었다. 도대체 칼에 녹이 슬 정도로 태평했으니 이게 말이 되느냐고 늘 투덜대던 사람.

하루라도 싸우지 않으면 몸에 곰팡이가 핀다고 짜증내던 그에게 기회가 왔다.

흑룡장.

이차 정사대전 이후 메뚜기 떼처럼 흩어진 마도의 무리들이 숨어 있는 곳 중의 하나였다.

지존보에서는 벌써부터 그런 일을 알고 있었지만 모르는 척 내버려 두었다.

지존보에서 보았을 때 그들의 힘이라는 건 그야말로 조족

지혈에 지나지 않았기 때문이다. 그걸 잘 아는 흑룡장도 숨죽이고 엎드려만 있었다. 말썽을 일으키지 않았던 것이다.

그 조족지혈 같은 자들이 감히 호랑이의 콧잔등을 건드렸다.

그 소식을 들었을 때 섭철곤은 드디어 몸을 풀 기회가 왔다며 좋아했다. 그런데 독대한 보주의 태도는 이게 뭐란 말인가.

"보주!"

뇌성벽력 같은 그의 음성이 전각의 지붕을 들썩이게 할 정도지만 그 앞에 앉아 있는 조작량은 눈도 깜짝이지 않았다.

약간 찌푸린 듯한 얼굴을 한 채 무엇인가 거듭 생각하는 기색이다.

"제기랄!"

섭철곤이 주먹으로 탁자를 두드렸다.

무극검제, 무신 조작량 앞에서 함부로 말하고 행동할 수 있는 사람은 이 세상에서 그가 유일할 것이다.

그는 조작량의 오랜 동지이자 친구이고, 그의 성품이 워낙 그렇다는 걸 조작량이 잘 알기 때문이다.

"형님!"

그래도 조작량으로부터 반응이 없자 섭철곤이 이번에는 형님이라고 불렀다. 조작량이 비로소 그를 마주 보았다.

나이는 섭철곤이 조작량보다 세 살 많다. 하지만 그는 조작

량을 형님이라 불렀다. 어렸을 때부터 그래 온 일인지라 아무
렇지도 않다.

세 명의 의형제 중 가장 나이가 많으면서 스스로 둘째가 된
섭철곤. 그래서 조작량의 아낌과 신뢰를 더 많이 받는 인물이
되었다.

"아우님."

"말씀하시우."

"그렇게 싸우고 싶은가?"

눈을 부라린 섭철곤이 억울하다는 듯 제 가슴을 쿵쿵 두드
렸다.

"아니, 내가 언제 싸우고 싶어서 안달이 났다고 했소? 나는
다만 그 빌어먹을 놈들이 감히 형님을 건드렸으니 그대로 둘
수 없다고 했을 뿐이오!"

"그들은 나와 아무 상관이 없어. 단지 옥봉각주를 납치하
려 했다가 실패했을 뿐이지."

"그게 그거 아니오! 원, 이런 답답할 데가!"

가슴 두드리는 소리가 북 치는 소리 같아진다.

"이 일을 그대로 두면, '아, 지존보가 이제는 개뿔인가 보
다' 그러면서 다른 놈들도 죄다 한 번씩 찝쩍거려 보려고 들
거 아니오! 그럼 우리 지존보와 형님의 체면이 뭐가 되겠소?
나는 그 꼴을 두고 볼 수 없다 이 말이오!"

"그래서 어쩌면 좋겠어?"

“어쩌긴 뭘 어째? 이참에 눈엣가시 같은 놈들을 그냥 싹 쓸어버리는 거지.”

“천하에 흩어져 있는 흑도의 장원이며 산채, 수채만 해도 수백 곳이라는 걸 아우님도 잘 알지 않소? 그걸 다 쓸어버리자는 말인가?”

“그럼 더 좋지 뭘 그러시우?”

“그랬다가는 강호가 다시 시산혈해를 이루고, 애꿎은 백성들의 피해가 불가피해질 거야. 세상이 혼란스러워지지 않겠어? 그건 내가 바라는 바가 아니야.”

“……..”

“지난 삼십 년을 돌이켜 보게. 강호가 평화롭자 세상도 덩달아 평화로워졌지. 아우님과 내가 분연히 일어서서 한바탕 혈풍을 휘몰아왔던 게 바로 이와 같은 평화를 가져오기 위해서 아니겠나?”

“그거야 뭐……..”

“그런데 다시 전쟁을 벌인다고? 그것도 단지 지존보의 위엄을 지키기 위해서? 그건 명분이 약해도 형편없이 약한 일이네. 세상이 과연 우리의 편에 서줄까?”

“쳇, 하면 하는 거지 까짓 세상의 눈치를 볼 게 뭐요?”

“그렇게 간단한 게 아니야.”

“아니긴! 형님은 나이를 먹더니 확실히 겁이 많아졌소. 세상 사람들이 수군거리는 말에 일리가 있어.”

"세상 사람들이 수군거려? 나를 두고 말이지? 대체 그들이 뭐라고 한단 말인가?"

조작량의 눈에서 번쩍, 하고 신광이 어렸다. 내내 신중하더니 세상의 수군거림이라는 말에 저도 모르게 예민한 반응을 보인 것이다.

눈치없는 섭철곤이 창밖을 가리키며 우렁우렁한 음성으로 말했다.

"뭐라긴 뭐래? 조작량이 늙었고, 지존보의 일인천하가 오래되었니 이제는 쇠할 때가 왔다고 하는 거지."

"그것뿐인가?"

"지존보 알기를 점점 우습게 안다 이거요. 하긴, 지난 삼십 년 동안 우리가 뭘 보여준 게 있어야지. 호랑이도 늙으면 기력이 빠져서 빈둥빈둥 누워만 있는 걸 모르쇼? 쥐새끼가 알짱거려도 눈만 멀뚱거리면서 쳐다볼 뿐 포효할 힘도, 생각도 없게 되지. 지금 딱 그 꼴 아니오?"

"누가? 이 조작량이?"

"아니, 내 말은 꼭 형님이 그 꼴이라는 게 아니라, 세상 사람들이 그렇게들 수군거린다 이 말이요. 젠장."

조작량의 눈에서 신광이 사라지고 빙긋, 웃음이 떠올랐다.

그는 아직 세상 사람들이 자신의 부끄러운 모습을 알지 못한다는 게 안심이 되었다. 하지만 섭철곤의 말을 듣고 보니 무언가 조금은 자극을 줄 필요가 있을 것 같다는 생각도 들었다.

사람들은 변덕이 심해서 평화가 깨지는 걸 싫어하는 만큼 그것이 너무 오래가도 지겨워하는 게 틀림없다.

조작량이 천천히 머리를 끄덕이며 중얼거렸다.

"하긴, 흑룡장이 감히 지존보의 각주를 노렸다는 게 괘씸한 일이기는 하지."

"그렇지요? 헤헤, 그러면 됐지 더 생각할 게 뭐 있수? 내가 당장 우리 애들을 데리고 가서 해결을 보고 오리다."

"이만한 일에 화천비룡대를 동원한다고?"

"죄다는 말고…… 그냥 반쯤만 끌고 갔다 오지요 뭐."

"흑룡장 하나를 상대하는 데 화천비룡대의 반이나?"

반이면 일천오백 명이다. 그들만의 힘으로도 한 성(省)을 짓밟아 버리고도 남으리라.

"그럼 뭐, 한 오백 명쯤이면 안 될까?"

"아우님."

조작량이 정색을 하고 불렀으므로 막 떼를 쓰려던 섭철곤이 머쓱한 얼굴로 바라보았다.

"화천비룡대는 지존보의 힘이오. 함부로 그것을 쓴다면 세상의 비난을 면치 못해. 그러면 이기고도 욕을 먹게 된다는 걸 아우님도 잘 알지 않소?"

"끄응—"

섭철곤이 된 숨을 내쉬고 상체를 물렸다. 얼굴 가득 못마땅

한 기색이 실려 있지만 어쩔 수 없다는 걸 그도 잘 알았다.

말은 그렇게 했지만, 조작량도 내심으로는 섭철곤과 화천 비룡대의 사기를 올려줄 필요가 있다고 생각했다. 하긴, 그들은 너무 오랫동안 칼만 갈아왔다.

벌써 한 세대가 흘러 대부분의 인원이 교체되도록 한 번도 싸움다운 싸움을 해보지 못했던 것이다. 매일 무공 수련을 하고 집단전과 기마전술에 대한 훈련을 했을 뿐이다. 어쩌면 그게 그들을 더욱 맥 빠지게 하는 일이 될 수도 있었다.

그들에게 무언가 활력을 넣어줄 일이 필요할 때가 되었다. 하지만 오백 명은 역시 과하다. 강호가 발칵 뒤집히리라.

잠시 생각하던 조작량이 말했다.

"일백 명을 데리고 가시오."

"에계, 겨우 백 명? 쩨쩨하게 그러지 말고 좀 더 쓰시구려."

"서른 명으로 할까? 그래도 충분할 것 같은데……."

"됐소, 됐어. 빌어먹을. 백 명으로 합시다."

섭철곤과 조작량은 한 번 위엄을 갖추면 태산이 짓누르는 듯한 중압감을 느끼게 하는 사람들이다.

하지만 이처럼 그들 둘만 있을 때면 옛날의 철부지 개구쟁이 시절로 되돌아갔다. 서로 꺼리고 가리는 게 없었던 것이다.

달려들어 허리를 붙잡고 씩씩거리며 씨름을 하지 못하는 게 오히려 한스러울 지경이다.

위엄과 체면을 내던지고 있는 모습 그대로 대해도 좋은 사람. 세상에서 그보다 편하고 가까운 사람은 없다고 해야 하리라. 조작량과 섭철곤이 바로 그런 사람들이었다.

"명심하시오."

조작량이 장난기를 버리고 정색을 했으므로 섭철곤 또한 정색을 하고 그를 바라보았다.

"이건 전쟁이 아니오. 지존보의 위엄을 한 번 보여주려는 것뿐이니 절대로 그 이상 확대되어서는 안 되오."

"명심하겠소이다."

"한 사람을 데려가시오."

"응?"

"그 아이를 시험해 보고 싶구려."

"누구를 말씀하시는 거요?"

"류."

"류?"

"백천수호대에 새로 들어온 아이라오. 황룡문에 있던 아이인데, 내가 데려와서 검기령에 넣어뒀지. 한 번 보면 아우님도 마음에 들어할 것이오."

"오호, 그 샌님 같은 당고한이 부리던 놈이라고요?"

섭철곤의 눈이 호기심으로 반짝였다.

당고한은 조작량의 절친한 친구일 뿐 아니라 섭철곤과도 우정이 깊은 사람이었다. 형제나 다름없다고 해도 과언이 아니다.

"언제나 치밀하고 사려 깊은 게 바로 당고한 아니오? 그가 숨겨두고 있던 녀석이니 틀림없겠지만 직접 보고 싶은 거라오."

"흠, 그래요?"

"그 녀석을 데리고 가서 아우님이 한번 시험해 봐주시오."

"그럼 일이 끝나고 난 다음에 나에게 주는 거요?"

"아직은 내 곁에 두고 싶구려."

"쳇, 대형은 너무 욕심이 많단 말이야."

섭철곤이 철사 같은 턱수염을 쓰다듬으며 흘겨보았다. 대체 어떤 놈이기에 제가 세상에서 유일하게 존경하는 사람인 대형의 마음에 이토록 들었단 말인가? 하는 궁금증을 참을 수 없었다. 그래서 그는 마음이 더 급해졌다.

흑룡장을 토벌한다.

그런 소문이 삽시간에 지존보 전체로 퍼져 나갔다.

조작량이 무신이라면 섭철곤은 전왕(戰王)으로 불린다. 그 전왕 섭철곤이 직접 화천비룡대를 이끌고 간다는 소식에 지존보의 무사들은 흥분을 감추지 못했다.

모두가 이제는 전설이 되어버린 전왕 섭철곤의 위용을 구경해 보고 싶다는 마음에 안달했다.

하지만 보주의 명령은 근엄했다. 일이 끝날 때까지 누구도 지존보 밖으로 나가는 것을 금했고, 외부인의 방문도 금했다.

그리고 또 하나의 소식이 이번에는 충격으로 지존보를 뒤흔들었다.

'검기령의 애송이가 이번 원정에 유일하게 동참한다.'

'백천수호대의 신입이란다.'

그 소식은 모두를 놀라게 했다.

류에게도 그건 뜻밖의 명령이었다.

"가."

말을 전한 단목향이 매섭게 노려보며 그 한마디를 덧붙였다.

"왜?"

류도 한마디로 반문한다. 단목향의 눈매가 더욱 날카로워졌다.

"보주님께서 명령하셨다."

"그러니까 왜?"

"내가 알아!"

단목향이 기어이 빽! 소리쳤다.

"그렇게 궁금하면 보주님께 직접 물어보던가."

"알았어. 간다. 가면 될 거 아냐. 성질머리 하고는, 쯧쯧……."

혀를 차고 흘겨보는 류가 그렇게 얄미울 수 없다. 그래서 단목향의 눈매가 옆으로 쭉, 찢어졌다.

염가연은 류를 만나주지 않았다. 옥봉각의 문마저 굳게 닫아버린 채 꼼짝을 하지 않으니 류는 그저 헛기침만 몇 번 하고 계단을 터덜터덜 걸어 내려와야 했다.

문틈으로 그런 류의 뒷모습을 훔쳐보면서 염가연은 입술을 악물었다.

'이번에는 흑룡장의 손을 빌어서 그를 죽이려는 거야.'

그런 생각이 떠나지 않았다.

'저 바보는 아무것도 몰라.'

떠나라던 제 말을 무시해 버린 류에 대한 원망이 새롭게 든다. 그래서 가슴이 더 아파졌다.

'내가 괜히 끌어들였나 봐. 그냥 못 본 척하고 놔둘걸.'

그런 후회가 뒤늦게 들기도 했다.

황룡문의 입해관에서 류가 검기령의 호위 두 명을 가볍게 때려눕혔을 때 염가연은 그의 존재를 마음에 깊이 새겨두었다.

'어쩌면 지존보에서 벗어나려는 내 소망을 이루어줄 수 있을지도 모른다.'

그런 한 가닥 희망을 품고 류를 불렀으며, 흑룡장의 도발을 이끌어내 그를 시험해 보기도 했다.

결과는 기대 이상이었다. 그래서 그녀의 막연하던 희망에 서광이 비치는 듯했다. 그런데 갑자기 차출되어 화천비룡대와 함께 간다니 눈앞이 깜깜해진다.

입술을 악무는 그녀의 마음속에서 은밀히 키우고 있는 독버섯이 더욱 커지고 화려해졌다.

"네가 류라는 놈이냐?"

귓속에 돌멩이를 던져 넣는 것처럼 아프게 울려오는 음성.

류가 눈살을 찌푸리고 제 앞에 버티고 서 있는 사천왕 같은 노인을 바라보았다.

류도 큰 키인데, 그보다 머리통 하나쯤은 더 크니 마치 장승이 내려다보고 서 있는 것 같다.

류는 불쑥 맥량산에서 만났던 산적 두목 개대가리를 떠올렸다. 섭철곤은 곰 같은 체구를 가지고 있던 그 장건두에 못지않았던 것이다.

육십 살이 되었다는데 아직도 기력이 팔팔하다는 것도 인상적이었다.

개대가리는 약간 구부정하게 어깨를 굽히고 있었는데 섭철곤은 굵은 삼나무처럼 꼿꼿했다. 가슴이 곰처럼 두텁고 허리는 표범처럼 가늘다. 무릎에 닿을 듯한 긴 팔이 온통 시커먼 털로 뒤덮여 있었다.

금빛으로 번쩍이는 갑주를 입었고 붉은 피풍을 둘렀으며 얼핏 보기에는 박도인 것처럼 보이는 칼을 찼다.

보통 칼보다 적어도 세 배는 더 커 보이는 무지막지한 칼이었다. 저런 칼이라면 참마도(斬馬刀)나 다름없을 것이다. 그냥 내려치는 것만으로도 바위를 두부 가르듯 쪼개 버리리라.

누구든 한 번 보면 '과연 전왕(戰王)!' 이라는 감탄사가 절로 나올 만한 외양이었다.

"왜 대답이 없어!"

머리 위에서 천둥이 치는 듯하다.

넋을 잃고 그를 올려다보던 류가 귀를 막았다. 한껏 인상을 쓰며 말한다.

"그렇소. 내가 류요. 제기랄, 말 좀 살살 할 수 없겠소? 머릿속이 울려서 살 수가 없네."

"응?"

섭철곤이 눈을 둥그렇게 떴다.

"이놈! 감히 그따위로 지껄이다니!"

저만큼 떨어진 곳에서 형형한 눈길로 살피고 있던 무장 하나가 버럭 소리치며 몸을 날렸다.

허공을 가르는 요란한 파공성이 들렸을 때 그자는 벌써 류의 코앞에 뚝 떨어져 있었다. 눈부시게 빠른 운신법이다.

무거운 갑주로 중무장하고 있으면서도 그렇게 움직일 수 있다는 건 그자의 힘과 무예가 이미 상승의 경지에 들어 있다는 증거다.

류가 멀뚱거리며 그를 바라보았다.

"내가 당신에게 한 말도 아닌데 왜 나서지?"

"뭐라고? 이런 버릇없는 애송이 같으니!"

무장이 화를 참을 수 없는지 움켜쥔 주먹을 번쩍 들어올렸다. 단번에 류의 머리통을 깨뜨려 버리겠다는 듯 그 기세가 험악하고 사납기 짝이 없다.

류가 무장의 주먹에는 아랑곳하지 않고 머리 위에 있는 섭철곤의 화등잔만 한 눈을 똑바로 노려보며 따졌다.

"편하게 잘 있는 나를 불러온 건 고작 사람을 시켜서 때려 죽이려는 거였소?"

조금도 두려워하는 기색이 없고 망설이지도 않는다.

별 이상한 놈을 다 보겠다는 듯 머리를 갸웃거리며 내려다보던 섭철곤이 입을 쩍 벌렸다.

"크하하하— 이놈이 담력 하나만큼은 감동적이구나."

손을 저어 무장을 물리치고 류를 찍어누르듯 바라보며 웅얼거린다.

"과연 그럴 만한 실력이 있어서 그러는 건지, 아니면 하룻강아지라 겁이 없어서 그런 건지 궁금해지는걸?"

그리고 뒤를 돌아보며 냅다 소리쳤다.

"가져다 입혀!"

류는 생전 처음 황동의 비늘이 번쩍이는 갑주를 몸에 걸쳤다. 무겁고 답답하다.

그 위에 붉은 피풍을 두르고 칼 한 자루를 차니 류의 모습 또한 어느 전장에 내놓아도 눈에 확 띌 만큼 늠름했다. 단단한 기세와 함께 사람을 위압하는 보이지 않는 힘이 느껴진다.

"멋지다. 너는 백천수호대의 그 알량한 애송이들하고 어울려 살 놈이 아니야. 당장 나의 화천비룡대로 옮겨와라."

감탄한 듯 섭철곤이 연신 류의 아래위를 훑어보며 그렇게 말했다.

　일백 명의 무장들.
　번쩍이는 갑주와 날카로운 기치창검, 그리고 명마 아닌 놈
이 없어 보이는 일백 필의 전마(戰馬)가 도열해 섰다.
　어느 전장에 나가도 이와 같이 일당백의 위용을 뽐내는 정
예한 병사 집단을 볼 수는 없을 것이다.
　그들의 면면을 살펴보면서 류는 마음속에 이는 감탄을 감
출 수 없었다.
　그들에게서 느껴지는 기상은 백천수호대의 청년 고수들과
비교할 바가 아니었다. 거칠고 단단하며 살벌하기까지 한 느
낌. 그것이 그들 모두가 지니고 있는 공통된 기세였다.
　모두가 패도전왕 섭철곤의 영향을 받은 것이리라. 그래서
화천비룡대의 분위기 자체가 그렇게 무시무시해진 것이다.
　이런 자들이 일제히 말을 달려 휩쓸어간다면 과연 무엇이
그들의 앞을 막을 수 있을 것인가, 하는 생각이 들었다.
　화천비룡대 삼천 명의 힘이라면 강호뿐 아니라 한 나라를
상대한다고 해도 부족하지 않을 거라는 믿음이 절로 생긴다.
　‘무서운 곳이다. 무서운 사람이다.’
　류의 마음에 그런 생각이 들었다. 이와 같은 자들을 거느리
고 있는 지존보가 어떤 곳인지, 그 지존보에 군림하고 있는
조작량이 어떤 사람인지 두려운 마음이 되었다. 처음으로 무

섭게 여겨진 것이다.

　두두두두—
　일백 기의 전마가 지존보를 나섰다.
　와호산(臥虎山)을 뒤흔드는 말발굽 소리.
　지존보의 깃발이 사납게 펄럭이고, 철갑 부딪는 소리들이
요란하게 들린다.
　그들은 지존보의 깃발만을 세웠을 뿐, 자신들을 상징하는
화천비룡대의 깃발은 감추었다. 세상에 대하여 이건 지존보
의 일일 뿐이지, 전쟁을 하는 게 아니라는 것을 알리는 의미
였다.
　화천비룡대의 의미는 그만큼 컸다. 그들의 출현은 곧 전쟁
을 뜻하는 것이고, 그래서 그들이 모습을 보이는 것만으로도
천하가 긴장한다.
　단지 일백 기의 전마가 질주할 뿐인데도 세상은 숨을 죽였
다. 뿌연 먼지를 구름처럼 피워 올리며 거칠 것 없이 질주하
는 그들의 앞을 가로막는 건 아무것도 없다.
　몇 개의 현성을 지났지만 한 번도 관병의 제지를 받지 않았
다. 그들을 알아본 성군(城軍)들은 서둘러 성문을 열어주고
한쪽으로 피했을 뿐이다.
　강호의 패자인 지존보의 위력은 그와 같았다.
　황룡문이 있는 제남성 밖 연자산(燕子山)까지는 이천 리

길. 흑룡장이 있는 백불산(白佛山)은 연자산의 일백오십 리 앞에 있다.

거침없이 질주하는 일백 기의 전마는 그 길을 사흘 만에 접었다.

성을 지날 뿐, 성안에서 머물진 않는다. 날이 저물면 들판에 방진을 치고 야영을 하는 것이 영락없이 전쟁에 나가는 병사들의 모습이었다.

그들을 지배하는 것도 군율이었다. 엄격하기가 서릿발 같아서 절로 칼 같은 기강이 선다.

사기가 하늘을 찌를 듯하고, 엄정하기가 천군(千軍)의 표상이 될 만하며, 위엄이 제석천의 신병(神兵)들을 그대로 옮겨 놓은 것 같다.

그들과 함께 행동하면서 류는 거듭 감탄했다. 세상에 이와 같은 자들이, 이러한 집단이 존재한다는 게 경이로운 일로만 여겨졌다.

제남성 밖 이백 리 되는 곳에 군진을 벌리고 야영했다. 마지막 야영이 될 것이다.

병사가 된 무장들은 빙 둘러 세운 말들과 함께 노숙을 했다. 비가 와도 그들은 그렇게 노숙을 한다. 아무리 심한 바람이 불어도 흔들리지 않았다.

방진의 한가운데 오직 대장을 위한 군막이 설치되었을 뿐인데 전왕 섭철곤이 홀로 거했다. 군막 밖에서는 부장 두 명이 밤새 호법을 선다.

군데군데 모닥불이 기세 좋게 타올랐다. 가끔씩 말들이 투레질하는 소리와 갑주 쩔그렁거리는 소리가 들릴 뿐 일체의 소음이 없다.

병사들은 편하게 눕거나 앉아서 마른 건포를 물과 함께 씹었다. 늦은 저녁 식사를 하는 것이다. 이렇게 임무를 띠고 출동하면 복귀할 때까지 일체의 음주가 금지되었는데, 누구 하나 그 일을 불평하는 자가 없었다.

류는 홀로 떨어진 곳에서 엎드린 말 배에 등을 기대고 편하게 앉아 있었다. 맨땅의 축축하고 냉한 습기가 올라오지만 다들 마찬가지 형편이니 투덜거릴 수가 없다.

잠을 잘 때도 갑주를 벗어놓지 못한다는 게 영 답답한 일이었다. 이와 같은 일에 익숙해지지 못한 류는 지겹고 고단할 뿐인데, 일백 명의 무사는 마치 제집에 온 듯 편안하고 태연자약했다.

삼십대 초반에서 오십대 초반까지의 다양한 연령층으로 이루어진 사람들. 그들은 동지 의식, 그리고 동류(同流)라는 친숙함 하나로 똘똘 뭉쳐 있었다. 나이와 출신과 성격 따위를 따지고 가리지 않는다.

화천비룡대의 대원이라는 자부심 하나만을 가지고 있을 뿐, 너와 나의 구분마저 없었던 것이다.

그러니 류는 홀로 겉돌 수밖에 없었다. 이곳에서 화천비룡대가 아닌 자는 그 한 사람뿐이기 때문이다.

아무도 류에게 다정히 굴어주지 않았고, 류 또한 그들과 섞이려 하지 않았다. 그렇게 사흘이 지난 지금은, '너희는 너희고 나는 나일 뿐' 이라는 오기마저 생겼다.

홀로 뚝 떨어져 앉아서 건포를 질겅질겅 씹으며 머리 위의 은하수를 바라보는데 멀리서 은은히 대지를 두드리는 말발굽 소리가 들려왔다. 빠르게 가까워진다. 류는 목을 길게 빼고 방진 안으로 뛰어드는 세 필의 전마를 바라보았다. 척후로 앞서 나갔던 자들이 돌아온 것이다.

그들이 갑주를 쩔그렁거리며 곧장 대장의 군막으로 향하는 걸 보면서 류는 다시 말 배에 깊숙이 기댔다.

이제는 정말 잠을 자둬야겠다는 생각으로 눈을 감는다.

잠시 후 한 사람이 속보로 다가왔다. 칼집을 툭툭 치며 명령하듯 말한다.

"호출이다! 즉시 군막으로 가보도록!"

대답을 기다리지도 않고 휑하니 돌아선다.

졸린 눈을 비빈 류가 천천히 몸을 일으켰다.

말이 그를 돌아보며 낮게 투레질했다. 그동안 낯이 익고 정이 들었다고 궁금한 모양이다. 그놈의 정수리를 쓱쓱 쓰다듬어 준 류가 늘쩡늘쩡 걸음을 옮겨놓았다.

군막 안에 후끈한 열기가 흐르고 있었다.

전왕 섭철곤과 조금 전 뛰어들어 온 세 명의 척후, 그리고 두 명의 부장이 얼굴을 맞대고 무엇인가를 상의하고 있었는데, 류가 들어오는 기척을 느끼고 입을 다물었다.

모두의 시선이 일제히 류에게 모였다.

"부르셨습니까?"

섭철곤이 손가락을 까닥인다. 부장과 척후병들이 한 걸음 물러섰다.

다가온 류를 노려보던 섭철곤이 던지듯 말했다.

"네가 제법 무섭다지?"

"그럴 때도 있고 아닐 때도 있지요."

"그럴 때는?"

"적이라고 여겨지는 자를 대할 때입니다."

"아닐 때는?"

"친구를 대할 때입니다."

"흠―"

턱을 쓸며 지그시 바라보는 눈길에 힘이 실린다. 류도 지지 않고 마주 바라보았다.

눈싸움이라도 하듯 그렇게 서로 바라보기를 한동안. 섭철곤이 빙긋 웃었다.

"좋다. 한 가지만 더 묻겠다."

"말씀하십시오."

"명령을 받았을 때는 어떻게 하겠느냐?"

“어떤 명령인가에 달려 있겠지요.”

“만약 네 친구를 죽이라고 한다면?”

“거부하겠습니다.”

“항명하겠다 이거냐?”

“판단은 내가 합니다. 나는 종이 아니니까요.”

“이놈!”

섭철곤이 갑자기 포효하듯 소리쳤으므로 한쪽에서 지켜보던 자들이 모두 깜짝 놀라 어깨를 움츠렸다.

하지만 류는 눈도 깜빡이지 않았다. 턱을 뻣뻣하게 든 채 호통을 고스란히 받아들인다.

“이곳은 화천비룡대다! 명령에 죽고 명령에 살아야 하는 곳이야!”

“나는 잠시 동행하고 있을 뿐 당신의 수하가 아닙니다. 또 그렇게 되고 싶은 생각도 없습니다.”

“뭐라고?”

류를 노려보는 섭철곤의 눈이 더욱 강렬하고 사납게 이글거렸다.

아랑곳없이 류는 제가 하고 싶은 말을 했다.

“명령으로는 나의 손가락 하나 까딱이게 하지 못할 것이오.”

第十章
투귀(鬪鬼) 류(流)

第十章

　이글거리는 섭철곤의 눈 속에 참을 수 없는 분노가 깃들었다. 핏발 선 눈길로 노려보았는데, 어지간한 류도 그 순간만큼은 등줄기에 소름이 돋을 지경이었다.

　하지만 류는 굴복하지 않았다. 똑바로 전왕의 눈길을 마주한 채 더욱 오만하게 턱을 치켜든다.

　섭철곤이 확인하듯 다시 한 번 물었다.

　"나의 화천비룡대에 와서 감히 항명할 수 있다고 말하는 것이냐!"

　"나는 전왕의 부하가 아닙니다."

　"지금은 내 명령을 들어야 하는 내 부하다!"

“그렇다면 떠나겠습니다.”

“무엇이?”

류가 망설임없이 칼을 내려놓고 갑주의 매듭을 풀기 시작했다.

섭철곤은 물론 부장과 척후들의 기색도 심상치 않았지만 류는 조금도 망설이지 않았다.

탁!

그가 청동의 갑주를 벗어 탁자 위에 던졌다. 홀가분하다는 얼굴로 섭철곤을 바라본다.

“올 때는 내가 결정할 수 없었지만 떠날 때는 내 스스로 결정하겠습니다.”

“감히 배신하겠다는 거냐?”

“원래 있던 자리로 돌아가겠다는 겁니다. 화천비룡대를 떠났다고 배신은 아니겠지요.”

“백천수호대로 돌아겠다고?”

“그렇습니다.”

“보주께서 너를 나에게 맡기셨다. 지금 네가 있어야 할 곳은 바로 여기야!”

“그렇다면 보주께서는 이제 그 결정을 취소하셔야 할 것입니다.”

내 마음에 들지 않는다면 보주의 명령이라 해도 따르지 않겠다.

류는 그렇게 선언한 것이다.

누구도 그런 생각을 품어본 자가 없었으니 류의 말에 어리 둥절할 뿐이었다. 대체 그럴 수도 있나? 하는 의아함만 가득 해진다.

류의 의지는 단호했다. 그가 가볍게 포권하고 돌아선 순간,

"이놈!"

부장 한 명이 벼락처럼 소리치며 몸을 날려 앞을 가로막았 다. 허튼짓을 하면 그대로 목을 쳐버리겠다는 듯 칼자루를 움 켜쥐고 있다.

류가 천천히 섭철곤을 돌아보았다. 냉랭하다.

"싸움을 앞두고 전왕의 부하를 다치게 하고 싶지 않습니 다."

"뭐라고?"

섭철곤이 한순간 어리둥절해서 되물었다.

류를 가로막고 있는 부장 곽민(郭敏)은 이곳에 있는 일백 명의 전사 중에서 다섯 손가락 안에 꼽힐 만한 고수였다. 강 호에서도 그의 칼에 맞서 싸울 수 있는 자가 드물다.

'저놈이 대체 뭘 믿고 저렇게 오만하단 말인가?'

그런 의아함의 뒤에는, '역시 하룻강아지란 말인가?' 하는 생각도 들었다. 그렇기에 저렇게 겁이 없는 것이리라.

곽민이 누구인지 모르니 두려워할 리가 없다. 하지만 부딪 쳐 보면 곧 후회하게 될 것이다. 그리고 그때는 언제나 늦다.

고수들끼리의 싸움에서 후회는 곧 죽음인 것이다.

"기다려!"

번쩍 한 손을 들고 소리친 섭철곤이 호기심 가득한 눈길을 류에게 던졌다.

"좋다. 네 솜씨를 구경해 보겠다. 하지만 지금 여기서는 아니야."

"……?"

"네놈이 과연 내 앞에서 그처럼 오만을 떨만한지 어디 한 번 보자. 만약 허세였다면 당장 목을 치고 사지를 잘라서 분을 풀고 말 테다."

뭘 어떻게 하겠다는 건지 짐작이 가지 않는다. 그래서 얼떨떨해져 있는 류를 빤히 내려다보던 섭철곤이 버럭 소리쳤다.

"가서 그놈들을 죽여! 너를 증명해 봐라!"

"……?"

"흐흐흐, 이놈아. 네 친구들은 아니다. 그러니 거부할 이유가 없겠지?"

십 리 앞에 매복자들이 있다는 척후의 보고를 받은 섭철곤은 부장들과 함께 대책을 논의하고 있던 중이었다.

그러다가 문득 류가 생각났다. 데리고 가서 확인해 보라던 보주의 말이 떠올랐던 것이다. 그래서 불렀는데 자꾸만 튕겨져 나가려고 하는 류 때문에 화가 났고, 그 화가 이제는 호기심이 되었다.

*   *   *

"저 앞 숲 속에 있다. 모두 스무 놈이라고 한다."

언덕 위에 다섯 필의 전마가 우뚝 서 있었다.

손을 들어 백여 보 앞의 짙은 숲을 가리키는 자는 전왕 섭철곤이다. 그가 직접 세 명의 부하와 함께 진을 나와 적들이 매복해 있다는 곳까지 온 것이다.

류가 그의 옆에 있었는데 고집스럽게도 갑주를 벗어버린 채였다. 한번 단단히 마음이 토라지더니 다시는 화천비룡대의 갑주를 입지 않겠다고 결심한 게 틀림없다.

무거운 동갑과 피풍으로 무장한 사람들 중에서 유독 남빛 무복을 입고 있을 뿐인 류는 그래서 눈에 더 잘 띄었다.

투구를 쓰기 편하게 상투처럼 틀어 올렸던 긴 머리카락도 제멋대로 풀어서 끈으로 질끈 묶고 있다.

원래의 자유로운 제 모습을 되찾은 것이다.

헐렁한 옷소매 밖으로 드러난 팔뚝이 철봉처럼 단단해 보였다.

류가 코를 찡긋했다.

"겨우 그겁니까?"

"내가 알고 싶은 건 저놈들의 실력이야. 저놈들이 우리를 탐색하듯 나 또한 저놈들을 알아보고 싶단 말이다. 그리고 네 솜씨도."

"그러니까 저 숲 속에 매복하고 있는 자들이 흑룡장의 마두들이라는 거지요?"

"그렇다. 악명이 쟁쟁한 자도 섞여 있겠지."

할 수 있겠느냐는 얼굴로 류를 바라본다. 류가 피식 웃었다.

"원한다니 보여 드리지요. 하지만 대가를 받아야겠습니다."

"뭐라고? 대가?"

"비록 보주님의 명에 따라 화천비룡대와 동행하게 되었지만 나는 어디까지나 검기령의 무사입니다."

"말하자면 용병으로 왔다 이거냐?"

"그렇습니다. 그러니 대가없는 싸움은 하지 말아야지요."

"으흐흐흐—"

어이없다는 얼굴로 류를 물끄러미 바라보던 섭철곤이 낮은 실소를 흘렸다.

"정말 네놈의 배짱 하나는 부럽구나. 좋다. 원하는 걸 말해봐라."

"억!"

섭철곤이 당장 칼을 휘둘러 류의 목을 칠 것이라 기대하고 있던 부장들이 모두 놀람의 외침을 터뜨렸다.

불같은 성격의 섭철곤이 저런 말도 안 되는 억지를 받아주고 있다는 게 그들에게는 믿어지지 않는 일이었다.

류가 빙긋 웃었다.

"천주님께는 그 칼 외에 또 하나의 보물이 있다고 들었습니다."

"……!"

"그걸 주십시오."

"비연쌍검(飛燕雙劍)!"

무리 중에서 다시 놀람의 외침이 터져 나왔다.

그것은 두 자루의 날카로운 단검이었다. 쇠를 두부 자르듯 하는 보검 중의 보검으로 널리 알려져 있지만 실제로 구경한 자는 흔치 않다.

전왕 섭철곤이 제 몸처럼 아끼는 탓도 있으려니와 그것의 위력을 빌려 써야 할 만큼 급박한 싸움도 없었던 탓이다.

쇠를 끊고 바위를 찔러도 날이 그대로 살아 있다는 강호의 기병. 류는 그 말을 들었을 때부터 남몰래 탐내고 있었던 것이다.

"한 자루를 주마."

섭철곤이 어렵게 말했다. 아까웠으리라.

"이번 싸움을 훌륭하게 해낸다면 한 자루를 주겠다. 다음 싸움에 나머지 한 자루를 걸지."

"좋습니다."

비로소 투지가 인다는 듯 류가 호기롭게 말하고 성큼 말에서 뛰어내렸다.

류는 흑룡장의 무리라면 개인적으로도 좋지 않은 감정을 가지고 있었다. 그자들이 염가연을 노리고 찾아왔던 일 때문이다.

'여기서 나를 한 번쯤 보여주는 것도 좋겠지.'

그런 생각도 했다.

이 목청 큰 전왕이라는 사람이 자신을 얕보지 못하도록 해 두는 것도 필요하다. 또한 화천비룡대에 대한 묘한 반감도 있었다.

자신을 무시하고, 때로는 비웃는 듯이 바라보던 자들. 그들 스스로는 최고의 전사라는 자부심을 가지고 있는지 몰라도 류의 입장에서는 아니꼽고 눈꼴신 일이었다.

'그놈들에게 나를 보여준다.'

그런 투지를 불러일으키자 가슴이 쿵쾅거리며 뛰었다.

"똑똑히 지켜보십시오."

류가 말고삐를 던져 버리고 성큼성큼 걸어 언덕을 내려갔다.

숲에 이르기까지는 잡초 무성한 자갈밭이다.

오십 보를 걸어가자 숲 속의 어둠 속에서 동요하는 기색이 느껴졌다. 놈들도 언덕 위에 서 있는 전마들을 본 것이다.

매복이 들켰으니 달아날 것인지 싸울 것인지 결정해야 하는데, 찾아온 놈들이 고작 다섯 명일 뿐 아닌가.

첨병으로서 매복을 지휘하고 있는 깡마른 오십대의 사내, 유혼마륜(幽魂魔輪) 모대랑(毛大郞)이 음침한 눈길을 이리저리 뿌리며 붉은 혀를 내밀어 입술을 핥았다.

이쪽은 이십 명, 저쪽은 다섯 명이다.

상대가 아무리 무적의 전사들로 이름 높은 화천비룡대라고 할지라도 해볼 만하다는 생각이 들었다.

놈들의 예봉을 꺾어놓는다면 다음의 싸움에서도 영향을 줄 것이다.

고작 다섯 놈이 꺼덕거리며 찾아왔다는 데에 심히 자존심이 상하기도 했다. 그만큼 이쪽을 무시한다는 것이기 때문이다.

어둠 속이고, 말 위에 올라앉아 있는 자들이 모두 갑주에 투구까지 쓴 무장 차림인지라 얼굴을 알아볼 수 없었다. 모대랑은 그들 중에 전신 섭철곤이 있을 것이라고는 생각하지 않았다.

그래서 전의를 키우고 있는데, 갑주도 입지 않은 한 놈이 터벅터벅 언덕을 내려와 다가오고 있었다.

흐릿한 새벽 여명 속에 그의 얼굴이 보인다.

"저놈은 뭐야?"

유혼마륜 모대랑이 잔뜩 눈살을 찌푸리고 볼멘소리를 했다.

마치 새벽 산책이라도 나온 것처럼 건들거리며 태평스럽게 다가오고 있는 놈. 처음 보는 애송이다.

그 애송이가 오십 보 밖에 멈추어 서더니 옷소매를 걷으며 말한다.

"이리 나와! 명령을 받았으니 너희들에게 주먹질을 좀 해주고 가야겠다!"

"뭐, 뭐라고?"

모대랑은 어이가 없었다.

언덕 위에 있는 자들은 꼼짝하지 않는다. 정말 저놈 하나를 달랑 내려보내고 끝이란 말인가? 하는 생각이 들었다.

모대랑의 얼굴이 점점 흉악하게 일그러졌다.

견딜 수 없는 모욕감으로 온몸이 부들부들 떨린다.

"내 저 젖비린내나는 놈을 그냥!"

주먹을 움켜쥐고 일어나려는데, 곁에 있던 거구의 사십대 장한이 옷자락을 붙잡았다.

흑야차(黑夜叉) 손교평(孫較平)이라는 자다.

한 자루의 묵철봉(墨鐵棒)으로 흉명(凶名)을 떨친 지 이십여 년. 그의 철봉 아래 머리통이 깨져 죽은 자가 헤아릴 수 없이 많았다. 그래서 강호에서는 그 철봉을 두고 염왕봉(閻王棒)이라 부르기도 한다.

무지막지하고 잔혹한 자.

손교평이 번들거리는 눈을 이리저리 굴리며 낮게 웃었다.

“흐흐흐, 저런 애송이 한 놈을 처치하는 데 모 형이 나설 것 까지야 없지요. 내게 맡겨주십시오.”

“끄응—”

엉덩이를 들썩거리던 모대랑이 마지못한 듯 주저앉았다. 하긴, 저런 어린애를 상대하기에는 자신의 존재감이 아깝기도 하다.

“놈들에게 똑똑히 보여주고 와라. 우리가 결코 만만한 자들이 아니라는 걸 말이다.”

“여부가 있겠습니까.”

히죽 웃은 손교평이 목을 몇 번 비틀어보고는 벌떡 일어섰다. 밤새 숨죽이고 있느라 온몸이 찌뿌드드하던 참인데 잘됐다는 마음뿐이다.

시커먼 놈이 버스럭거리며 나온다. 멧돼지 한 마리가 쿵쿵거리며 기어나오는 것 같았다.

일 장 길이는 족히 되어 보이는 거무튀튀한 철봉을 질질 끌며 오는 것이 조금도 긴장하고 있는 것 같지 않았다.

류는 가슴속에 들끓는 흥분을 지그시 눌러 가라앉히며 그를 관찰했다.

포악함이 고스란히 느껴졌다. 제법 무게가 나갈 철봉을 무기로 쓰는 자라면 완력 또한 남다를 것이다. 그런 자들에게 부족한 건 언제나 민첩성이다.

류가 씩, 웃었다. 차갑고 섬뜩한 그런 웃음을 대하자 손교평은 가슴이 뜨끔해졌다. 본능이 위험신호를 보내지만, 류를 물끄러미 바라본 순간 잊어버렸다.

마른 장작처럼 단단해 보이는 애송이일 뿐인 것이다.

류의 웃음에 화답하듯, 손교평도 시커먼 얼굴을 씰룩이며 피식 웃었다.

"아가야, 자고 일어났더니 어깨 위의 대가리가 무겁게 느껴지더냐?"

"네가 이것 좀 없애줄 테냐? 부탁할게."

류가 머리를 좌우로 건들거리며 또 말한다.

"최선을 다해야 할 거야. 나중에 방심하다 당했다느니 하는 변명 따위는 듣고 싶지 않거든. 하긴 뭐, 변명할 수도 없겠다. 죽은 자가 말하는 건 보지 못했으니까."

"뭐라고? 이 쥐방울만 한 놈이!"

"세 번 양보해 주겠다. 그 안에 어떻게 해봐. 재주를 다 부리지도 못하고 이승 하직하면 억울하지 않겠어?"

"너, 너, 이 쳐죽일 놈!"

성격이 폭급한 자는 화도 쉽게 낸다. 그러면 냉정을 잃게 되고, 냉정을 잃으면 판단력이 흐려지게 마련이다.

류의 몇 마디 말에 불끈 화가 숫구친 손교평이 '왁!' 하고 소리치며 우르르 달려들었다.

땅에 끌리는 철봉 끝에서 땡강거리는 소리가 소나기처럼

쏟아진다. 그리고 그것이 세 걸음 앞에서 무지막지하게 허공을 갈랐다.

부앙—

힘껏 휘둘러 내려치는 기세가 벼락이 떨어지는 것 같았다.

백 근은 족히 나가 보이는 철봉을 이처럼 가볍게 휘두를 수 있다는 건 과연 놀라운 일이었다. 하지만 류의 예상처럼 역시 느리다.

눈이 손 못지않게 빠른 류에게는 더욱 느리게 보이는 것이어서 지루하기까지 했다.

그것이 정수리 위의 머리카락에 닿을 때까지 류는 꼼짝하지 않았다.

'저놈이 스스로 죽으려는 건가?'

그런 의문이 그들의 싸움을 지켜보고 있는 모두의 머릿속을 스친 것과 동시에 류가 슬쩍 몸을 틀었다. 뒷짐마저 진 채다.

가볍고 재빠르며 정교한 그 움직임이 지켜보는 자들을 질리게 했다. 그러나 다음 순간 보여준 손교평의 솜씨는 류의 그 움직임보다 놀라웠다.

부앙—

더욱 거세진 파공성이 주위를 압도했다.

아슬아슬하게 류의 어깨를 스쳐 떨어지던 철봉이 휙, 방향을 틀더니 그대로 허벅지를 후려쳐 온 것이다.

그가 자랑하는 영사잠영(靈蛇潛影)의 수법이었다.

이번 것은 처음처럼 느린 게 아니었다. 단단한 철봉이 휘어져 보일 정도로 놀라운 일격이다.

손목의 힘만으로 무지막지하게 떨어지는 철봉을 가볍게 비틀어 방향을 바꾸고, 거기에 힘을 더해주는 손교평의 솜씨는 그 한 번의 수법으로 남김없이 드러났다.

"흐음."

언덕 위에서 횃불 같은 눈으로 낱낱이 바라보고 있던 전왕 섭철곤이 저도 모르게 감탄성을 흘렸다.

류도 깜짝 놀랐다. 하지만 그의 반응은 언제나 생각보다 빠르다. 허공을 걷어차듯 한 발을 번쩍 들어 피하더니 한 발을 축으로 삼아 빙글 맴돌았다.

손교평이 휘두른 회심의 일격이 헛되이 허공을 치고 지나갔다. 그리고 팽이처럼 맴돈 류는 그 탄력을 빌어 좌측으로 가볍게 빠져나가 우뚝 섰다.

"한 번 남았다!"

세 번 양보해 주겠다고 한 말을 상기시키는 것이다. 하지만 의도된 외침이기도 했다. 그리고 류의 그런 의도에 손교평이 덜컥 걸려들었다.

"우와악! 이 쥐새끼 같은 놈!"

두 번의 헛손질로 자존심이 상할 대로 상한 그가 미친 듯 고함치며 마구 철봉을 휘둘러 부딪쳐 왔다.

난풍미종(亂風迷從)의 수법이다.

일백 근짜리 철봉이 가벼운 회초리가 된 듯 무섭게 떨어지고 맴돌며 허공을 휩쓸었다.

철봉의 끝을 쥐고 마음껏 휘둘러대는 그 힘과 용맹에 모두가 입을 딱 벌렸다. 과연 누가 저와 같은 공세 앞에서 무사할 수 있을 것인가 하는 두려움이 절로 생긴다.

사방 일 장의 공간이 온통 시커먼 철봉의 그림자로 가득 찼고, 그것이 뿌려대는 스산한 파공성으로 터져 나갈 듯했다.

류는 여전히 뒷짐을 진 채였다. 약속한 세 번의 공격을 흘려보낼 때까지는 그 손을 풀지 않을 것이다. 그래서 결정적인 위기에 처한 것처럼 보였다.

부우웅—

시간이 지날수록 더욱 거세지는 바람이 무지막지한 풍압을 뿌려댔다. 접근할 수가 없다.

사방이 온통 회오리바람으로 막혀 버린다. 말려 올라간 모래와 자갈들이 마구 뿌려지는 통에 눈을 뜰 수 없고, 정신을 차릴 수도 없다.

그 속에 류의 신형이 갇혀 버렸다. 모두 이제는 끝장이라고 생각했다. 온몸이 너덜너덜해져서 내던져질 것이다.

류는 이제 손교평의 철봉이 만들어낸 암흑의 공간 속에서 빠져나올 수 없게 되었다. 위기가 느껴진다.

그 순간 머릿속에 스쳐 가는 한 구절이 있었다.

눈의 빠르기는 번개와 같으니 손이 그에 따르고 눈은 세(勢)를 본다. 육로(六路)를 보면서 팔방(八方)의 소리를 들으니 곧 손이 눈보다 앞서고 발이 그것을 이끌리라.

구양진결이다.

류는 그것의 의미가 무엇인지, 어떻게 하라는 건지 따져 생각해 볼 겨를이 없었다.

구결이 마음에 와 닿은 즉시 본능이 그것을 빨아들인다. 그리고 몸이 그에 반응하는 게 흐르는 물 같았다.

눈이 육로를 본다는 것은 한순간에 전후좌우상하를 살펴서 상황과 세를 헤아린다는 것이다.

상대와 나의 세(勢)를 신중히 판단해야 동(動)과 정(靜)을 결정할 수 있다.

정중동이든, 동중정이든 나의 판단이 서면 항상 상대의 움직임을 앞질러 나의 의지로 좌우할 수 있게 된다.

그러면 마음이 이는 곳에 절로 눈이 가고, 눈을 따라 손과 발이 이끌리다가 종내는 손과 발과 몸이 눈에 앞서게 된다.

의식을 제치고 무의식이 상황을 주재하는 것이다. 고도의 반사신경에 따르는 움직임이다.

머릿속에 환한 광명이 스쳐 갔다. 그리고 류의 의식이 한 단계 높아졌다. 몸은 절로 그에 따른다.

"화생면면(化生綿綿) 심기안(心其眼)."

폭풍처럼 몰아치는 철봉의 그림자 속에서 류의 웅얼거림이 바람 소리에 섞였다.

"수신여풍(手身如風) 화담운(化淡雲)."

쉬익, 하고 철봉의 시커먼 그림자가 머리 위에 내려앉는 순간 류의 눈이 그 사이의 공간과 그 너머 머뭇거리고 있는 시간을 보았다.

물이 마른 솜에 스며들 듯 그의 그림자가 절로 그 공간과 시간 속으로 흘러들었다.

의식은 저만큼 뒤떨어져 따르고 있다. 손과 발이 앞서 몸을 이끌었고, 몸은 의식을 떼어놓았다.

그 의식이 옅은 구름이 되어 사방에 흩어지고, 그늘은 양지가 되었으며 양지는 허공이 되었다.

파앗!

사람들의 눈에는 류가 갑자기 꺼진 것처럼 보였다. 손교평도 그렇다.

류는 제가 어떻게 움직였는지 스스로도 알지 못했다.

문득 정신을 차려보니 저만큼 떨어진 곳에서 손교평이 땅속 깊이 박혀 버린 철봉을 쥔 채 멍하니 서 있지 않은가.

사정은 언덕 위의 섭철곤이나 숲 속에 있는 무리들도 마찬가지였다. 다들 딱 벌린 입을 다물지 못했고, 튀어나올 듯 부릅뜬 눈을 깜빡이지도 못했다.

툭, 툭.

류가 비로소 뒷짐 지고 있던 손을 풀어서 팔이며 가슴의 옷자락을 털었다.

방금 무슨 일이 있었느냐는 듯 태연자약한 행동이 사람들을 더욱 얼빠지게 했다.

“세 번의 기회가 다 지나갔다.”

말하더니 성큼성큼 걸어 손교평에게로 다가간다.

“이, 이럴 수는…… 이럴 수는 없다!”

손교평이 버럭 악을 쓰고 땅에 박혀 있던 철봉을 힘껏 뽑았다. 그 순간 류가 그의 몸을 관통하기라도 하려는 듯 맹렬하게 부딪쳐 갔다.

꽝!

“커헉!”

한 번의 둔탁한 충돌음과 단말마.

무엇을 어떻게 했는지 멀쩡하던 손교평이, 그의 멧돼지 같은 몸뚱이가 바람에 날리는 가랑잎처럼 허공에 떠올라 훌훌 날려갔다.

콰당!

그리고 이 장이나 떨어진 숲 머리에 처박혀 꿈틀거린다.

언덕 위와 숲 속에 있는 많은 사람들 중 오직 전왕 섭철곤만이 그 눈 깜짝할 사이의 일을 알아보았다.

부딪쳤다 싶은 순간 류의 주먹이 거푸 세 대나 손교평의 안

면과 복부를 강타했던 것이다. 그를 허공에 내팽개쳤던 건 마지막 발길질 한 방이다.

섭철곤은 제가 본 것을 믿을 수 없었다.

'세상에 저렇게 빠른 움직임이, 저렇게 격렬한 권법이 있을 수 있다니……'

저도 모르게 손을 들어 눈을 비벼보지만 헛것을 본 것도 아니었고, 다시 볼 수도 없다.

류는 여전히 뒷짐을 진 채 서 있었다. 버둥거리던 손교평의 커다란 몸뚱이가 점점 잠잠해지고 있었다. 숨이 멎은 것이다.

"한꺼번에 나오는 게 좋겠어. 한 명씩은 귀찮잖아."

숲을 바라보며 아이를 어르듯 부드럽게 말하고 있지만, 그 속에 감추어져 있는 살기를 느끼지 못할 자는 아무도 없다.

숲 속에서는 침묵만 흐를 뿐, 대꾸하는 자가 없었다.

"싫다면 할 수 없지. 거기 얌전히 있어라."

중얼거린 류가 뚜벅뚜벅 숲 속으로 걸어 들어갔다.

뒤쫓던 적이 숲 속으로 뛰어들면 더 이상 추적을 하지 않는 게 상식이다.

숲 속에서는 시야가 좁아지고 몸을 마음대로 움직일 수 없는 데다가, 사방이 온통 숨을 곳이라 쫓기던 자가 언제 불쑥 튀어나와 기습을 가할지 모르기 때문이다.

쫓기는 자보다 쫓는 자의 위험이 더 큰 곳. 그래서 달아나는 자는 필사적으로 숲을 향해 뛰게 마련이고, 잡으려는 자는 온 힘을 다해 그전에 뒷덜미를 낚아채려고 하는 법이다.

그런데 류는 제 스스로 그 어두운 숲을 향해 터벅터벅 걸어 들어갔다. 이해할 수 없는 행위라 다들 어리둥절해졌을 때 류의 모습은 울창한 잡목 숲 속으로 사라져 버렸다.

꽝!

우지끈!

나무가 꺾여 넘어가는 소리. 그것들의 무성한 가지가 와사삭거리며 숲을 온통 시끄럽게 했다. 그리고 신음 소리가 그 소음에 뒤섞인다.

"끄으으―"

"커헉!"

끔찍한 그 소리를 들으며 유혼마류 모대랑은 어금니를 악물었다. 이마가 땀에 젖어 끈적거리고 눈은 두려움으로 번들거렸다.

도대체 알 수 없는 존재였다.

아무리 감쪽같이 숨어 있다가 기습을 가해도 류는 이미 알고 있었다는 듯, 기다리고 있었다는 듯 가볍게 움직여 부딪쳤다.

그리고 그때마다 여지없이 한 놈씩 물먹은 흙덩이처럼 무너진다.

두 번 손을 쓰는 법도 없었다. 주먹이 되었든 수도가 되었든 무릎이 되었든 한 방씩을 먹일 뿐이다.

깨끗했다.

그래서 감탄과 함께 절로 존경하는 마음이 우러났지만 상대는 무자비한 사냥꾼이었다.

어느새 쫓기는 사냥감이 된 모대랑의 무리는 이리저리 흩어져 달아나기에 바빴다.

류는 저를 공격하지 않는 한 그놈들이 달아나는 데에 신경 쓰지 않았다. 오직 두목인 모대랑을 노리고 끈질기게 뒤쫓을 뿐이다.

모대랑은 정신이 없었다. 내가 왜 쫓기고 있는 건지, 저놈이 왜 나를 뒤쫓는 건지도 모호해진다. 대체 내가 여기서 무엇을 하고 있었던 건지조차 잊었다.

그런 상태를 두고 얼이 빠졌다고 한다.

모대랑이 딱 그랬다.

그는 커다란 참나무 아래 우두커니 서서 저 앞쪽 어둠을 헤치며 다가오고 있는 류를 멍하니 바라보았다.

평생을 도검과 함께 살아온 모대랑이었다. 언제나 피 냄새 속을 떠돌았다. 자신의 철륜에 찢기고 쪼개져 죽은 자가 몇인지 셀 수도 없다.

그는 언제나 쫓는 자였고 죽이는 자였다. 그런데 지금은 막다른 길에 몰린 오소리처럼 가여워졌다.

등을 구부리고 털을 곤두세워 보지만 사나운 표범이 그걸 두려워할 리가 없다. 놀리듯이 일정한 거리를 두고 어슬렁거리며 힐끔힐끔 바라볼 뿐이다.

“대체 뭐야? 너는 누구냐!”

견딜 수 없게 된 모대랑이 흰 빛이 번쩍이는 철륜을 가슴 앞에 세웠다. 톱날이 튀어나와 있는 둥근 원반 같은 것. 휘두르면 날 선 칼이나 다름없고, 허공에 던지면 비검과 같다.

수많은 생령과 피를 빨아들인 그것이 스산한 살기를 안개처럼 뿜어내며 웅웅, 울지만 류는 무심한 얼굴로 바라볼 뿐이었다.

그리고 한 번 입을 벙긋거린다.

“류.”

“류?”

“내 이름이다. 염라대왕에게 그렇게 말해줘.”

참을 수 없는 모욕. 하지만 그것보다 두려움이 더 컸다.

더 이상 달아날 수도, 피할 수도 없는 상황이 모대랑을 절망하게 했다.

절망이 폭발하자 죽기를 각오한 용기가 된다.

“이놈!”

까짓, 죽으면 그만이라고 작정한 모대랑이 십 보 밖에 우두커니 서 있는 류를 향해 철륜을 힘껏 날렸다.

쉬아앙—!

귀청을 찢는 파공성과 함께 유성처럼 날아드는 흉기. 윙윙거리는 회전음이 살벌하기 짝이 없다.

그것이 코앞에 이르기까지 기다렸던 류가 슬쩍 몸을 기울였다. 중심이 옮겨가지만 거울 같은 눈은 여전히 철륜의 움직임에 달라붙어 있다.

아슬아슬하게 류를 스쳐 지나갔던 그것이 마치 살아 있는 것처럼 방향을 틀더니 다시 돌아왔다. 나뭇가지들이 와사삭거리며 잘려 떨어지고, 나뭇잎이 눈처럼 흩날린다.

콰앙!

이번에는 뒤에서 날아와 류를 스쳐 지나간 그것이 굵은 나무 한 그루를 동강 내더니 빨려들 듯 모대랑의 손 안으로 날아 들어갔다.

처음 보는 비륜(飛輪)의 놀라운 재주에 류가 감탄성을 터뜨렸다.

"훌륭하다. 좋은 솜씨야. 그래서 아깝구나."

말이 끝났을 때쯤 류의 신형은 강전이 된 것처럼 무섭게 쏘아져 나갔다. 코앞에 부딪쳐 오는 자를 보며 모대랑이 이를 악물고 다시 철륜을 던졌다.

빗살처럼 빠른 철륜과 그것을 향해 마주 달려오는 한 사람. 눈 깜짝할 순간에 부딪칠 수밖에 없다.

팅!

금속이 허공에 팅겨질 때 나는 높고 낭랑한 소리가 들렸다.

이마에 박힐 듯 쏘아져 온 철륜의 복판을 류가 팔목을 접어

정확히 올려 친 것이다.

너무 빠른 순간이라 모대랑은 자신의 진기로 철륜을 조종할 수가 없었다. 정신이 아뜩해진다.

직각으로 꺾인 철륜이 하늘 높이 솟구쳤고, 류는 처음부터 그 자리에 있었던 듯 모대랑의 면전에 우뚝 서 있었다.

모대랑의 눈이 찢어질 듯 커졌다.

퍽!

옆구리에 가해지는 무지막지한 충격에 숨이 턱, 막힌다. 너무 놀라고, 너무 의외의 일이라 비명조차 터뜨리지 못했다.

모대랑의 얼굴에 짙은 죽음의 그림자가 어른거렸다.

류가 두 팔을 뻗어 건들거리는 그의 어깨를 꽉 붙잡더니 몸을 비틀며 와락 끌어당겼다. 한 발을 가볍게 걸어 올리자 모대랑의 몸이 돌덩이처럼 날아간다.

그의 머리통이 그대로 아름드리 나무 둥치에 부딪쳤다.

꽝!

끔찍한 소리가 숲 속의 새들을 놀라게 했다. 그리고 태초의 무겁고 어두운 적막이 다시 밀려들었다.

第十一章

비연쌍검(飛燕雙劍)

第十一章

"쳐들어갈까요?"

"기다려."

"……."

다시 한동안 침묵의 시간이 흘러갔다.

"놈이 달아난 건 아닐지……."

부장 곽민이 섭철곤의 눈치를 보며 조심스럽게 운을 뗐다.

돌아온 건 섭철곤의 이글거리는 눈빛이다.

"그럴 놈 같았으면 벌써 달아났다."

"반 시진이나 지났습니다."

"기다린다고 했다!"

기어이 섭철곤이 버럭 소리쳤고, 곽민은 목을 움츠린 채 물러설 수밖에 없었다.

그의 마음속에는 아직도 류가 달아났을 거라는 생각이 가득했다. 숲이 조용한 걸로 보아 그렇다.

그렇다면 흑룡장의 매복자들도 모두 달아나 버렸을 것이고, 뒤쫓기에도 이제는 늦었다.

그러나 주군인 전왕 섭철곤의 믿음을 탓할 수는 없었다. 그가 기다린다고 하면 기다리는 것이다.

곽민은 눈살을 찌푸린 채 숲 앞에 처참한 모습으로 처박혀 있는 손교평의 주검을 바라보았다.

'놈이 정말 그 정도였단 말인가?

손교평을 상대하던 류의 움직임에 가슴이 서늘해지지만 믿고 싶지 않았다.

'그까짓 검기령의 애송이 따위가…….'

인정할 수 없다.

그들이 다시 두어 식경쯤 무료하게 기다리고 있자 비로소 숲에서 인기척이 흘러나왔다.

"으음—"

모두의 입에서 앓는 듯한 신음성이 낮게 새 나왔다.

류가 어깨에 한 놈을 척 걸친 채 태연히 걸어나오고 있었던 것이다.

저벅저벅 자갈밭을 걸어와 언덕으로 올라오더니 그자를

내팽개쳤다.

얼굴이 엉망으로 깨져서 용모를 알아볼 수 없지만 아직 죽지는 않았다.

쩔그렁.

그의 곁에 떨어지는 철륜을 보고서야 모두는 흉측하게 변해 버린 그자가 바로 오래전부터 강호에 악명을 드날렸던 마두, 유혼마륜 모대랑이라는 걸 알았다.

놀람과 경이를 담은 눈길로 일제히 류를 바라본다.

깨끗하다. 치열한 격전을 치렀을 텐데 류의 몸에는 상처 하나 없었다. 흑야차 손교평에 이어서 모대랑마저 어른이 아이 다루듯 우습게 처박아 버렸다는 증거다.

전왕 섭철곤의 얼굴에도 의혹과 불신의 기색이 어렸다. 물끄러미 류를 바라보던 그가 혀를 차고 물었다.

"이게 정말 네 솜씨란 말이냐?"

"다시 확인이 필요하다면 얼마든지 보여 드리지요. 상대를 골라주십시오."

말을 하면서 눈으로는 곽민을 슬쩍 바라본다. 군막 안에서 앞을 가로막았던 그에 대한 미움을 아직도 품고 있는 것이다.

곽민이 슬그머니 류의 눈길을 피했고, 전왕이 껄껄 웃었다.

"좋다. 아주 좋아. 그런데 다른 놈들은?"

"그것들까지 다 끌고 와야 하는 건 아니겠지요?"

"좋아, 좋아."

더 이상의 의심은 없다.

류가 정말 혼자서 흑룡장의 스무 명이나 되는 매복자들을 처리했고, 게다가 그들의 두목 격인 모대랑까지 사로잡아 왔다는 걸 이제는 아무도 의심하지 않았다.

"자, 천주께서 약속을 지킬 때입니다."

류가 불쑥 손을 내밀었다. 검은 대나무처럼 단단해 보이는 긴 손가락들이 섭철곤의 눈을 찌른다.

물끄러미 그것을 바라보던 섭철곤이 입맛을 다시고 갑주 안으로 손을 넣어 반 자 길이의 단검을 꺼냈다. 검집 안에 두 개의 검이 나란히 들어가 있으니 자웅쌍검(雌雄雙劍)이다. 음양검(陰陽劍)이라고도 한다.

스르릉—

손바닥보다 조금 더 긴 검 한 자루가 검집을 벗어난다. 눈부신 검기(劍氣)가 번갯불처럼 뻗어 나오고, 이글거리는 빛이 안개처럼 검신을 둘렀다.

"아!"

류가 감탄성을 터뜨렸다. 홀린 듯 검을 바라본다.

단지 뽑혔을 뿐인데 사방에 서늘한 검의 기운이 서리는 것이, 마치 항거할 수 없는 힘을 지닌 고수와 마주 선 것처럼 느껴졌다.

저 짧고 작은 두 자루의 단검을 두고 세상 사람들이 보검 중의 보검이라고 말하는 게 이해된다.

검을 쥐고 류를 바라보던 섭철곤이 머리를 갸웃거렸다.

"그런데 이걸 어떻게 지니고 다닐 테냐?"

검집이 없으니 품에 넣고 다닐 수가 없다. 잘못하다가는 제 살이 찢기고 뼈가 동강 나리라.

"받아라."

못내 아쉬운 듯 한참을 더 머뭇거리던 섭철곤이 비연쌍검 중 연검이라 불리는 그것을 류에게 내밀었다. 비검(飛劍)이 양검(陽劍)이고 연검(燕劍)은 음검(陰劍)이다.

조심스럽게 단검을 받은 류가 곧게 뻗은 나뭇가지 한 개를 쳤다. 검을 대기 무섭게 종이처럼 베어져 나간다.

적당한 크기로 그것을 잘라낸 다음 복판에 검신을 쿡, 쑤셔 넣으니 그대로 빨려 들어갔다.

투박하지만 안전한 검집 하나가 금방 만들어진 것이다.

"영리한 놈이다."

그것을 본 섭철곤이 빙긋 웃었다.

"나머지 한 자루도 곧 찾아가도록 하겠습니다."

마치 제 물건을 맡겨둔다는 듯 말하는 것이어서 섭철곤은 쓴웃음을 지었다.

날이 밝기 무섭게 일백 기의 전마는 대오를 갖추어 동쪽으로 전진했다.

매복조의 괴멸 소식이 이미 흑룡장에도 전해졌던지, 더 이상 앞을 가로막는 자들이 없었다.

류는 여전히 갑주를 벗어버린 채였다. 그런 모습으로 전왕 섭철곤의 곁에 말 머리를 나란히 하고 있다.

뒤따르고 있는 화천비룡대의 전사들은 그런 류의 뒷모습을 아니꼽게 바라보았지만 누구도 대놓고 투덜대지 못했다. 오늘 새벽에 류가 보여준 무시무시한 솜씨를 모두 전해 들은 탓이다.

전왕의 품에서 보검을 빼앗아갈 자는 세상에 오직 저놈 하나뿐일 거라고 수군대며 혀를 찰 뿐이었다.

전왕 섭철곤이 불쑥 말했다.

"나를 따라라."

뜬금없는 말이다.

"예?"

"검기령? 백천수호대? 흥! 죄다 쓸데없는 것들이지."

섭철곤의 코웃음을 들은 류가 히죽 웃었다.

"너는 그런 곳에 어울려 있을 놈이 아니야. 나를 따른다면 진정한 사나이의 세계를 알 수 있게 될 것이다."

"평생 천주님의 부장 노릇이나 하며 살고 싶지는 않습니다."

"이놈이?"

섭철곤이 부리부리한 눈으로 류를 노려보았다. 그러더니 빙긋 웃는다.

"역시 네놈은 야망을 숨기고 있었구나?"

"지존보에 있는 사람들은 모두 그렇지 않은가요?"

"지금의 제 처지에 만족하며 우쭐거리는 얼간이들이 더 많지."

"그들에게는 지존보의 무사라는 명예만으로도 충분할 수 있겠지요."

"하지만 너는 아니다 그 말이냐?"

류는 대답하지 않았다. 슬며시 그의 눈길을 피해 멀리 펼쳐진 막막한 벌판을 바라볼 뿐이다.

"네놈의 야망은 나를 뛰어넘는 것임을 알겠다. 그렇다면 지존보를 통째로 삼키는 것이겠군."

"……."

"그렇다면 더욱 나를 따라야 할 것이다."

"제게 무엇을 주실 수 있습니까?"

"원한다면 천하를 네 손에 쥐어줄 수 있지."

"천주님의 힘이 과연 그만 할까요? 지존보에는 세 명의 천주가 더 있고, 그 위에는 또 무신으로 불리는 보주님이 있지 않습니까?"

"이놈이?"

몹시 자존심이 상한다는 듯 섭철곤이 노골적인 불쾌함을 띠고 류를 노려보았다. 하지만 곧 머리를 끄덕여 수긍한다.

"다른 천주들에 대해서는 조금도 신경 쓰지 않는다. 하지

만 대형에게는 승복하지 않을 수 없지. 그야말로 세상 밖의
사람이니까. 그래서 신인(神人)이라 불리는 거다. 하지만 말
이다.”

섭철곤이 이글거리는 눈으로 류를 쏘아보았다.

“그렇기 때문에 대형은 천하를 네게 줄 수 없다.”

“……?”

“모르겠느냐? 그는 천하 따위에는 관심이 없는 사람이란
말이다.”

류는 그의 말속에 묘한 이질감이 숨겨져 있다는 걸 느꼈다.

“그는 이미 세상에서 벗어나 천외천(天外天)을 노니는 신이
되었다. 명성이나 야망 따위는 우습게 여길 뿐이지. 그런데
너에게 천하를 물려줄 수 있겠느냐?”

제 말에 대한 변명이라는 느낌이 온다. 류가 피식 웃었다.

“보주가 정말 천외천을 노니는 신이라면 굳이 화천비룡대
를 보내면서까지 흑룡장을 응징하려 하지 않았겠지요. 그런
데 지금 우리는 흑룡장으로 가고 있습니다. 왜 그럴까요?”

말문이 막힌 듯 섭철곤이 입을 다물었다. 류는 제가 질문한
그 의문에 제 스스로도 의아해졌다.

‘단지 염가연을 위협했다는 것 때문에? 그렇다면 무신이라
는 그가 편협한 다른 고수들과 무엇이 다르단 말인가?’

의문이 의문을 낳는다.

‘달리 생각하면 그만큼 염가연의 존재가 중요하다고 볼 수

있겠지. 대체 보주와 그녀가 어떤 사이이기에?

거기에서 생각이 딱 막혔다. 짐작되는 게 없기 때문이다.

울 듯한 슬픈 눈으로 바라보던 그녀의 얼굴이 생생하게 떠올랐다.

"나는, 나는…… 도움이 필요해요."

탈혼쌍마를 해치웠던 복주산 기슭의 백양나무 숲 앞에서 자신의 가슴에 안기어 울먹이던 그녀의 말이 귓전에 울렸다.

그때 그녀는 우수에 잠겨 있고, 두려움으로 가엽게 떨었다.

대체 무엇이 그녀를 슬프고 두렵게 한단 말인가? 하는 의문이 새롭게 들었다. 막막하기만 하다.

'무신의 보호를 받고 있으면서 왜 나의 도움을 필요로 할까?'

생각을 거듭하고 의문을 품을수록 머릿속이 복잡해졌다. 기분마저 나빠진다. 불길한 느낌이 스멀스멀 기어올랐다.

'누구나 자신들이 옳다고 생각하는 것을 하는 거다. 그보다 더 좋을 수는 없겠지. 나는 내가 옳다고 생각하는 것을 한다. 내 인생을 사는 거야.'

류는 그게 각자의 길이라고 단정했다. 그러니 골치 아파가면서까지 그들에게 얽히고설킨 사정들을 알려고 할 필요 없다. 휩쓸려 들어가서도 안 된다.

그러므로 생각은 여기까지다. 눈앞의 현실을 보고 인정하는 것. 부딪쳐 오는 대로 부딪치며 한 걸음씩 나아가는 것. 그것이 내가 해야 할 일이라고 결정했다.

백불산(白佛山)이 저 앞에 보였다. 막막한 벌판의 끝에 섬처럼 우뚝 서 있는 산이다.

야트막한 소산(小山)에 불과하지만 평원에 홀로 솟아 있으므로 더 크고 높아 보인다.

길게 늘어져 조금씩 가늘어졌다가 벌판에 스며들어 사라지는 백불산의 산자락들이 점점 가까워지고 있었다.

그곳 어딘가에 강호에 흩어져 있는 수백 개의 흑도 방회들 중 하나인 흑룡장이 있다.

지존보라는 강렬한 빛에 쫓겨 숨어든 마두며 마졸들이 저희들만의 세상을 이루고 있는 강호의 음지 중 한 곳인 것이다.

오늘 그곳이 세상에서 사라질 것이다. 담을 허물고 파헤쳐 음지에 숨어 있는 벌레들을 드러내듯이, 그래서 밟아 죽이듯이 그들을 짓밟을 것이다.

류의 마음속에 강한 흥분과 함께 조금은 꺼림칙한 느낌도 깃들었다. 하지만 제가 가고 있는 길에 대한 후회는 없었다.

지금은 명령을 받아 행동할 뿐이다. 죽이라고 하면 죽인다. 그것뿐이다. 전쟁에 나온 병사들과 같다. 그들이 서로 원한이 있어서 죽고 죽이겠는가. 하지만 언젠가는 내 스스로 선택하리라.

류는 지그시 입술을 깨물며 그렇게 다짐했다.

앞서 나아갔던 척후가 뽀얀 먼지를 피워 올리며 말을 달려 돌아왔다. 섭철곤이 손을 번쩍 들어 행군을 정지시켰고, 그 앞에 다다른 척후는 말에 탄 채로 급히 보고했다.

"삼십 리 앞쪽에 그들이 있습니다."

"마중을 나온 게로군."

"삼백 명쯤 되는 자들인데 제법 병진을 치고 단단히 무장했습니다."

"그래?"

그건 의외라는 듯 섭철곤이 턱을 쓰다듬으며 눈을 가늘게 떴다.

마졸의 무리 속에 병법을 아는 자가 섞여 있다는 게 기특하게 여겨졌던 것이다. 흥미가 더욱 인다.

"그 밖에 특이한 점은?"

"몇 개의 깃발에 주의하셔야 할 것 같습니다."

"깃발?"

"독안노룡 정령개와 유성추혼 강화사, 귀염철필 왕상, 독두개 문천상, 혈수병마 백무향, 귀령마도 왕렴, 사인혈겸 장취모, 쌍두사편 갈천목 등입니다."

척후가 숨 가쁘게 불러대는 이름들을 묵묵히 듣고 있던 섭철곤이 붉은 입을 쩍 벌리고 크게 웃었다.

"크하하하— 흑도의 쥐새끼들이 다 어디로 사라졌나 했더니 죄다 흑룡장에 숨어 있었구나! 잘됐다! 잘됐어!"

부장 곽민이 조심스럽게 말했다.

"그들이 스스로 이름을 적은 깃발을 꽂았다는 건 죽기를 각오하고 싸우겠다는 것 아닐까요?"

"상관없어."

궁지에 몰린 쥐는 고양이를 무는 법이다. 죽기를 각오한 자는 평소의 몇 배나 되는 힘과 용기를 낸다.

더구나 척후가 거론한 그 이름들은 하나같이 한때 강호에 쩡쩡 울리던 마두들의 것이었다.

오래전에 씻은 듯 사라졌던 자들이 오늘 한꺼번에 몰려 왔으니 흑룡장은 그동안 마각을 숨기고 있었던 셈이다.

그자들을 따라나온 마졸들의 머리수가 삼백이라고 한다. 마두들의 이름이 가지고 있는 무게감을 생각해 볼 때 삼백 마졸 또한 물컹거리는 자들이 아닐 것이다.

"이제 보니 흑안화룡 강동산이 꿍꿍이속을 품고 있던 흉물이었어."

흑룡장주 강동산은 강호에 널리 알려진 흑도의 고수였다. 백불산 기슭에 얌전히 엎드려만 있기에 패자의 꿈을 접고 여생을 조용히 지내려는 것인 줄 알았다.

그런데 오늘 쏟아져 나온 자들의 면면을 보니 그 흉심이 만만치 않았다는 게 느껴진다.

그래서 섭철곤은 어리둥절하다가 불끈 화가 솟구쳤다.

"이런 쥐새끼 같은 것들이 감히 천하를 속일 궁리를 하고 있었구나!"

단번에 짓밟아 버려서 아직도 어디에선가 헛된 꿈을 꾸고 있는 흑도의 무리들에게 경종을 울려줄 필요가 있다고 생각했다.

그동안 강호가 평화로운 걸 늘 한탄만 하고 있지 않았던가. 그런데 그 평화는 어쩌면 폭풍이 휘몰아치기 전의 고요함 같은 것에 불과했는지도 모른다.

그런 생각이 섭철곤을 흥분시켰다.

'머지않아 나의 날이 다시 돌아올지도 모른다.'

그와 같은 기대감 때문이다.

그들이 온다.

비록 깃발은 감추었지만 그들이 화천비룡대라는 걸 모르는 자는 없다.

갑주로 무장하고 천리준마에 올라탄 자들. 말에게도 흉갑을 씌워서 그 소리가 멀리까지 쩔그렁거리며 울렸다. 그래서 더 위협적이다.

정면에서 쏘는 화살은 말과 사람의 갑주를 뚫을 수 없다. 근접해서 벌이는 난전에서는 저 흉악하달 만큼 용맹한 자들

을 당할 수가 없다. 그러므로 화천비룡대는 무적의 기마대였
다.

비록 백 명이라고 하지만 그들의 위력은 능히 일천 명의 고
수를 압도하리라.

삐이익—

높은 호각 소리가 울렸다. 그러자 종대로 길게 늘어선 기마
무사들이 일제히 말안장에 걸어놓았던 장창을 꺼내 세웠다.

그대로 돌진해 들어올 것 같더니 이백 장 밖에서 멈추어 선
다.

한 뼘쯤 떠올라 있는 아침의 붉은 햇빛 아래 멀리서도 그들
의 황동 갑주와 장창이 거울처럼 번쩍거리는 게 보였다. 눈이
아프다.

"꿀꺽!"

곁에 있는 자가 마른침을 삼키는 소리.

최전방의 수비를 맡은 독안노룡(獨眼怒龍) 정령개(鄭嶺開)
의 얼굴에 그늘이 졌다.

주위를 둘러본다.

낮은 목책과 비스듬히 허공을 겨냥한 채 꽂혀 있는 죽창들.
말이 목책을 뛰어넘어 들어오지 못하도록 하는 마방창(馬防
槍)이다.

그 목책 안에서 창칼을 움켜쥐고 있는 삼백 명의 수하가 저
앞을 넋을 잃고 바라보고 있었다.

그곳, 아지랑이 아른거리는 황무지 건너에 줄지어 있는 일 백 기의 기마대는 움직임이 없다. 세워 들고 있는 장창이 튕 겨내는 햇빛의 반짝임이 눈을 찔렀다.

독안노룡 정령개의 하나뿐인 눈이 점점 더 깊고 어둡게 가 라앉아 갔다.

겁에 질려 있는 수하들의 마음이 무거운 바윗덩이가 되어 가슴을 답답하게 했다. 그들은 화천비룡대라는 이름만으로 도 벌써 전의를 잃고 있는 것이다.

하긴, 그놈들이 보여주었던 그 악귀 같은 전투력은 이미 전 설이 되어 있었다. 이차 정사대전의 대미를 장식했던 놈들인 것이다. 이십칠 년 전의 그 일은 아직까지도 공포가 되어 강 호인들의 머릿속에 박혀 있었다.

"우리는……."

독안노룡 정령개가 수하들을 둘러보며 어눌하게 말을 시 작했다.

"여기서 모두 죽는다."

"……."

말들이 없다. 무거운 침묵. 정령개의 외눈에서 지독한 빛 이 번쩍거리기 시작했다.

"살아도 더 이상 갈 곳은 없다. 지금의 강호는 우리를 용납 하지 않기 때문이다!"

지존보 탓이다. 조작량이 그렇게 만들었다. 굳이 그 말까지는 할 필요도 없다.

"우리는 다만 하고 싶은 대로 하며 살았을 뿐이다. 위엄과 체면 따위는 태어났을 때부터 개에게 던져 줘버렸다. 명예와 도덕심? 그것의 어디에 황금과 쾌락이 존재한단 말인가? 그래서 아낌없이 짓밟아 버렸다. 약탈하고 싶으면 했고, 죽이고 싶으면 죽였다. 그건 무얼 의미하는가?"

"자유요!"

누군가가 큰 소리로 외쳤다. 독안노룡 정령개의 외눈이 더욱 강렬하게 빛났다.

"그렇다! 자유다! 우리는 자유인이 되도록 태어났던 것이다. 무엇에도 제약을 받지 않았다. 양심의 구속으로부터도 자유로워질 수 있는 것. 그것이야말로 최고의 경지 아니더냐! 왜? 그것이야말로 신과 같아지는 것이기 때문이다. 그래서 우리는 기꺼이 칼끝에 목숨을 걸고 살았다. 모두가 신이 되기를 꿈꾸었기 때문에!"

"와아—"

갑작스런 함성이 삼산평(三山坪)을 뒤흔들었다. 의기양양한 얼굴로 그들을 바라보던 정령개가 다시 소리쳤다.

"세상은, 아니, 백도라고 우쭐대며 정인군자인 척하는 위선자들은 우리를 독사의 자식이라 욕했고, 마도(魔道)를 따르는 자들이라고 혐오했다. 그러면서 자신들은 고귀하고 올바른 영혼을 가진 것처럼 떠들었지만 하는 짓들을 봐라! 어디에 우리와 차이가 있더란 말이냐? 감추면 살인이 아니고, 드러나지 않으면 약탈이 아니더냐? 그들은 교묘하게도 정의라는 이름 뒤에 숨어서 했고, 우리는 당당하게 했을 뿐이다! 그래서 그들은 백도의 협사가 되었고 우리는 마도의 마졸이 되었다. 나도 그들처럼 숨어서 할걸, 하고 후회하느냐? 나는 내 인생을 조금도 후회하지 않는다!"

"와아—"

또다시 터져 나오는 함성. 삼산평이 우르르 울렸다.

한때 강호를 풍미했던 대악당. 마두로 낙인찍힌 독안노룡 정령개에게는 노룡조(怒龍爪)라는 끔찍한 무공만 있는 게 아니었다. 그의 웅변은 지극히 선동적이어서 모두를 들뜨게 했다.

정령개가 주먹을 불끈 쥐고 삼산평 저 건너에 아스라이 보이는 화천비룡대의 기마들을 향해 후려치며 소리쳤다.

"저놈들을 봐라! 정의의 첨병이라고 하는 저놈들의 꼴을 봐라! 저놈들이야말로 도살자들이다. 이미 오래전에 증명된 일 아니더냐? 마도를 몰아낸다는 명분 아래 수천, 수만의 인명을 찢어 죽이고 밟아 죽인 악귀 같은 놈들이다! 그놈들의 피를 물려받은 악귀들이다. 그 꼴을 하고 다시 우리를 죽이기 위해 찾아왔다!"

"와아—"

"싸우자!"

“악귀들에게 진짜 악귀가 누구인지 보여주자!”

함성 속에서 살기가 치솟았다. 조금 전까지도 두려움에 떨며 바라보던 눈길들 속에 증오와 원한이 이글거린다.

된 것이다.

잠잠해지기를 기다렸던 정령개가 다시 소리쳤다.

“죽음이 두려운 자는 떠나라! 그래서 영원히 저놈들의 눈치를 보며 쥐새끼처럼 음지에 숨어 살아라! 버러지처럼 땅속으로 기어들어 가라! 그렇지 않은 자들은 싸워라! 나는 죽음이 두렵지 않다! 목숨을 내던져 나의 자유를 이 세상에, 백도의 무리들 머릿속에 외칠 것이다! 나는 자유인이다! 마귀라고 부르는 세상의 말쯤은 기꺼이 들어줄 테다! 마귀! 마도! 그것이 나를 자유롭게 해준다면 바로 그것을 위해서 나는 오늘 싸울 것이다!”

“와아—”

“나는 자유인이다!”

“세상 놈들이 뭐라고 하든 상관없어!”

“우리의 힘을 보여주자!”

“나는 여기서 죽을 테다!”

“자랑스럽게 죽는다! 비겁하게 살지 않는다!”

“와아—”

그들의 함성이 삼산평을 뒤흔들고 더 멀리까지 퍼져 나갔다. 잠들어 있는 세상의 마성(魔性)을 향해서 이제 그만 눈을 뜨고 일어나라고 고함쳐 깨우는 것 같다.

멀리서 그 함성을 들은 전왕 섭철곤의 짙은 눈썹이 꿈틀, 했다.

"뭐냐?"

"놈들이 제법 전의를 불태우는 것 같습니다."

"그 이상인 것 같은데?"

"죽음을 앞에 둔 쥐새끼의 마지막 발악이겠지요."

"으음—"

섭철곤이 얼굴을 찌푸렸다. 좋지 않다는 생각이 든 것이다.

그는 싸움을 누구보다 잘 알고, 잘하는 사람이다. 달리 전왕(戰王)이라고 불리겠는가.

'무슨 일 때문인지 놈들의 사기가 한껏 올랐다.'

그 열기가, 전의가 고스란히 보이고 읽혔다.

이쪽은 일백 명. 화천비룡대의 기마 무사들이다. 질 리가 없다. 백 번 싸우면 백한 번 이긴다. 하지만 놈들의 사기가 저렇게 올라 있다면……

생각하던 섭철곤이 '으음' 하고 낮게 신음했다.

부하들이 입을 피해가 걱정되었던 것이다. 한 명의 손실도 없이 돌아가고 싶었다. 완벽한 승리로 자신의 위대함을 다시 한 번 세상에 알리고 싶었는데, 적의 사기가 저와 같다면 불가능해진다.

이긴다고 해도 이쪽의 피해가 크다면 그건 수치였다. 압승. 완벽한 승리. 전왕 섭철곤은 언제나 그것을 추구했고, 실패해 본 적이 없었다.

곁에서 그의 표정을 살피고 있던 류가 빙긋 웃고 말했다.

"나머지 한 자루의 검을 마저 내놓으실 때가 된 것 같군요."

"뭐라고?"

"저놈들의 고양된 사기가 마음에 걸리는 것 아닙니까?"

'이놈은?'

섭철곤이 번쩍이는 눈으로 류를 노려보았다.

무지막지하기만 한 줄 알았더니 상대의 마음을 꿰뚫어 보고 상황을 정확히 파악할 줄 아는 능력도 있는 놈 아닌가. 그게 그를 당황하게 했다.

"수만 명이 싸우는 전쟁이나 일 대 일로 싸우는 거나 결국 같다고 생각합니다. 적의 사기가 높으면 그것을 먼저 꺾어놓아야 합니다. 그런 다음에 싸우면 필승이지요."

"……."

"적의 사기를 꺾어놓지 못하면 이길 수 없거나, 이기더라도 힘든 싸움이 됩니다. 그러면 회복하는 데 많은 시간이 걸리겠지요. 그런 싸움은 피하는 게 상책입니다."

그래서 지금 이렇게 망설이는 것이 아니냐고 눈으로 묻는다.

섭철곤은 류에게 제 마음을 들키고 말았다는 노여움으로 불끈 오기가 솟구쳤다.

'한 번 더 시험해 본다.'

지그시 어금니를 악물더니 그렇게 작정했다.

삼산평 저쪽에 포진하고 있는 무리들의 반응을 떠보는 것이고, 류의 솜씨를 시험해 보려는 것이다.

류를 노려본 섭철곤이 한 손을 번쩍 들어 높이 휘둘렀다. 부장 곽기가 즉시 소리친다.

"전투 준비!"

쩔그렁, 쩔그렁—

갑주 흔들리는 요란한 소리가 울렸다. 말들이 땅을 긁으며 투레질을 하고, 마상의 무사들이 장창을 내려 들었다. 말과 사람이 동시에 흥분하여 거친 숨을 내쉰다.

류가 빙긋 웃고 말고삐를 바짝 조여 잡았다.

"돌격!"

"와아아아—"

곽기의 손짓이 앞을 가리키자 일백 명의 기마 무사가 일제히 외치며 말 배를 박찼다.

전마들이 맹수처럼 으르렁거리며 달려나간다. 지축이 뒤흔들리고, 자욱한 흙먼지가 피어올랐다. 그 속에서 번쩍이는 빛이 사방으로 뿌려진다.

"와아아아—"

두두두두—

함성과 철기의 우렁찬 말발굽 소리.

마치 천둥이 치듯 멀리서부터 쏟아져 들어오는 그 소리가 목책 안에서 들끓어 오르던 함성을 잠재웠다.

"온다! 전투 준비!"

독안노룡 정령개가 호령했다.

이제 사기가 한껏 치솟은 자들이었다. 마약에 취한 듯, 두려움은 환희와 충동으로 바뀌었다. 격정적인 전의(戰意)가 모두를 마취시킨 것이다.

처음 명령받았던 대로 각자의 우두머리를 따라 포진하고 궁수들은 활을 세워 들었다. 언제라도 돌격해 나갈 수 있도록 채비한 자들의 창검이 그들의 살기만큼이나 날카롭게 번쩍였다.

흔들림이 없다. 침묵 속에서 더욱 커지고 더욱 지독해진 전의가 보일 뿐이다.

요동치는 말 위에서 입을 꾹 다물고 내내 노려보던 섭철곤이 한 손을 번쩍 들었다. 급히 말고삐를 낚아챘다.

히히히힝—

그의 애마 흑룡탄이 놀란 듯 앞발을 높이 들고 울어댔다. 목책의 일백 장 앞까지 미친 듯 질주해 온 기마들이 일제히 멈추었다.

이쪽과 저쪽 사이에 시야를 가로막는 장애물은 아무것도

없다. 목책 건너에서 웅크리고 있는 자들과 흥분으로 이리저리 움직이는 전마들 위에서 고삐를 쥐고 있는 자들의 눈길이 똑바로 맞닿았다.

'이건 아니다.'

말 위에서 섭철곤은 그렇게 생각했다. 절로 눈살이 깊이 찌푸려진다.

이쪽에서 전의를 고스란히 드러내며 용맹하게 돌진해 들어가면 적의 두려움이 되살아날 것이라고 생각했다.

이백 장은 먼 거리다. 그곳에 있는 적을 바라보는 것과 일백 장 앞까지 질주해 오는 적을 바라보는 마음이 같을 수 없다.

그런데 목책 안에 감돌고 있는 긴장과 흥분은 오히려 더 커지고 격렬해져 있었다.

"어서 와. 자신이 있으면 목책을 뛰어넘어 봐. 네놈들의 목에는 칼이 꽂히지 않는 줄 아느냐?"

그렇게 비웃는 소리가 들리는 듯했다.

"으으음―"

섭철곤의 목 안 깊은 곳에서 침음성이 흘러나왔다.

그는 놈들이 달라졌다고 생각했다. 평화롭게 지냈던 지난 세월 동안 화천비룡대의 위세는 많이 약해졌고, 대신 마도 놈들의 기세는 슬금슬금 살아나고 있었던 것이다.

그가 이건 어려운 싸움이라고 생각할 때 류의 음성이 다시 들려왔다.

"어떻습니까? 이제는 그 품 안의 비검을 걸 때가 되지 않았습니까?"

"어떻게 할 생각이냐?"

"지금 가장 필요한 일을 해드리지요. 놈들의 사기를 꺾어 놓는 것 말입니다."

"실패하면?"

"저는 죽고, 천주께서는 다음을 기약하며 물러서면 그만이겠지요."

제 목숨을 마치 남의 것인 양 말하고 있다. 그런 류가 이상하다는 듯 노려보던 섭철곤이 낮고 무겁게 말했다.

"좋다. 걸지."

류가 과연 어떻게 할 것인지 지켜보는 일도 재미있을 것 같다는 생각이 들었다.

"하하하. 역시 부하들의 목숨보다 검 한 자루를 내놓는 게 훨씬 나은 일이지요. 현명한 판단을 하셨습니다."

유쾌하게 웃은 류가 말에서 내렸다. 가볍게 목을 움직이고 어깨와 허리를 비틀더니 터벅터벅 자갈밭 황무지를 걸어나간다.

第十二章

전사(戰士)
혹은 사신(死神)

第十二章

"저건 뭐야?"

눈을 부릅뜨고 적의 움직임을 관찰하던 정령개가 의아한 얼굴로 옆을 돌아보았다.

그의 부장이 되어서 오늘의 싸움에 나선 유성추혼(流星追魂) 강화상도 머리를 갸웃거렸다.

"사자로 오는 놈일까요?"

"백색 깃발도 안 들고?"

"보십시오. 비무장 아닙니까?"

"으음—"

이런 일은 없었다. 언제 화천비룡대가 사자(使者)를 보내고 싸움을 시작했던가. 나타났다 싶은 순간 태풍처럼 쏟아져 들어와 한바탕 아수라장을 만들어놓고 바람처럼 사라졌던 자들이다.

그런데 저놈은 뭐란 말인가?

"설마 항복을 권하려는 건 아니겠지요?"

강화상이 의심스럽다는 듯 말했다. 정령개에게도 그런 생각이 든다.

"놈이 교활한 언변으로 우리의 사기를 흔들어놓을까?"

"그럴 겁니다. 화천비룡대가 많이 영리해졌군요."

"그렇다면 저놈들 속에 전왕 섭철곤이 없다는 얘기겠지."

아무리 안력이 뛰어난 사람이라 해도 똑같은 투구와 갑주로 몸을 가린 자들을 일백 장의 거리 밖에서 구분해 볼 수는 없는 일이다.

게다가 깃발도 없지 않은가.

정령개의 말투에 기쁨이 깃들었듯, 강화상의 얼굴도 그랬다. 그가 한층 밝아진 음성으로 대꾸했다.

"그렇겠지요. 그가 왔다면 벌써 싸움을 시작했을 테니까요."

그게 섭철곤의 취향이었다.

죽거나 죽일 뿐이다. 자질구레한 언쟁이나 절차 따위는 귀찮다. 그래서 그는 벼락이 되어 들이쳤고, 언제나 이겼다. 상대의 변명이나 싸움의 변 따위는 무시했다.

언제 그가 한 번이라도 말로 설득해서 항복을 받아내려는 노력을 기울여 본 적이 있던가.

싸움에 임하면 그렇게 무지막지해지는 자가 바로 그였다. 그리고 그는 언제나 죽는 자가 아니라 죽이는 자의 위치에 서 있었다.

전왕 섭철곤의 이름이 세상의 두려움이 된 이유다.

그런데 갑주도 입지 않은 비무장의 새파란 애송이를 덜렁 내보내다니.

이해할 수 없는 일이었다. 한편으로는 섭철곤이 직접 오지 않았다는 믿음이 들어서 마음이 놓이기도 한다.

"어떻게 할까요?"

강화상의 재촉에 잠시 생각하던 정령개가 단호하게 말했다.

"궁수를 대기시켜라. 내가 신호하면 바로 쏴 죽여 버려."

"존명!"

강화상이 바삐 뒤쪽으로 물러가고 그 자리를 독두개(禿頭丐) 문천상(文天尙)이 대신했다.

그는 개방의 장로였다가 십여 년 전 강호의 혈겁에 연루된 탓에 파문당하고 마도의 인물로 낙인찍혀 도망 다니던 자다.

어디에도 몸 붙이고 살 곳이 없게 되자 제 발로 흑룡장에 찾아와 식객이 되었다. 그리고 오늘의 싸움에 자원해 나선 것이다.

“대장, 저 애송이가 담이 작지 않은걸?”

입에서 술 냄새가 풀풀 난다.

언제나 술에 절어서 사는 비렁뱅이. 하지만 강호에서 독두개 문천상을 무시하는 자는 없다.

“문 형, 다행히도 섭철곤이 오지 않은 모양이오. 그렇다면 문 형도 마음껏 그동안의 울분을 풀 수 있게 될 테지. 문 형의 활약을 기대해 보겠소.”

“히히, 그러잖아도 몸뚱이에 곰팡이가 필 지경이었다오. 이왕이면 전왕이라는 그자를 상대해 보고 싶었는데 아쉽군.”

“전왕을?”

“섭철곤이 뭐 대단하겠어? 그도 이제는 늙어서 기력이 달려 밤을 무서워할 텐데 말이야.”

정령개가 빙긋 웃고 눈길을 돌렸다.

그사이 류는 이십여 장 밖에 와 있었다. 더 다가오지 않고 우뚝 서서 소리친다.

“어이, 거기에도 사람이 있나?”

“저런 발칙한 놈이!”

류의 고함 소리를 들은 정령개가 발끈했다.

류가 다시 소리친다.

“개구멍 뒤에 숨어서 꼬리를 말고 눈치만 보는 개새끼들뿐이로구나?”

목책 틈으로 바라보던 자들이 웅성거렸다.

저쪽, 활에 살을 먹인 채 바라보는 궁수를 향해 정령개가 가만히 고개를 가로저었다. 도대체 저놈의 의도가 무엇인지 좀 더 두고 보자는 것이다.

"나는 말이다, 그동안 너무 심심했거든. 그래서 몸을 좀 풀어보려고 왔는데 개도 좋고 소도 좋다. 아무거나 나와서 나를 좀 귀찮게 해봐!"

싸움을 걸고 있는 것이다. 항복을 권하러 온 논객쯤으로 생각했던 자신이 우스워져서 정령개가 풀썩 웃었다.

"별 거지 같은 놈을 다 보겠군."

"거지? 아니, 대장, 지금 나를 욕한 거요? 아니다. 사실 나는 거지니 욕도 아니네."

독두개 문천상이 실없는 소리로 무리를 웃겼다.

긴장했던 분위기가 가라앉으며 느긋해진다.

화천비룡대에 전왕 섭철곤이 없고, 저런 애송이를 보내 싸움을 걸어올 만큼 어설프다는 게 안심이 되었던 것이다.

"화천비룡대도 옛날의 화천비룡대가 아니야. 세월은 모든 걸 녹슬게 하게 마련이지. 저놈들도 그렇게 된 거야."

"대장, 어떻게 할까? 저 애송이가 많이 심심했던 모양인데?"

"문 형, 설마 형이 나서겠다는 건 아니겠지?"

"내가 그래도 낯짝의 위엄이 있지, 커흠. 그동안 내가 얻어먹은 밥그릇만 해도 저놈이 눈 똥보다 많을 거야."

무슨 말을 하려는 건지 짐작이 간다. 정령개가 빙긋 웃었다.

"하지만 말이지, 심심한 거, 그건 정말 사람 잡는 일이거든."

먹을 것 앞에서는 위아래도, 체면도 가리지 않는 문천상이었다. 저 앞의 애송이를 보자 먹을 걸로 착각한 건지도 모른다고 생각한 정령개가 눈살을 찌푸렸다.

문천상이 비굴한 얼굴로 실실 웃으며 손을 싹싹 비볐다.

"대장, 저놈이 얼마나 심심했으면 저렇게 죽여달라고 애원을 하겠어? 그래서 말인데, 나라도 나가서……."

"거기, 누가 저 아이의 목을 가져올 테냐?"

정령개가 문천상의 말은 들은 척도 하지 않고 뒤돌아보며 소리쳤다.

"제가 합지요!"

즉각 소리치며 기세등등하게 나선 자는 삼십대의 장한이었다. 쭉 찢어진 눈에 매부리코, 광대뼈가 두드러지고 깡마른 몸집을 한 자다.

강호에서 제법 칼밥을 먹었고, 흉악하기로 이름을 얻은 자였다.

"아니, 대장. 내 말은 말이지, 그러니까 내가……."

문천상이 붙잡는 옷소매를 뿌리친 정령개가 그 장한에게 턱짓을 했다.

"그래, 요팔주 너라면 적당하겠지. 가서 해치워라."

"옙!"

우렁차게 복명한 요팔주(遙八走)가 제 경신법을 자랑이라도 하듯 어깨를 한 번 움찔하더니 단번에 목책을 뛰어넘어 밖으로 훌훌 날아갔다.

그는 경공신법의 재간이 특출하고 검법에도 조예가 깊은 자다.

'요팔주에게 걸렸으니 저 애송이는 도망칠 수도 없을 것이다.'

정령개의 입가에 미소가 떠올랐다.

단번에 처치해 버리고 그 목을 화천비룡대에게 힘껏 던져 준다면 거만을 떨고 있는 저놈들의 사기를 떨어뜨릴 수 있으리라는 계산도 섰다.

문천상이 곁에서 무어라고 계속 구시렁거렸지만 정령개는 들은 척도 하지 않았다. 목책 밖의 상황이 어떻게 될지 궁금하기만 하다.

요팔주가 멋지게 공중제비를 돌아 목책 밖에 내려서더니 쏜살같이 내달려 류 앞에 우뚝 섰다. 과연 한 가닥 질풍이 불어닥친 듯한 경공신법이었다.

"이 형님은 요팔주라고 한다. 들어보았겠지?"

류가 힐끔 그를 훔쳐보고는 외면한 채 먼 산만 바라보았다.

비위가 상한다. 그래서 요팔주가 신경질적으로 검을 뽑아

들었다.

"뒈질 땐 뒈지더라도 통성명을 하는 게 예의라는 거다."

류가 여전히 딴청을 부리며 입을 달싹였다. 속삭이듯 낮은 음성이다.

"류."

"류?"

"내 이름이다. 똑똑히 기억해 둬."

들어본 적도 없다. 요팔주는 이 애송이가 미친 게 틀림없다고 생각했다.

흐흐흐, 하고 낮게 음소를 흘린 그가 성큼 다가섰다. 미친 개에게는 몽둥이가 약이듯이, 미친 애송이에게는 차가운 쇠붙이가 약이다.

'단번에.'

마음을 정한 요팔주가 '이얍!' 하는 날카로운 기합성과 함께 대뜸 자신의 성명절기인 팔비검(八飛劍)을 펼쳐 매섭게 찔러갔다.

쉬잉, 하는 쇳소리가 들렸을 때 검끝이 부르르 떨리며 인후를 노린다.

영사토신(靈蛇吐信)이라는 초식을 능숙하게 구사하는 것이 제법 검법에 조예가 깊은 자라는 걸 한눈에 알아볼 수 있었다.

'단번에.'

류도 마음속으로 이미 그렇게 작정하고 있던 터였다. 그래서 방심한 듯 보이며 그의 검격을 이끌어냈던 것이다.

거기에 요팔주가 걸려들었다.

쉿! 하고 류가 격하게 숨을 뱉어냈다. 그리고 움직였다. 검봉이 목젖과 두어 치의 사이를 두고 찔러 들어왔을 때다.

부드러울 때는 솜털 같고, 나긋나긋할 때는 늘어진 비단실 같지만, 격렬할 때는 도약하는 호랑이 같고, 빠를 때는 뇌전이 번쩍이는 것 같은 류의 움직임이다.

그는 언제나 그 네 가지, 유(柔)와 면(綿), 한(悍)과 쾌(快)의 비결에 충실했다.

류의 비틀린 몸이 간발의 차이로 으스스한 검광을 흘려보내며 요팔주의 가슴에 달라붙었다.

쿵!

그의 어깨에 부딪힌 순간, 요팔주는 눈을 부릅떴다. 류의 목 뒤로 흘러가 버린 검을 끌어들일 새도 없다. 가슴에 파고드는 묵직하고 답답한 기운에 기혈이 콱 막혀 버렸던 것이다.

요팔주의 숨이 목구멍에서 멈추었다. 그리고 비틀었던 몸을 풀며 그 탄력을 실어 휘두른 류의 팔꿈치에 관자놀이를 찍히고 말았다.

철썩!

"끄으으—"

젖은 호박이 깨지는 듯한 축축한 격타음과 억눌린 신음성이 동시에 흘러나왔다.

요팔주가 검을 떨어뜨린 채 천천히 주저앉았다. 엉덩방아를 찧고, 풀썩 무너져 등짝이 꺾인 것처럼 땅에 닿는다. 그의 칠공(七孔)에서 비로소 천천히 맑은 피가 흘러나왔다.

"엇!"

"저런!"

느긋하게 지켜보던 정령개와 문천상이 동시에 놀란 외침을 터뜨렸다.

순식간에 벌어진 일이라 무엇이 어떻게 된 건지 잠시 어리둥절했다.

요팔주가 매섭게 검을 내뻗었고, 애송이가 휘청거렸다. 요팔주의 재빠른 검격에 여지없이 찔린 것으로 보였다. 그것뿐이다.

그런데 애송이는 태연히 서 있고 요팔주는 칠공에서 피를 흘리며 쓰러져 꼼짝하지 않는다.

"사술(邪術)?"

그렇게밖에는 여겨지지 않았다.

멍해서 바라보는데, 손바닥을 툭툭 턴 류가 다시 소리쳤다.

"이것밖에 안 되나? 제법 이름있는 마두들이 죄다 모였다던데 이래서는 영 실망인걸?"

"저놈!"

정령개가 비로소 정신을 차리고 이를 부드득 갈았다.

독두개 문천상은 여전히 알 수 없다는 듯 제 머리통을 툭툭 두드리며 오만상을 찡그리고 있었다. 무엇을 필사적으로 생각하고 있는데, 머릿속에 떠오를 듯 말 듯해서 애를 태우고 있는 것 같다.

"백무향!"

정령개가 신경질적으로 한 사람을 불렀다. 깃발에 당당히 제 이름을 내걸었던 자, 혈수병마(血手病魔) 백무향(白無香)이 미끄러지듯 다가왔다.

"나가라! 가서 저 어린놈의 머리통을 가져와!"

혈수병마 백무향이 내키지 않는 얼굴을 했다. 자신의 명성이 이미 천하에 알려진 지 오래인데, 저런 애송이를 상대해야 하는 신세가 되었으니 스스로 한심해진 모양이다.

마도의 거물 중 한 명으로 언제나 꼽히는 그였다. 하지만 명령에 따르지 않을 수 없다.

억울함을 분노에 실어 저 애송이에게 마음껏 풀어버리리라고 작정한 백무향이 정령개에게 포권하고 돌아서서 소리쳤다.

"문을 열어!"

빗장이 벗겨지고, 굳게 닫혔던 목책의 문이 삐거덕거리며 열렸다.

무심히 바라보는 류의 눈에 병색이 깃든 얼굴을 한 중년의 사내가 천천히 걸어나오는 게 보였다.

낡은 검을 끈에 묶어서 무성의하게 질질 끌고 있다. 걸을 때마다 그것이 덜커덕거리며 뒤따르고, 사내는 음울하고 어두운 눈길을 제 발 끝에 두고 있었다.

마치 강아지 한 마리를 끌고 산책을 나온 병자 같은 모습.

특이하다. 그리고 음습하다.

'이놈은 별종인걸?'

류가 가만히 그런 백무향을 살펴보며 속으로 중얼거렸다. 풍기는 분위기가 퇴폐적인 것이, 삶에 염증을 느끼고 하루하루를 고통스럽게 살고 있는 자 같았다.

"나는 백무향이다. 사람들이 혈수병마라고 부르지. 하지만 그런 것 따위는 잊어도 좋아."

"나는 류라고 한다."

"류?"

"그렇다."

"별호는?"

"나를 아는 친구들이 뒷전에서 독갈자라고 부르는 모양이더군."

"독갈자라……. 독전갈이란 말이지?"

혈수병마 백무향이 머리를 갸웃거렸다. 그리고 허무를 느끼게 하는 웃음을 흘린다.

"그래, 별호만으로 보면 너는 오히려 우리와 어울려야 할 자인 것 같구나."

"아무려면 어때? 어디에 있든 나는 그저 나일 뿐이다."

"좋아, 좋아, 썩 마음에 드는 꼬마로구나. 그런데 과연 네가 네 별호처럼 그렇게 독하고 사악한 놈일까?"

"나는 아직 부족하다고 생각해."

"응?"

"독전갈 따위로는 내가 얼마나 지독한 놈인지 나타낼 수 없다는 거지."

번쩍!

혈수병마 백무향의 칙칙하게 가라앉았던 눈에서 광망(光芒)이 쏟아졌다.

그리고 그 순간 류의 신형이 눈앞에서 픽! 하고 꺼졌다.

아니, 그렇게 느껴졌다.

'빠르다!'

백무향의 등줄기에 벼락같은 전류가 흘렀다.

꽝!

"크윽!"

격한 타격음과 충격.

마치 지인(知人)들인 것처럼 마주 서서 조용조용하게 이야기하던 류가 아무런 예고도 없이 갑작스럽게 움직여 선공을 해버렸던 것이다.

백무향의 반사신경이 최고조로 발휘되고, 그가 눈부시게

몸을 비끼며 한 손을 들어 막았지만 류의 주먹이 가져온 충격파는 고스란히 가슴으로 감당할 수밖에 없었다.

"억!"

목책 안에서 정령개와 문천상이 동시에 놀란 비명을 터뜨렸을 때 백무향은 비틀거리며 연신 물러서고 있었다. 적지 않은 충격을 받은 게 틀림없어 보인다.

"저 교활한 놈!"

정령개가 분노로 치를 떨었다.

우뚝 서 있는 류는 빙글빙글 웃고 있었다. 백무향을 가리키며 느긋하게 말한다.

"그냥 자결을 해라. 그게 고통없이 네 몸뚱이와 이별하는 일이 될 것 같다."

백무향이 울컥 한 모금의 선혈을 토해내고 몇 번 기침을 하더니 힘이 하나도 실려 있지 않은 음성으로 대꾸했다.

"나도 이 몸뚱이가 귀찮아. 지긋지긋하다. 그런데 그럴 수가 없어."

"어째서?"

"이 검이라는 놈이 내 목숨을 원치 않거든. 아마 이놈도 내 목숨이 더러운 걸 알고 피하고 싶은가 봐?"

'역시 특이한 놈이야.'

류가 내심 머리를 끄덕였다.

기습적인 자신의 일격을 훌륭하게 막아냈고, 그 충격이 대단했을 텐데도 감당해 냈다. 아직 여유를 잃지 않았을 만큼 정신적으로도 단단하다.

백무향이 류를 마주 보며 소리없이 웃었다.

두 사람은 그 순간 서로 무언가 끌리는 걸 느꼈다. 묘한 상황에서 갑자기 찾아든 뜬금없는 감정이다.

천천히 줄을 당겨 검을 끌어올린 백무향이 그것을 뽑았다. 칙칙한 빛이 햇빛을 빨아들이며 뽑혀 나온다.

군데군데 녹이 슬어 있고, 시커멓게 찌든 피가 때처럼 달라붙어 있는 삼 척 장검이었다.

검집을 아무렇게나 팽개쳐 버린 백무향이 손가락으로 검신을 튕겼다. 땅! 하는 낭랑한 검명이 오래도록 울린다.

"그동안 이놈은 서른다섯 명의 피를 빨아들였다. 하나같이 고수 아닌 자들이 없었지. 그래서 스스로 영성을 갖게 된 요물이야."

"생각보다 적군."

"시시한 놈은 안 죽여. 하지만 너는 시시한 놈이 아니구나."

"영광이군."

"그런데 빠른 것뿐이냐? 다른 건 없어?"

"직접 알아봐."

"그래야겠지?"

류와 백무향이 다시 서로를 마주 보며 빙긋 웃었다. 어디에서도 적의가 엿보이지 않는다. 이 상황을 모르는 자가 보았다면 아주 가까운 친구라고 여겼을 것이다. 넘치는 반가움을 그렇게 미소로 나누는 것이라며 부러워했을지도 모른다.

하지만 그런 착각은 눈 깜짝할 사이에 깨져 버렸다.

쉬잇!

짧고 예리한 파공성이 귓전에 울렸다.

이번에는 백무향이 한줄기 소리없는 바람이 되었다.

마음속으로 단단히 대비하고 있었지만 깜짝 놀랐을 만큼 가볍고 은밀하며 치밀한 검격이다.

류의 옷소매가 펄럭였다.

한 걸음 물러서며 팔을 벌려 앞을 가리고, 두 걸음 물러서며 다리를 경중 들어 보법을 숨겼다.

세 걸음째에는 두 팔이 부드럽게 허공을 쓸고, 그 소매 그림자가 하늘을 가렸다.

춤을 추듯이, 조금 전의 맹렬함은 다른 사람의 것이었다는 듯이, 장님이 조심스럽게 발을 내딛는 것처럼, 부끄럼 많은 아가씨가 병사들 앞을 지나가는 것처럼.

류는 그렇게 가볍고 우아하게 움직였다. 주저하는 듯하다가 과감히 내딛는 발걸음을 따라 몸이 앞으로 뒤로 흔들렸다. 그러면 약속이라도 한 듯 그 사이사이로 거무튀튀한 검광이 시잇― 하는 바람 소리를 내며 훑고 지나갔다.

류의 움직임에는 법칙이 없고 격식이 없었다. 틀이 없으니 형체가 없다.

그래서 혈수병마 백무향은 당황했다. 나오고 물러서는 방향을 예측할 수 없고, 어느 것이 수비이고 어느 것이 꾐수인지 분간할 수 없었기 때문이다.

"대단하다!"

그가 처음으로 버럭 소리쳤다. 이제는 어디에도 세파에 찌든 염세적인 얼굴을 찾아볼 수 없었다. 번쩍이는 눈에 신광이 이글거리고, 악문 이사이로 낮고 격한 숨결만 새 나온다.

싯, 싯, 싯!

그의 철검이 짧고 빠르게 세 번을 무찔러 들어왔다.

허초와 실초를 구분하겠다는 욕심을 버리고 무엇이 되었든 일검에 찌르고 갈라 버리겠다는 투지가 충만한 검격이었다.

"당신도 과연 대단하군!"

류도 큰 소리로 칭찬해 주었다. 그가 여태까지 겪어보았던 그 어떤 검객보다도 혈수병마 백무향의 검법은 기오막측했던 것이다.

마기(魔氣)는 어디에도 없다. 치밀한 살기와 엄숙해서 비장하기까지 한 투지가 있을 뿐이다.

정종 검법의 웅장한 기세마저 느껴지는 것이어서 류는 이자가 과연 마두란 말인가? 하는 의문마저 느꼈다.

쉿!

다시 짧은 파공성. 그리고 목덜미를 핥듯이 아슬아슬하게 스쳐 가는 서늘한 검의 기운.

류는 번쩍, 정신을 차렸다. 다른 생각을 할 겨를이 없었다. 아차, 하는 사이에 목숨을 잃을 수도 있다는 위기감이 느껴진다.

다시 두 걸음을 더 물러서며 가까스로 거리를 벌린 류가 천천히, 그러나 치밀하게 두 팔을 휘저었다.

구양진결 속의 유허비결을 운용하자 사방의 기운이 스스로 빨려들었다. 자신의 기운을 감추고 상대의 기운을 빨아들이니 류와 백무향 사이에 밤하늘처럼 어둡고 깊은 공간이 생겼다. 함정이다.

"이건?"

백무향이 당황한 신음을 흘렸다. 그의 눈길이 사뭇 흔들렸다. 류가 갑자기 펼쳐 놓은 천라지망과도 같은 허무의 공간을 느끼고 경악한 것이다.

"이건 바로 그……."

류의 손이 휘젓는 범위가 점점 넓어지고, 그에 비례해서 암흑의 텅 빈 공간이 더욱 크고 깊어질수록 백무향의 놀람도 커졌다.

그가 입을 딱 벌리고 눈을 부릅뜬 채 무언가 말하려고 했다. 하지만 무섭게 가슴을 압박해 오는 기의 파동 때문에 한 마디도 하지 못했다. 숨이 콱 막힌다.

파라락!

어둠 속에서 불쑥 깃발을 맹렬히 휘두르는 듯한 날카로운 소리가 터져 나왔다.

류의 솔각(摔脚)이다.

벼락처럼 내뻗은 손이 구양진결 속의 찰(紮)의 비결로 단번에 백무향의 머리카락을 움켜잡았다. 그것을 힘껏 당기며 무릎을 쳐 올린다.

다른 한 손은 랍(拉)의 비결로 백무향의 오른쪽 빗장뼈를 꽉 움켜쥐었다. 돌멩이를 으스러뜨리는 손아귀 힘 아니던가.

뿌드득, 하는 소리를 내며 먼저 백무향의 빗장뼈가 박살 났고, 그는 더 이상 검을 들고 있지 못했다.

쩔그렁.

고수 서른다섯 명의 피를 빨아들였다는 그것이 땅에 떨어졌다.

빡!

동시에 터져 나오는 끔찍한 격타음.

백무향의 얼굴이 무른 진흙처럼 으깨졌다.

"끄으으—"

애처로운 신음을 흘리며 그가 뒤로 넘어갔다. 빠르게 생기를 잃어가는 두 눈이 필사적으로 류를 붙들고 있었다. 놀람과 의아함이 가득한 눈이다.

"너, 너, 그것, 그것은……."

부들부들 떨리는 손을 들어 류를 가리키며 무엇이라고 말하려 안간힘을 썼으나 그는 기어이 한마디도 더 말하지 못한 채 허물어지고 말았다.

세 걸음을 휘청거리며 물러나다가 그대로 처박혀 버린 것이다.

몇 번 꿈틀거리더니 잠잠해진다.

'이상하다?'

류의 얼굴에 의혹이 서렸다.

그의 손속은 잔인하고 무정하다. 한 번 손을 쓰면 인정사정이 없다. 지금처럼 그렇게 상대를 깨뜨리고 나면 폭발적인 힘의 통쾌함을 느끼곤 했는데, 이번에는 백무향의 마지막 눈길이, 중얼거림이 뒤통수를 잡아당기는 것 같았다. 그래서 무언가 빠뜨린 것처럼 찜찜했다.

'저자는 대체 나의 무엇을 보았던 것일까? 어떤 말을 하려고 했을까?'

그를 너무 급히 부수어 버렸다는 후회가 들었다.

하지만 잊어야 한다.

"우와아악!"

절규처럼 소리치며 훌훌 목책을 뛰어넘어 달려오는 몇 놈이 있었기 때문이다.

"기다려!"

당황한 정령개가 목책 위로 몸을 드러내며 손을 내저었지만 그자들은 이미 류를 향해 돌진해 가고 있었다.

"이 죽일 놈!"

"사지를 찢어버리고 말 테다!"

"네가 감히 백 형제를 죽이다니!"

세 마디의 비명 같은 고함 소리가 동시에 들려왔다.

류는 아직도 백무향이 남겨놓고 간 여운에 휩싸여 있는 중이었다. 머릿속에 의문이 가득해서 멍하다. 그런 얼굴과 눈으로 악귀처럼 달려드는 세 놈을 물끄러미 바라보았다.

귀염철필(鬼念鐵筆) 왕상(王常)이 가장 먼저 달려들었다.

이를 악문 채 핏발 선 눈으로 노려보며 한 쌍의 판관필(判官筆)을 휘둘러 무시무시하게 찌르고 후려쳐 왔다.

퍼뜩 정신을 차린 류가 급히 몸을 기울이며 미끄러지듯 옆으로 물러섰다. 그 자리를 노리고 있었던 듯 이번에는 귀령마도(鬼靈魔刀) 왕렴(王濂)이 새파란 살기를 뿜어내는 안령도를 벼락처럼 휘둘러 류의 허리를 찍었다.

싯! 하고 바람을 가르는 소리가 있을 뿐, 숨소리마저 억눌러 삼킨 무시무시한 일격이었다.

놀란 류가 메뚜기처럼 펄쩍 뛰어 허공으로 솟구쳐 올랐다. 기다리고 있었다는 듯 좌라락, 하고 철삭(鐵索) 풀리는 소리가 뒤따랐다.

이번에는 사인혈겸(死引血鎌) 장취모(張聚毛)다.

길고 가느다란 쇠줄에 매달린 초승달 같은 낫이 류의 등을 찍을 듯 쇄도했다.

더 이상 어디로도 피할 수 없을 만큼 꼼짝없이 걸려든 위태로운 순간이었다.

누가 봐도 류는 그들 세 사람의 손에 찢기고 조각나 피와 살을 허공에 뿌려댈 것만 같았다.

第十三章

흑룡장(黑龍莊)의
혈겁(血劫)

第十三章

　류가 둥글게 몸을 접었다. 피할 수 없으니 내 몸을 방패로 삼겠다는 것이다.

　픽!

　혈겸이 그의 왼쪽 어깨 어림에 꽂혔다. 그리고 류가 몸을 비틀었다.

　번쩍, 하는 차가운 빛이 허공을 짧게 갈랐고, 땅! 하는 경쾌한 소리가 났다.

　혈겸에 이어져 있는 철삭이 새끼줄처럼 잘려 떨어질 때 류는 장취모의 면전에 내려섰다.

　장취모가 허전해진 손을 들고 주춤거렸다. 왜 자신의 철삭이 맥없이 잘려 떨어진 건지 아직 이해하기 전이다.

그는 코앞으로 밀려드는 한줄기 싸늘한 빛을 보았다. 온몸이 그것에 사로잡혀 꼼짝할 수가 없다.

대체 저게 뭐지? 하는 생각이 순간적으로 머릿속을 스쳐 갔고, 그의 목이 허공으로 둥실 떠올랐다.

빙글 돌아선 류가 뒤에서 소리도 없이 찍어오는 귀령마도 왕령의 칼을 정면으로 보았다.

번쩍!

다시 한 차례 싸늘한 빛이 뻗어나갔다.

땅!

높고 경쾌한 소리.

"억!"

왕령이 크게 놀라 멈추었다. 자신의 칼이, 일평생 함께해오며 수많은 싸움을 했어도 이 하나 빠지지 않았던 그것이 두 동강이 되어 따로 떨어지는 걸 본다.

그리고 뇌전처럼 박혀오는 빛.

왕령의 온몸이 그물에라도 걸린 것처럼 그 빛에 휩싸였다. 그런 생각이 스쳐 간 것이다. 그리고 가슴이 길게 벌어진 채 우두커니 서 있었다.

'대체 뭐지?

무엇이 그렇게 했는지 알 수가 없다.

류는 질풍처럼 맹렬하게 귀염철필 왕상에게로 부딪쳐 가

고 있었다.

급하게 숨 한 번 들이켰을 만한 시간밖에 지나지 않았다.

어깨를 떠난 장취모의 목이 아직 허공에 걸려 있고, 왕령의 잘려진 칼이 아직 머리 위에 반짝이며 떠 있다.

그리고 그 짧은 시간에 귀염철필 왕상은 무언가 일이 잘못되었다는 걸 깨달았다.

"으얍!"

퍼뜩 정신을 차린 그가 우렁차게 외치며 철필을 휘둘러 몸을 가렸다.

쌍룡퇴운(雙龍退雲)이라는 수법으로, 그만의 구명절초(求命絶招)다.

두 자루의 철필이 각기 다른 원을 그리며 그의 온몸을 단단한 철갑으로 가두듯 보호했다.

바람 한줄기 스며들지 못할 듯한 엄밀한 수비벽. 그것을 싸늘하고 창백한 빛 한줄기가 가볍게 긋는다.

따당!

두 번의 쇳소리가 동시에 터져 나왔다. 그리고 동강 난 철편 두 토막이 각기 다른 방향으로 난다.

"흡!"

왕상이 급히 숨을 멈추었다. 가슴으로 서늘하게 밀려드는 한줄기 예리한 기운을 막을 수도 피할 수도 없었다. 절망이다.

파아아—

그때 비로소 저쪽에 우두커니 서 있던 두 사람, 장취모의 밋밋해진 어깨 복판에서, 그리고 입을 크게 벌리고 있는 듯한 귀령마도 왕령의 가슴에서 피분수가 솟구쳐 나왔다.

그것이 하늘을 붉게 뒤덮을 때, 귀염철필 왕상도 제 가슴 깊이 빠져드는 그 빛을 보았다.

그것이 한 자루의 짧은 단검이라는 걸 언뜻 알아본다.

류가 훌쩍 뛰어 물러섰을 때, 그들 세 사람은 동시에 쓰러졌다.

"저, 저, 저것!"

"으헉!"

목책 위에 몸을 온통 드러낸 채 넋을 잃고 그 광경을 보던 독안노룡 정령개와 독두개 문천상, 그리고 유성추혼 강화상이 모두 쇳소리 같은 비명을 터뜨렸다.

세 명의 고수가 분노하여 목책 밖으로 뛰쳐나갔고, 호흡을 한 번 바꿀 만한 시간밖에 지나지 않았는데 모두 불귀의 객이 되어 차가운 땅 위에 처박혔다.

이름조차 알 수 없는 젊은 놈은……

몇 번 비틀거리더니 신형을 곧게 세우고 꿋꿋하게 섰다. 한 손을 뒤로 돌려 어깨에 꽂혀 있는 혈겸을 선뜻 뽑아낸다. 솟구치는 핏줄기.

강호의 숱한 기병(奇兵) 중 일절로 꼽히는 장취모의 사슬낫은 저 애송이의 가죽을 찢고 살에 흠집을 냈을 뿐 목숨을 빼앗지 못했다.

다섯 명의 흑도 고수가 모두 순식간에 당했다. 그 사실을 받아들이기에는 너무 짧은 시간이었고, 너무 어처구니없는 상대였다.

두두두두—

갑자기 대지를 두드리며 큰 북소리처럼 들려오는 말발굽 소리.

바로 이때라는 듯, 이백 장 밖에서 꼼짝하지 않고 있던 일백 기의 기마대가 눈사태가 쏟아지는 것처럼 달려오고 있었다.

목책 안의 무리들은 아직 달아난 넋을 반도 되찾지 못했다.

그들의 눈에 미련없이 돌아서는 류의 뒷모습이 보였다. 그와 부딪칠 듯 달려들더니 그를 스쳐 밀려오고 있는 일백 기마의 모습이 커다랗게 보인다.

두두두두—

가슴을 두드려 대는 말발굽 소리와 쩔그렁거리는 갑주 소리, 그리고 눈을 찌르는 장창의 번쩍이는 빛. 구름처럼 자욱하게 피어올라 하늘을 누렇게 가린 흙먼지.

그것들이 모두 꿈속의 일인 것처럼 풀어져 보였다.

"전왕 섭철곤……."

독안노룡 정령개가 헛소리처럼 중얼거렸다.

비로소 본 것이다.

"그가 왔다!"

독두개 문천상이 미친 듯이 소리쳤다.

"전왕 섭철곤이다!"

누군가의 외침이 그대로 공포가 되어 목책 안에 내리 덮였다.

하늘을 찌를 듯 올랐던 사기는 어디로 사라졌는지 흔적조차 없었다. 류가 다섯 명의 고수를 눈앞에서 격파해 버렸을 때 그들은 정령개의 비분강개한 웅변의 감동을 모두 잊었다.

끔찍한 죽음의 공포가 조금씩 찾아들었던 것이다.

그리고 지금, 화천비룡대의 전마들이 코앞에 들이닥쳤고, 그 속에 전왕 섭철곤이 있다는 걸 알았다.

"한 놈도 살려두지 마라!"

마상에서 버럭 외친 섭철곤이 안장을 걷어차고 신형을 뽑아 올렸다.

그의 손에는 그의 상징이나 다름없는 커다란 칼, 화천대도(華天大刀)가 들려 있었다.

허공에서 크게 한 번 휘두르자 목책 밖으로 빼곡하게 솟아나와 있는 마방창(馬防槍)들이 뭉텅 잘려 떨어졌다. 그것을 딛고 선 전왕이 횃불을 토해내는 듯한 눈길로 목책 안의 마졸들을 쓸어보았다.

새파랗게 질린 얼굴들이 정신없이 물러선다.

어느덧 일백 명의 전사(戰士)가 장창을 세워 든 채 마방창을 딛고 올라섰다. 전마가 뛰어넘지 못하도록 깎아 세웠던 죽창이 오히려 발 디딤대 역할을 하게 된 것이다.

"달아나지 마라! 목책 안으로 들어오지 못하게 해!"

독안노룡 정령개가 목청이 찢어져라고 소리치며 급히 몸을 날려왔다. 이미 섭철곤이 훌쩍 목책을 뛰어넘어 내려서고 있었던 것이다.

"섭철곤아! 너를 기다리고 있었노라!"

독두개 문천상도 갈라지는 소리로 외치며 장봉(長棒)을 쥐고 달려왔다.

"크하하하!"

섭철곤의 앙천광소가 쩌르릉 울려 퍼졌다.

"쥐새끼들!"

외친 그가 화천대도를 마음껏 휘둘렀다.

부웅—

웅장한 칼바람 소리가 귀를 먹먹하게 했고, 문천상의 장봉이 그것을 막다가 머리통과 함께 두 쪽이 되어 날아갔다.

"이놈!"

정령개가 단말마 같은 외침을 터뜨리며 철조를 모두 세운 채 섭철곤의 가슴으로 파고들었다.

따다당—

불똥이 사방으로 어지럽게 튄다.

손바닥만 한 화천대도의 빛나는 칼몸에 덧없이 부딪친 것이다.

뚜두둑!

한 자 길이의 날 선 쇠 손톱 열 개가 일시에 부러진다. 그리고 섭철곤의 커다란 칼이 정령개의 정수리에 벼락처럼 떨어졌다.

그 무렵 일백 전사들도 마졸의 무리 속으로 뛰어들고 있었다. 강화상이 유성추를 휘두르며 두 명을 상대했지만, 정령개와 문천상이 섭철곤의 한 칼에 두 쪽이 나는 걸 보고는 전의가 사라져 버렸다.

꽁무니를 빼려는 그의 몸뚱이를 두 개의 장창이 거침없이 꿰뚫어 버렸다.

이미 전의를 잃어버린 자들의 숫자는 문제가 되지 않는다. 류가 믿어지지 않는 놀라운 솜씨로 다섯 명의 고수를 쓰러뜨렸을 때부터 예상된 일이었다.

그들 중 네 명은 무리를 이끄는 두령들 아니던가. 우두머리를 모두 잃은 마졸들은 오직 달아날 길을 찾아 두리번거릴 뿐, 화천비룡대의 전사들과 맞서 싸울 엄두도 내지 못했다.

반 시진도 되지 못해서 목책은 불타고 그 안에 있던 자들은 모두 도살되었다.

피가 냇물처럼 흘렀다. 허공을 물들인 그것의 역겨운 냄새. 목책과 함께 불타고 있는 주검들을 멀리 바라보며 화천비룡대의 기마 전사들은 아직 가라앉지 않은 흥분을 달래고 있었다.

자신의 위력을 처음 증명해 보인 젊은 전사들이 거친 숨을 쉰다. 그 소리를 들으며 노전사들은 삼십 년 전의 영광을 떠올리고 그때의 자신을 기억해 냈다. 그리고 사라져 가는 젊음을 되찾은 듯한 기쁨으로 들떴다.

바람에 실려오는 역한 냄새.

그 냄새를 맡으면서 류는 마음이 편치 못했다. 통쾌함 뒤에 늘 찾아오는 짜증 같은 것이었고, 격렬한 싸움이 지나간 뒤에 언제나 맛보는 허탈함이기도 했다.

"잘했다."

곁에 다가온 전왕 섭철곤이 그렇게 말했다.

"네가 그 정도로 잘 해낼 줄은 몰랐다. 아직도 내 눈이 의심스러워."

"만족하신 겁니까?"

"그 이상이지."

"그렇다면 약속을 지키십시오."

이글거리는 눈으로 바라보던 섭철곤이 아무 말 없이 품에서 나머지 한 자루의 검을 검집째 꺼내 건네주었다.

비연쌍검을 모두 얻었다. 조금 전의 싸움을 통해서 류는 그것이 과연 천하에 둘도 없을 보검이라는 걸 똑똑히 알았다.

‘이 두 자루의 단검은 나를 한층 무섭게 해줄 것이다.’

그것을 소매 속에 감추면서 류는 마치 천군만마를 얻은 듯 가슴이 벅차 올랐다.

왼쪽 팔목에 가죽 끈을 조여 검집을 고정시켰다. 그리고 옷 소매로 덮으니 감쪽같다.

필요할 때면 언제든지 오른손을 넣었다 빼는 것만으로도 두 자루의 보검을 내 몸처럼 쓸 수 있다는 게 그에게 더욱 자신감을 가져다주었다.

사부. 천목산(天目山) 오운장(梧雲莊)의 장주, 탈혼비검(奪魂秘劍) 기철목(奇鐵木).

그의 절기가 바로 소매 속에 감춘 검을 쓰는 것이었다. 은밀하고 신속하기가 전광석화와 같아서, 그가 언제 검을 뽑아 상대를 찌르고 다시 감추는지 제대로 알아보는 사람이 별로 없었다.

류는 이 두 자루의 검을 사부님이 얻었다면 얼마나 기뻐했을까, 하고 생각했다. 머릿속이 아뜩해지고 코끝이 찡해온다.

오운장의 참화가 생생히 기억되자 가슴의 통증이 은은히 살아났다. 잊지 말라고 외치던 사부의 음성이 귀에 울린다.

‘나는 잊지 않았다.’

류가 어금니를 지그시 악물었다.

사부의 그 말을 잊지 않았고, 사저와 사형들의 죽음을 잊지 않았다. 어찌 잊을 수 있을 것인가.

‘그런데 나는 지금 이곳에서 무엇을 하고 있는 건가?’

하는 의문이 그를 어리둥절하게 했다.

원수의 종적도 찾지 못했다. 어떻게 찾아야 할지도 아직 모른다.

강호에서의 경험이라고는 이게 처음이나 마찬가지인 것이다.

‘서둘러서 될 일이 아니다.’

마음속에서 사부가 그렇게 말하는 것 같았다.

십삼 년을 기다려 온 삶 아니던가. 하루아침에 모든 걸 해결하려고 해서는 안 된다. 초조해지지 말자.

류는 그렇게 자기 자신의 고통을 달랬다.

다시 십 년이 더 걸린다고 해도 그건 긴 세월이 아니다. 원수를 찾아내고, 복수를 할 수만 있다면 삼십 년이면 어떻고 사십 년이면 어떨 것인가.

오직 그 안에 원수가 덧없이 죽어버리는 일이 없기만을 바랄 뿐이다.

“가자.”

섭철곤이 무정하게 말하고 돌아섰다. 이제 더 이상 삼산평의 일을 기억에 담아두어서는 안 된다.

섭철곤이 흐뭇한 웃음을 지으며 돌아보았다.

“너 혼자 왔어도 될 뻔했다.”

“과찬이십니다.”

"천만에. 나는 평생 강호의 칼바람 속에서 잔뼈가 굵어왔지만 너처럼 싸우는 놈을 보지 못했다."

입에 발린 치하가 아니다.

류는 더 이상 겸양하지 않았다. 침묵으로 전왕의 찬사를 받아들였다.

'내가 한 일은 충분히 찬사를 들을 만하다.'

그런 자부심이 가슴을 뿌듯하게 한다.

"그런데 무식하기 짝이 없는 싸움이야."

의외의 말이다.

"예?"

"적당히라는 걸 아예 모르는 것 같다. 그러니 무식한 게지."

"……?"

류는 섭철곤의 말이 언뜻 이해되지 않았다.

"내가 가진 힘의 반만 써도 이길 수 있는 상대가 있지. 나라면 꼭 그만큼만의 힘으로 이길 것이다. 나머지 힘은 다음 싸움을 위해서 준비해 두지."

무슨 말인지 비로소 이해가 되기 시작했다.

"그런데 너는 일 푼의 힘으로 이길 수 있는 놈에게도 전력을 다 써버린다. 그래서 단번에 끝내지만 다음, 또 다음의 싸움이 계속된다면 그만큼 빨리 지치게 되겠지."

말을 멈춘 섭철곤이 눈짓으로 류의 어깨를 가리켰다.

"괜찮으냐?"

"멀쩡합니다."

"부상이 꽤 깊을 텐데?"

"제 몸뚱이는 보기보다 질기고 단단하지요."

"흐흐, 힘 조절을 잘 했더라면 그런 부상을 입지 않고도 놈들을 박살 낼 수 있었을 게다."

"……!"

류는 비로소 그가 무엇을 말하려는 건지 완전히 이해했다.

가만히 제 싸움을 돌이켜 보았다.

처음, 요팔주라는 놈을 깨뜨릴 때 과연 자기는 모든 힘을 다 기울였다는 걸 알았다. 그 결과 단번에 그자의 머리통을 깨뜨려 버릴 수 있었지만 그만큼 내 힘도 빠져나갔다.

다음으로 만난 혈수병마 백무향을 상대할 때는 그래서 선공을 했으면서도 일격에 그자를 쓰러뜨리지 못한 건지도 모른다는 생각이 들었다.

그 결과 더 많은 힘을 들이고 나서야 백무향을 무너뜨릴 수 있었다. 그리고 힘은 두 배로 더 많이 소모되었다.

당시에는 그것을 몰랐다. 그저 그러려니 여겼을 뿐이다. 그 싸움만이 아니라 여태까지의 싸움이 모두 그런 식이었다.

백무향의 뒤에 뛰쳐나온 세 놈.

그자들을 상대할 때는 자신도 모르게 많은 힘의 손실을 입은 뒤였다. 그래서 그자들의 합공에 그처럼 당황했고, 결국 어깨를 내준 대가로 이길 수 있었다.

승리가 자랑스럽기는 했지만 처음으로 내 순수한 몸뚱이가 아니라 보검에 의지해서 얻은 것이었다. 그래서 완전히 만족스럽지가 않았다.

마음 한구석에 찜찜한 느낌이 있었는데, 그게 무엇 때문인지 비로소 알게 되었다.

역시 경험의 부족이라고 생각했다.

힘의 분배가 얼마나 중요한 건지도 새롭게 깨달았다. 섭철곤의 몇 마디 말 중에 여태까지 모르고 있었던 사실을 깨달았으니 그의 도움을 받았다고 해야 하리라.

최선을 다해서 적을 부수는 것만이 능사가 아니다. 필요한 만큼만 힘을 뽑아 쓸 수 있도록 자기 자신을 통제하지 않으면 안 된다.

그러기 위해서는 상대와 내 힘을 정확히 계산해 낼 수 있는 안목이 무엇보다 필요하다.

'역시 경험이다.'

류는 그렇게 결론지었다.

많은 싸움을 통해서 그러한 능력이 절로 배양되는 것이다. 그래서 섭철곤은 단번에 류가 싸우는 방식이 무식하다는 걸 알아보았으리라.

'애송이라고 비웃었을까?'

그런 조바심이 났다.

그러자 우쭐대며 자랑스럽게 여겼던 자기 자신이 초라해졌다.

고수가 될수록 겸손해지는 이유를 알 것 같다.

류의 생각이 깊어지고 얼굴에 그 마음이 드러났다. 그가 무엇을 고민하고 있는지 고스란히 읽힌다는 듯 전왕 섭철곤이 빙긋 웃었다.

"깨우침이 빠르구나. 좋은 일이야."

"예?"

"몇 마디 말을 건넸을 뿐인데 네가 벌써 조금 전보다 커 보인다. 드문 일이지."

그래서 더욱 흡족하다는 듯, 류를 바라보는 섭철곤의 얼굴이 환하게 밝아졌다.

"감사합니다."

류가 진심으로 그렇게 말하며 머리를 숙였다. 섭철곤이 크게 웃었다.

"핫하하! 어떠냐? 너는 역시 나와 함께 있어야 할 놈이지? 그렇게 느껴지지 않느냐?"

"저는 다만 잠시 머물렀다 떠나는 철새와 같은 몸입니다. 어디에도 몸 붙이고 있을 수 없지요."

그러니 나를 당신의 그늘에 묶어두려 하지 말라는 뜻이다. 섭철곤이 눈을 크게 뜨고 짐짓 놀란 얼굴을 했다.

"떠난다고? 왜? 지존보가 마음에 들지 않는 게냐?"

“그렇습니다.”

솔직한 대답에 섭철곤이 어깨를 움질했다.

“어째서?”

“무겁고 음침합니다.”

“지존보가?”

“젖은 안개 속에 파묻힌 고가(古家)와도 같습니다. 제게는 그렇게 느껴지더군요.”

“어허!”

“익숙해질 수 없을 것 같습니다.”

이제는 섭철곤의 얼굴이 어두워졌다. 묵묵히 생각에 잠긴 채 말이 없다.

“하긴, 지난 몇십 년 동안 흐름없이 고여 있었어. 그럴 만도 하지.”

흐르지 않는 물은 썩는다. 섭철곤도 그것을 잘 알고 있었다.

그래서 지난 세월이 후회스러워졌다.

‘나는 그동안 무엇을 했던가? 지존보를 위해서, 그리고 대형을 위해서.’

그런 자책감이 찾아들었다.

저도 모르게 평화에 길들여져 안락하고 편한 삶을 즐기고 있었다는 생각이 들었다. 입으로는 언제나 무료하다고 투덜거렸지만 몸은 나른하게 늘어져 있었던 것이다. 그걸 즐겼다.

"그래, 지금부터라도 고인 물을 흐르게 해야겠지."

섭철곤은 스스로에게 중얼거렸다. 그 일을 내가 해야 한다
는 어떤 사명감마저 든다.

'이게 시작이야.'

잘된 일이라고 생각했다. 흑룡장의 토벌이 지존보와 강호
에 활력을 불어넣어 주기를 바라는 마음이 된 것이다.

'피와 주검이 필요하다, 산 제물의 피를 뿌려야 했던 고대
의 제사처럼.'

*　　　*　　　*

"전멸했습니다!"

"전멸!"

"전왕 섭철곤이 그들을 이끌고 있었습니다."

"으으음―"

흑안화룡 강동산의 검은 얼굴이 더욱 검어졌다. 저도 모르
게 깊은 침음성이 흘러나온다.

놈들의 동향을 가지고 겨우 살아온 자는 죽은 거나 진배없
었다. 온몸에 피를 뒤집어쓴 끔찍한 몰골이고, 깊고 얕은 검
상을 스무 군데나 입고 있었다.

그런 몸으로 말을 달려 돌아왔다는 게 기이할 뿐이다.

"류라고 하는 놈이 요팔주에 이어서 네 명의 두령을 죽인

게 결정적으로 작용했습니다.”

“류라고? 혼자서 백무향 등을 모두 죽였단 말이냐?”

“그렇습니다. 그 때문에 우리의 사기는 땅에 떨어졌고, 그 때를 노리고 쳐들어온 화천비룡대에게 속수무책으로 당하고 말았습니다.”

“으으음—”

다시 침음성이 흘러나왔다.

대체 그놈은 누구인가? 하는 생각으로 강동산의 얼굴이 절로 찌푸려졌다.

들어본 적도 없는 이름이다. 게다가 청년이라니. 믿을 수 없는 일이었다.

그들은 아직 류라는 이름을 들어보지 못했다. 그동안 류가 상대한 자들은 모두 죽었으므로 그의 이름이 전혀 알려지지 않았던 것이다.

하지만 이제 강동산은 그 이름을 영영 잊을 수 없게 되었다.

지존보를 상대로 살기를 바라지는 않았다. 모두 그럴 것이다. 하지만 고작 애송이 한 놈 때문에 그렇게 쉽게 무너졌다는 건 수치였다.

“수고했다.”

들것에 실려 나가는 수하를 보면서 강동산은 입술을 깨물었다.

"죽을 때는 죽더라도 그 애송이 놈만은 용서할 수 없다."
그런 모진 생각이 든다.

그가 왔다.
놀라기보다 그 애송이가 왔다는 생각에 반가운 마음마저 들었다.
수하의 보고를 받기 무섭게 자리를 박차고 일어난 강동산은 친히 망루 위로 달려 올라갔다.
발아래 보이는 비탈길을 천천히 올라오고 있는 일백 기의 전마들. 그 위에 올라타고 있는 무사들의 장창이 번쩍거린다.
화천비룡대.
강동산은 그들의 모습을 잊을 수 없었다.
이십칠 년 전의 마지막 싸움에서 끔찍하리만치 경험해 보았고, 오늘 다시 보는 것이다. 그때의 전왕 섭철곤이 저 속에 섞여 있다는 데에 치가 떨린다. 두려움으로 머리카락이 곤두서기도 했다.
장원 안에는 이제 이백여 명의 수하가 있을 뿐이었다. 핵심 전력은 모두 삼산평으로 내보내 적의 예봉을 꺾도록 했던 것이다. 그런데 전멸했다.
이 넓은 천하에 기댈 곳이 아무 데도 없다는 사실이 강동산을 더욱 절망하게 했다.
"이 흑안화룡 강동산이 오늘 최후를 맞는단 말인가?"

하늘을 보며 중얼거리는 그의 얼굴에 비장함과 울분이 가득했다.

"하지만 반드시 나의 복수를 해줄 사람이 있을 것이다, 반드시……."

"이번에는 전면에 나서지 않겠습니다."

류의 말에 섭철곤이 흐흐, 하고 웃었다.

"왜? 이제 나에게서 더 얻을 게 없기 때문이냐?"

"그렇습니다."

"괘씸한 놈."

노려보지만 그것뿐, 류의 당돌함을 탓하지 않았다.

"좋아, 첫 싸움에서 네가 당당한 용맹을 보여주었으니 이번에는 내가 보여주지."

언덕 위에 우뚝 서 있는 흑룡장의 전각이며 망루를 바라보면서 전의를 일으킨 섭철곤이 화천대도를 뽑아 들었다.

칼이 칼집을 긁으며 빠져나오는 소리가 끔찍하게 들린다.

"간다! 나를 따르라!"

하늘에 쩌르릉 울리는 호통 소리와 함께 섭철곤이 애마 흑룡탄의 배를 박찼다.

히히히힝—

두 발을 번쩍 들고 우렁차게 울부짖은 말이 미친 듯 튀어나갔다. 그 뒤를 일백 무사가 두 줄로 늘어서서 돌진해 들어간다.

류는 곁을 스쳐 가는 그들에게서 음습한 죽음의 냄새를 맡았다.

"저승사자들이로군. 아니, 야차들인가?"

불쑥 그런 생각이 들었다.

지존보의 화천비룡대는 언제나 강호의 정의를 지키기 위해 싸운다는 용사들이다. 그들의 적은 마귀들이고 악당들이다. 하지만 류는 바로 그 화천비룡대의 용사들에게서 무자비하고 끔찍한 악귀의 모습을 보았다.

저도 모르게 부르르 진저리가 쳐진다.

류가 천천히 그들과 거리를 두고 뒤따르기 시작했을 때, 선두에서 달려나간 섭철곤은 벌써 흑룡장의 담을 뛰어넘고 있었다.

그 뒤를 일백 명의 무사가 따랐다. 두 명이 한 조가 되어 사방으로 흩어진다.

그리고 곧 비명과 아우성치는 소리가 담을 넘어오기 시작했다. 바람에 비릿한 피 냄새가 실려왔다.

살육이 시작된 것이다. 한 명도 살아남지 못할 것이다.

『패왕투』 3권에 계속…

초등학생이 반드시 읽어야 할 좋은 책 49권

각 학년별로 초등학생이 반드시 읽어야할 좋은 책을
선정하여 통합논술의 기본이 되는 '올바른 독서법'을
일깨워 줍니다.

교과서와 함께하는
초등학교 통합논술

초등1학년 | 값 12,000원 / 초등2학년 | 값 9,500원 / 초등3학년 | 값 11,000원 / 초등4학년 | 값 9,500원 / 초등5학년 | 값 9,500원 / 초등6학년 | 값 11,000원

♣ 혼자 할 수 있어요.

엄마가 책 읽는 방법을 가르쳐 주어도 좋아요.
독서지도하는 선생님이 가르쳐 주어도 좋답니다.
"초등 교과서와 함께하는 **통합논술 시리즈**"는
아이 스스로 독서할 수 있도록 꾸며진 책이에요.
엄마와 선생님은 요령만 가르쳐 주시면 된답니다.

♣ 교과서의 중요한 내용이 총정리되어 있어요.

각 학년별로 중요한 교과 내용이 함께 수록되어 있어요.
초등학생은 교과서 내용을 충실하게 공부해야 합니다.
아울러 그와 병행한 독서가 대단히 중요하지요.
"초등 교과서와 함께하는 **통합논술 시리즈**"는
두가지 방법 모두 알려준답니다.

♣ 이 책은 훌륭하신 선생님들이 함께 쓰신 책이랍니다.

동화작가 선생님들이 쓰셨어요. 소설가 선생님도 쓰셨답니다.
국어 논술독서지도 선생님들도 함께 쓰셨지요.
"초등 교과서와 함께하는 **통합논술 시리즈**"는
엄마의 마음으로 모든 선생님들이 함께 꾸민 책이랍니다.

입소문을 통해 아는 분은 다 알고 계십니다!
올 한해 공인중개사 최고의 화제작!

1~2권 합본 | 이용훈 지음
3~4권 합본 | 이용훈 지음
5~6권 합본 | 이용훈 지음
용 어 해 설 | 이용훈 지음
1~2차 문제풀이집 | 이용훈 지음

수험생 기본 필독서
만화 공인중개사

제목 : 만화공인중개사 쓰신 분에게 감사드립니다.

학원을 두달 다녔어요. 근데 과연 그 숫자 와우기 그렇게 몇 문제나 나올까 생각을 했어요.
아니라는 생각이 드네요. 학원강의를 뒤로 하고 서점을 갔어요. 내 머리에 가장 이해될 수 있는
책이 없나 하구요. 거기서 만화를 발견했어요. 무조건 세번 봤어요. 3개월 걸렸어요. 문제집을
보라고 했는데 그건 시행을 못했어요. 근데 합격을 했네요.

어떻게 감사의 말을 해야 될지…

도서관에서 만화책 들고 다니니까 사람들이 비웃더라구요. 만화책으로 공인중개사를 공부한
다고 미친사람처럼 보더라구요. 근데 그거 다 감수하고 했던 내가 자랑스럽습니다.

어떻게 감사의 말을 해야 할지 정말 감사합니다.

부디 행복하세요. 제 나이 41살에 좋은 스승을 만난 거 같습니다.

엎드려 감사드립니다.

—본사 홈페이지에 독자분이 올린 메일 中 에서 발췌—

잘나가고 싶은 사람은 읽어라!

그에게 한눈에 반했다! 그것은 분위기 탓?
애인과 나란히 걸어갈 때 당신은 좌, 우 어느 쪽에 서는가?
이성은 왜 서로 끌리는 걸까? 그 심층 심리를 해명한다!

30초의 심리학

■ 30초의 심리학
아사노 하치로우 지음 / 계일 옮김 | 값 8,500원

처음 본 사람인데 와 닿는 느낌이
너무나도 강렬한 사람이 있다.
흔히 하는 말로 '필이 꽂힌 사람',
그래서 잊혀지지 않는 사람,
한눈에 반했다고 하는 것이 바로 그것이다.
이런 인간의 감정을 논하는 데
남녀의 구분이 있을 수 없다.
사랑하는 그, 혹은 그녀를
생각하는 것만으로도 가슴이 두근거린다.
이상할 것 없다. 당연히 그럴 수 있는 것이다.
그렇기에 인간을 감정의 동물이라 하지 않는가.
그러나 그렇게 좋아하는 그 사람이
어느 날 갑자기 싫어지는 경우는 왜일까?

Psychology